U0093307

15 倪匡珍藏限量紀念版

# 衛斯理傳奇之

# 星環

（含：星環・地心洪爐・消失）

倪匡 著

無窮的宇宙，
無盡的時空，
無限的可能，
與無常的人生之間的永恆矛盾，
從倪匡這顆腦袋中編織出來。

——金庸

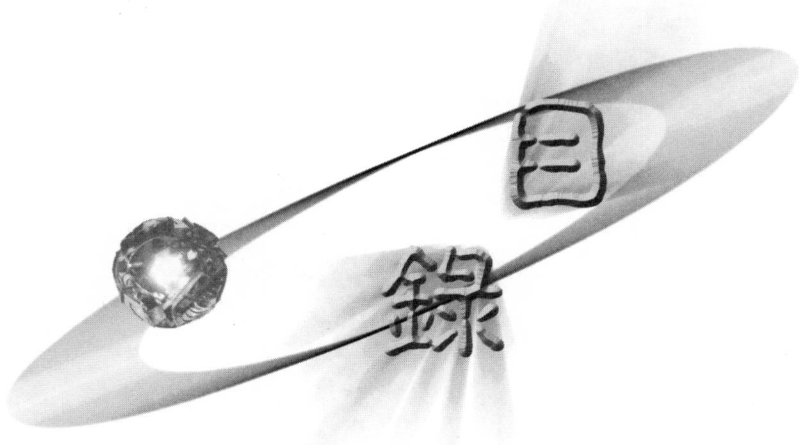


## 星環



## 地心洪爐

## 消失

# 星環

# 序言

「星環」這個故事，是衛斯理故事中譴責人相當強烈的一個。設想了一個已把人性醜惡部分完全屏棄了的環境，但結果，仍然不免是悲劇。

人，實在是一種很可悲的生物。

倪匡

# 第一部：神秘女人離奇死亡

「環」這個字，最原始的意義，是璧的一種，而璧，是一種圓形的玉器，圓形的玉器中間有孔，孔大過玉，叫環，這樣的解釋，大抵沒有問題。

漸漸地，字義擴展，不一定是玉，別的東西，成圓形的，也可以叫環，更漸漸的，環這個字，本身已經獨立，成爲一種獨特形狀的形容詞。

人類所能看得到的最大的環是什麼環呢？這是一個很奇特的問題，答案也很特別——土星環。土星環，就是環繞土星的那一個神秘的圓環，對於這個圓環，天文學家到現在還沒有定論，有的以爲這個大圓環——它的直徑是十七萬三千哩——是光線在許多微粒上的反映，有的天文學家，則認爲這個環，是受土星吸力影響而環繞土星運行的流星群。

總之，這個大環，究竟是什麼玩意兒，沒有人知道，其他的星球，也沒有這樣的環，土星環是獨特的、奇妙的、唯一的天體現象。

從高處望下來，被五顏六色的霓虹燈，照映得呈現一種迷幻彩色的街道上，滿是人頭。

如果不是從高處望下來，真難想像人頭和人頭的距離竟是如此之近——幾乎像是沒有距離，而只是一顆一顆地挨擠著。

那地方，恰好是一個行人迴旋處，所有的人，都向同一個方向行進著，而人頭也排列成環形，以致自高處望下去，像是一個圓環在向一個固定的方向，轉動著，緩慢地轉動著。

我之所以能在高處看到這種情形，是因爲我坐在一間飯店的靠窗位置上，而那家飯店，設在一幢大廈的頂樓，有二十多層高。

音樂很悠揚，一個黑人在起勁地唱著，而我要等的人卻還沒有來。

我多少有點不耐煩：這是不是一個無聊的玩笑呢？

我是接到一個神秘電話，才到這家飯店來的，那個電話的確神秘，一個女人的聲音，請我來，說是有一件十分重大的事，要和我商量，當我問她是什麼人時，電話已掛斷了。

我考慮了半小時，決定前來赴約，因爲我對一切古怪的事，都有興趣。

而當我一走進這家飯店時，侍者便向前迎來：「衛先生？」

我點了點頭，侍者就道：「雷小姐已訂下了位置，在窗前，希望你滿意。」

我沒有表示什麼異議，又點了點頭，在侍者的口中，我至少知道，打那個神秘電話給我的人姓雷，自然，那可能完全是假託一個姓氏。

就這樣，我在那個位置上坐下來，而且，一坐就達半小時之久。

我皺眉，將視線從馬路上收回來，那位雷小姐，怎麼還不出現呢？我剛想揚手叫喚侍者，忽然看到一個侍者拿著電話，向我走來，他來到了我的桌前，將電話放下：「先生，你的電話。」

他插好了電話插頭，走開去，我有點遲疑地拿起電話來。

當我拿起電話來的時候，我心中在想，那一定又是那位神秘的雷小姐打來的電話。可是，我才將電話聽筒湊到耳際，就聽到了一個很粗暴的男人聲音，喝道：「你是衛斯理？」

我略呆了一呆，道：「是。」

那男人接著發出一陣聽來令人極不舒服，而且顯然是不懷好意的笑聲來：「約會取消了，你走吧！」

我忙道：「約我在此相會的好像不是閣下！」

可是沒有用，我的話才出一出口，對方已不準備和我繼續講下去了，我又聽到了一陣不懷好意的笑聲，然後，便是「啪」地一聲，電話掛斷了。

我慢慢放下電話，皺著眉，這究竟是什麼把戲？

但如果這是一種捉弄，捉弄我的人，又能得到什麼呢？我又會受到什麼損失呢？

當我在想到我可能被捉弄時，我的心中，多少有點惱怒，但繼而想到我決不會損失什麼時，我又為之泰然自若，我招來侍者，點了菜，準備獨自享受一個豐富的晚餐，不再等那位雷小姐了。

一小時後，精美的食物，使我僅有的一點不愉快，也化為烏有，我付了賬，站了起來，就在這時，侍者又拿著電話來了。

我呆了一呆：「又是我的電話？」

侍者有禮貌地微笑著，我只好又坐了下來，這一次，我一拿起電話來，卻又聽到了那女人的聲音。

那女人的聲音聽來像是很焦急，她甚至一面講話，一面在喘著氣，她道：「衛先生？你還在，謝天謝地，請你一定要繼續等我！」

我回答道：「小姐，如果這是一種捉弄，我看應該結束了！」

那女人的聲音更焦急了，她忙道：「不是，不是，請你一定要等我，我就到了！」

我忙道：「那麼你——」可是我只講了三個字，那女人又掛斷了電話，這樣無頭無腦的電話，從下午的那個算起，已經是第三個了。我在心中告訴自己，如果再等下去的話，那麼，就是大傻瓜！

可是，我雖然那樣告訴自己，事實上，我還是又等了十分鐘，好奇心是會使很多人做傻瓜的，我是一個好奇心十分強烈的人，自然不能例外。在這多等待的十分鐘，的確証明我已做了傻瓜，因爲並沒有任何人向我走來。

於是，我離開座位，走向門口。

我還未曾來到門口，透過飯店的玻璃門，我看到玻璃門外，裝飾華麗的走廊上，有一個女人，正急急地向前奔過來。

我一看到那女人，立時站定了腳步，這女人奔得那麼急，她是不是就是約我在此相會的那一個女人呢？

一切事情，實在發生得太快，以致我根本沒有機會去進一步地証實我的猜想，那女人奔得如此急，以致她來到了門前的時候，竟忘記了將門推開，「砰」地一聲，撞在玻璃門上，那令得我陡地一呆，而那女人在撞到了玻璃門之後，身子向後，略退了一退，這時，那「砰」地一聲響，引得所有的人，都轉頭向門外看去，那女人的雙手按在玻璃上，雙眼睜得老大，望著飯店內，而她的臉色，變得比紙還白，就在那一剎間，我發覺事情有點不對頭了，我連忙向前奔去。

但是，我才奔出了一步，就見那女人的身子，晃了一晃，跌倒在地上。

我連忙站定身子，指著一個侍者道：「快，快打電話召救護車！」

那侍者急忙轉身，去撥電話，我繼續奔向門口，當我推開玻璃門的時候，有一個中年男子，也奔了出來，他的身上，還掛著餐巾。

那男人和我先後到了門外，他問我道：「你是醫生？」

我道：「不是。」

那男人道：「我是，快將她扶到沙發上去！」

我來到了那女人的身邊，俯身握住了那女人的手臂，將她拖到了沙發上，那位醫生伸手按住了她的手腕，皺著眉，又翻了她的眼皮來看了一看，然後，嘆了一聲：「死了！」

這時，很多人從飯店出來，圍在門口，七嘴八舌地講著，那女人倒在沙發上，不必是一個醫生，也可以知道她已經死了！

在她死之前，我可以說是最接近她的一個人，但是那並沒有多大的用處，因爲我和她之間，隔著一道玻璃門，我根本未能和她作任何的交談。而她在一碰到玻璃門之後，幾乎立時倒地，死亡來得如此突然，這女人是不是就是曾和我訂下約會的雷小姐，只怕也永遠不能証實。

我當時只是在想：如果她就是要和我見面，說是有十分重要的事告訴我的人，那麼，她的死，是自然的意外，還是人爲的意外呢？

我抬起頭來，望著那位醫生：「她的死因是什麼？」

那醫生道：「不能肯定。」

我還想再問，電梯打開，救傷人員已經來了，看熱鬧的人後退了一些，一個警官走向前來，隨著救傷人員來的醫生，向那女人略一檢查，便道：「她死了，應該派黑箱車來才是。」他招著手，一個救傷人員將一幅白布蓋住了屍體，警官回過頭來，問道：「是誰將她扶到沙發上來的？」

那醫生和我同時道：「我們！」

那警官道：「請你們合作，將當時的情形，詳細他說一說。」

那醫生顯然是一個很肯負責的人，他道：「那女人撞在玻璃門上，我坐在離門不遠處，我看到她倒下去，我和這位先生一起奔出門外，等我們合力將她搬到沙發上時，她已經死了！」

警官皺著眉：「你隨意搬動遭到意外的人？」

那醫生道：「我是醫生，當時，我以為她只是昏了過去，我自然要盡快救她！」那警官點了點頭，又問了我幾句話，不多久，那女人就被抬走了。

我和那位醫生，被請到了警局，將我們的話，作了正式的記錄。

這時，我實在想知道那個死了的女人是什麼人，警方人員顯然已經檢查過她的遺物，但是我卻沒有機會，向他們詢問。

我和那醫生是同時離開警局的，當我們來到警局大門時，一個警官忽然奔了過來，叫道：

「衛先生，請你等一等！有一點新的發現，需要你作一個解釋。」

那醫生和我握手離去，我跟著那警官，又到了一間辦公室之中。

在那間辦公室中，已有好幾個警官在，其中包括率領警方人員首先到達飯店的那位警官，我才一走進來，就覺得氣氛很不尋常，我好像是一個待審的犯人。但是至少在表面上，那幾個警官，對我還是很客氣的，那警官道：「衛先生，請坐。」

我坐了下來，道：「有了什麼新的發現，爲什麼要留我下來？」

幾個警官互相望了一眼，仍由那警官說話，他道：「衛先生，關於那個死者，你一直未曾向警方說過，你認識死者。」

我不禁感到好笑，立時道：「我根本不認識她！」

鄧警官打開了桌上放著的一本小小的記事簿，那記事簿有著草綠色的皮封面，看來十分精緻，他望著打開了的記事簿：「這裏有一個電話號碼，你看看，是誰的電話？」

當他那樣講的時候，我驚愕地挺了挺身子，我已經意識到會有什麼事發生了！

果然，那警官接著，讀出了一個電話號碼來，那是我的電話號碼，我皺著眉：「這電話號碼是我的。」

那警官合攏了記事簿，放在手心上，輕輕地拍著：「死者身上，這本記事薄，是死者唯一的東西，而在這本記事簿中，唯一的記載，就是一個電話號碼，而經過我們向電話公司查詢，這個電話號碼的擁有者是衛斯理。」

我不禁有點憤怒，因爲那警官的話，強烈地在暗示著我和死者之間，有著某種關係！是以我冷笑著：「你不必向我長篇大論地解釋，我從來不否認這個電話號碼是我的。」

那警官瞪著我：「可是，你卻說你不認識死者！」

我沈聲說：「是的，我不認識她。」

那警官笑了笑：「衛先生，你認為你的電話號碼，成爲一個陌生人記事簿中唯一記載著的東西，不是太奇怪一點了麼？」

我覺得，如果我一味否認下去，問題是得不到解決的，我只有將事情的經過，詳細地講出來，那個突然死亡的女人，身邊的記事簿中，既然有著我的電話號碼，那麼，我肯定她就是打電話給我，要和我約晤的人，大約也不會有什麼錯誤了。

所以我在略想了一想之後：「事情是這樣的，那女人可能和我通過電話。」

那警官現出十分感到興趣的樣子來，向另一個人作了一個手勢，那人立時攤開記事簿，那警官道：「請你詳細將經過情形說一說。」

我點著頭，就將經過的情形，詳細說了一遍，根本事實就是如此，是以我說的時候，也泰然自若，我將如何接到了神秘電話，依時到了飯店，等了許久，又接到了一個男人的電話，等等經過，都講了一遍。

房間中的幾個警官，都用心聽著，等我講完，他們互相望著，都現出不相信的神色來，那向我發問的警官笑道：「聽來像是一篇傳奇小說。」我憤然：「你有權以爲那是一篇傳奇小說，但是我已向警方提供了事實。」

那警官呆了一呆：「你不知道死者要向你說出的重大事是什麼？」

我道：「根本沒有和她交談的機會，我看到她匆匆奔來，心中剛想，這個女人可能就是打電話給我的那個，她已經撞在玻璃門上，接著她就倒地，而當我和那位醫生一起趕出去時，她已經死了！」

那警官望著我：「你曾經扶起過她的身子，將她拖到沙發上？」

「是的，你在懷疑什麼？」

那警官道：「你別見怪，我在懷疑，你是不是會趁機在她身上，取走了什麼東西。」

我心中的怒意更甚：「警官先生，若是我在她的身上取走了什麼，你以爲我會承認麼？」

那警官自然也看出我的惱怒，他的涵養功夫倒很好，仍然微笑著：「你曾接到一個男人的電話，如果你再次聽到他的聲音，是不是認得出來？」

「當然可以認得出。」我立時回答。

那警官低著頭，想了片刻：「好，多謝你的合作，我們可能以後還要你的幫助，希望你能再和警方合作。」

我道：「我十分樂意和警方合作，只是希望警方別懷疑我在眾目睽睽之下，有能力隔著玻璃門殺人，那就好了。」

那警官笑道：「衛先生，你真幽默！」

我站了起來：「事實上，我個人對這件事，也十分有興趣，那女人的死因是什麼？」

那警官道：「正在研究中，有幾名專家，在殮房中，正解剖著屍體。」

就在這時，電話鈴忽然響起，一個警官抓起電話來，聽了一下，就道：「殮房洩電，失了火！」

幾個警官都一呆，那聽電話的警官問道：「現在情形怎樣？」

電話中回答的聲音很大，而房間中又很靜，是以可以聽得很清楚：「濃煙密布，幸而一起火，所有的人都逃了出來，沒有人受傷，現在還無法進入殮房去。殮房中全是屍體，不值得冒險去救！」

警官放下了電話，我的眉心打著結。

殮房洩電起火，本來不是什麼特別了不起的事，但是，那是湊巧呢？還是因為別的原因呢？

房間中的幾個警官，已一起向外走了出去，我也離開，我和他們一起走出了警局，他們登上了一輛警車，駛走了，我獨自在街道上走著。

我的心中在想，那個女人究竟有什麼重要的事要對我說呢？看來，她的死亡，不是偶然的、自然的死亡！當我想到這裏時，我陡地站住了身子，因為我已想到了另一點：如果那女人是被殺死的，而兇手又不想她的死因大白，那麼，還有什麼方法比將她的屍體燒毀更好呢？

如果不是我的想像力太豐富的話，那麼，這件事可能有極其複雜、神秘的內幕。

而現在，這件事的內容，究竟如何，我自然一無所知，因為我連和那女人交談的機會都沒有，當我衝出去時，她已經死了！

更令我奇怪的是，那女人為什麼要找我？約了我之後，為什麼又遲到？

一連串的疑問，盤在我腦際，我也沒有叫街車，就那樣一面想著，一面走回家中。

當我回到家中時，仍然神思恍惚，以致是白素來開門的，也沒有看清楚，直到我坐了下來，才發現她站在我的身前，神色大是不善。

我們夫婦間互相信任，但是白素知道丈夫應一個女人的電話之約而出去，經過了超乎尋常的時間，才心神恍惚地回來，她心中有所思疑，那是必然不可避免的事情。

所以，我不等她發問，就道：「我又遇到了一件怪事，我在警局羈留了很久，那女人死了！」

她呆了一呆，道：「死了？」

「是的。」我一面點著頭，一面將經過的情形，說了一遍。

然後我到書房中，我有一個習慣，每當發生一件奇怪的事情之後，就將發生的經過，記述下來，並且列出疑點。

當我做完了這些之後，早已過了午夜了。

我站起身來，順手脫下了外套，就在我脫下外套，並且將外套拋向衣架時，自我的外衣袋中，忽然跌下了一件東西來。

我略呆了一呆，那東西跌在地毯上，離我並不遠，我可以看得十分清楚，那是一隻直徑約一寸的圓環，古銅色，很薄，那不是我的東西，但是，它卻在我的上衣袋中，跌了出來。

我立即走過去，將那隻圓環，拾了起來，看來它像是金屬的，因為相當沈重，在圓環上，還有許多精緻的、極細的花紋，看來像是一件裝飾品。

但是，作為裝飾品而言，它顯然太不漂亮了，因為它黑黝黝的，一點也不起眼。

# 第二部：殮房失火屍體失蹤

突然之間，我心頭狂跳了起來。

我在出去的時候，身上肯定不會有那樣的一隻圓環，而我在外面，雖然遇到了許多奇特的事，也不會有什麼人能將這樣的一隻圓環，放進我的衣袋中，我可以說沒有接近任何人——只除了一個突然死亡的女人！

那女人撞在玻璃門上，倒地之後，那醫生已証明了她的死亡，但是，當我剛一扶起她的時候，她可能還沒有死！

如果那時候，她還沒死的話——自然，那只不過是我的猜想——那麼，她要將圓環，放在我的上衣袋中，是一件輕而易舉的事情！

我就是想到了這一點，心頭才狂跳了起來的。

那女人身邊的記事簿，有著我的電話號碼，她就是約我見面，說有一件重大的事要告訴我的人，那應該是沒有疑問的事了。而她遲到，在她遲到的時候，有另一個男人惡狠狠告訴我：「約會取消了。」接著，她又出現，而且，奔得如此匆忙。

一個人，就算行動再莽撞，心中再焦急，但是急到了連在眼前的玻璃門都看不到，而像盲人一樣地撞上去，可能性極少，除非她已知道，她的生命，隨時可以結束，所以她必須爭取每一秒鐘。

一層一層想下去，想到了這一點的時候，我深深地吸了一口氣。

事情多少有點頭緒了，如果我的推理距事實不是太遠，那麼，這隻圓環，一定和那女人要告訴我的大事，有著極大的關係。

那女人已經沒有時間將那件重大的事告訴我了，她只好將那隻圓環，放在我的衣袋中，好讓我在發現那隻圓環之後，再在那隻圓環的身上，去發現她沒有機會告訴我的「重大事件」！

我立時來到了桌前，取出了一張白紙，將那圓環，平放在白紙上，然後，拉下檯燈，使光線集中在那圓環之上，再用放大鏡，仔細審視著環上的花紋。

那環，只有一吋直徑，中間的孔，如一枝鉛筆粗細般大小，環身不會寬過八分之三英吋，但是，上面的花紋，卻細緻得很，在放大鏡之下看來，細紋顯然是不規則的，時而打著轉，像是水流的漩渦，時而呈直線，時而又呈現許多不規則的結。

我看了好一會，將那環翻了過來，一樣用放大鏡看著，背面的細紋，也差不多。

我可以肯定，在那圓環上，如果有著什麼秘密的話，那秘密一定是在環身兩面那種細紋上，但是我卻根本無法知道，那些細紋中藏著什麼秘密。

我足足看了一小時之久，仍然茫無頭緒，於是我用攝影機，將圓環的兩面，都攝了下來。我所用的那種底片，可以放大很多倍，可以將圓環放大成直徑三呎，那樣，就要以進一步研究身上的細緻花紋了。

我並沒有立即沖洗底片，因為夜實在太深了，而我也十分疲倦了。我將一切收拾好，鎖在一個抽屜之中，然後，到了臥室中。

我躺下不久就睡著了，這是我的生活習慣之一，當我決定休息的時候，我就休息，不論有多少奇異古怪的問題困擾著我，我都不再去想它，我奉行如此的習慣，是因為我知道，只有在充分的休息之後，才能保持頭腦的清醒，才能解決疑難。

第二天，我被白素推醒，當我睜開眼來時，已是滿室陽光了。

我一睜開眼來，白素就道：「傑克上校已經第三次打電後來，快中午了，我不好意思回答你還在睡著！」

我一面說，一面坐了起來，白素拿起了床頭的電話，我接了過來，「喂」地一聲，我立時聽到了警方的高級人員、特別工作室主任，傑克上校的聲音，他道：「白天睡覺，你這種生活習慣，真不敢恭維。」

我清了清喉嚨：「對不起，昨天晚上，我實在睡得太遲。」

傑克略停了一停：「昨天，你牽涉進一個女人神秘死亡的事件中？」我也略停了一停，因爲我不知道傑克向我提起這件事來，是什麼意思。

照說，我和傑克是老朋友了，但是也許由於我和他兩個人，同樣固執，同樣對自己的想法，有著大大的信心，所以我們總是無法合得來，不是有某一種事情，令得我們必須交談的話，我們絕不會通電話。

所以，在這時候，我必須想一想，他那樣問我，是什麼意思。

自然，我只想了極短的時間，便道：「是的，我所有的一切，全部告訴了警方！」

「自然，自然，」傑克忙說：「但是這件事，嗯……你知道，有幾個疑點，警方還待澄清一下，所以……所以……」

聽得傑克那樣在電話支支吾吾，我不禁笑了起來，我打斷了他的話頭：「上校先生，你有什麼困難，只管直說，我絕不欣賞你，但是卻對你爲人率直這一點，頗有好感，怎麼你連這一點優點也喪失了？」

傑克苦笑了起來：「衛斯理，你真是得罪人多，稱讚人少。」

我道：「那樣有利於解決問題，你有了什麼困難？」

傑克又停了一會，道：「昨晚，殮房失了火。」

我道：「對，在我要離開的時候起的火，但是我卻不知道結果怎樣。」

「殮房忽然起火，燒毀了很多屍體，現在，令人不可思議的是，火在幾分鐘之內，就被撲滅，但是那女人的屍體，卻消失了。」

我呆了一呆，感到一股寒意。

傑克又道：「幾分鐘的火，不足以將一個屍體完全焚化，而且，當時那女人的屍體，正在解剖桌上，解剖桌上的白布，也只不過燒得微焦，所以那屍體是失蹤的。」

「被人偷去了？」我問。

「沒有這個可能。」

「起火的原因是什麼？」

傑克道：「我們已經調查過了，原因是洩電，火勢一下子就變得十分猛烈。」

我吸了一口氣：「那麼，你需要我做一些什麼事情呢？」

傑克「唔」了好一會，可以聽得出他是在下了決心之後才繼續說話的，他道：「衛斯理，我們曾合作過解決不少神秘事件，我看來這件事，也需要我們合作，你最好到我的辦公室來一次，我有一點十分古怪的照片給你看，關於那女人的！」

傑克上校的話，說得很誠懇，他既然邀我合作，我立時道：「好的，我在半小時之內趕到，我也有一點特別的東西給你看，可能也和那女人有關的。」

我放下了電話，匆匆地穿衣、洗漱，然後，我取了那隻圓環，取出了那卷底片，下了樓，駕車直駛警局。

我是一個十分守時的人，我答應了傑克，在半小時之內到達，我的時候，預算得十分充裕，是不會遲到的。

可是，我遲到了！

當我的車子，才一轉過街角之際，一個男人，突然失魂落魄地自對面的馬路奔過來。

那男人決不是急於趕著過馬路，我可以肯定這一點，因爲他簡直是向著我的車子，直衝了過來的，我不知道那男子的目的是爲了什麼而想死，但是他在找死，這一點也沒有疑問的了。

我看情形不對頭，立時扭轉車頭，避開了那傢伙的來勢，我的車子，直衝上了行人道，隆然巨響，撞在一條電線杆上。

而向我疾衝過來的男人，仍然不免被我的車子擦中，他倒在地上打了一個滾，又一躍而起，我立時打開了車門，走了出來。

那男子在我一出車子之後，就惡狠狠地撲了過來，這實在是出乎我意料之外的，我在他向我撲來之際，身子一閃。

幸好我閃得及時，因為那傢伙一撲到了我的身前，就向我兜胸一拳，如果不是我閃開，一定被他擊中了，我大喝了一聲，趁他身子在我身邊擦過之際，在他的後頸，給了他一掌。

那時，許多途人都圍了上來，幾乎所有的途人，都指責那傢伙的不是。

那傢伙在中了我的一掌之後，居然沒有昏過去，只是仆在地上，立時又跳了起來，拔腳向前奔去，這時，兩個警員也奔了過來，我道：「抓住他！」

那兩個警員呆了一呆，並沒有立時拔腳追去，我眼看那人推開人群，要逃走了，我一面叫著，一面追了上去。那人奔得十分快，我僅僅跟在他身後六七碼處，我們在街上飛奔著，引得途人側目。

我只注意要追上那人，因為我肯定那傢伙的出現，不是偶然的，其間一定有著什麼陰謀，由於我太全神貫注在那人身上了，是以我沒有注意到一輛大卡車，是在什麼時候駛出來的。

那輛大卡車，突然停下。

那是一輛有著極大的密封車廂的大卡車，一停下，車廂的門就打了開來，那人在這時恰好奔到車廂之後，一縱身，就上了車。

而那傢伙一上車，卡車就駛走了！

我自然無法追得上卡車，是以我喘氣，停了下來，但是我還是有時間，記下那卡車的車牌號碼。

在我停下之後不久，那兩個警員也趕到了，其中一個，像是還怕我逃走一樣，一到了我的身前，就伸手抓住了我的手臂。

我忙道：「你們別誤會，可能有人要害我，我是在追趕那個人！」

一個警員半信半疑地道：「你追的是哪個人呢？」

我道：「你們應該看到，我追到這裏，有一輛大卡車等著那人，他跳上卡車，卡車駛走了！」

另一個警員道：「我們沒有看到，只看到你的車了在失事之後，你在逃走！」

我又是好氣，又是好笑，可是，對於不明白真相的人發怒，是最沒有意思的，而我也不去辯白，我道：「那麼，你們的意思是——」那警員道：「讓我們到警局去。」

我立時道：「很好，但我希望到總局去，因爲我和傑克上校有約，他正等著我，我怕要遲到了！」

那兩個警員，略呆了一呆，這時，一輛巡邏車已經駛了過來，在我們的身邊停下，我一躍上車，大聲道：「到總局去，謝謝你！」

那兩個警員，向司機講幾句話，也上了車，車子直駛向總局。

到我走進傑克上校辦公室的時候，足足遲了二十分鐘，傑克已等得很不耐煩了，他大聲道：「你遲到了很久，知道不？」

我攤了攤手：「沒有辦法，我遇到了交通意外，這兩位可以証明。」那兩個警員，在傑克上校向他們望來的時候，一起行敬禮，一個道：「上校，這位先生——」傑克上校的脾氣真暴躁得可以，那兩個警員的話還未曾說完，他已經吼叫了起來：「不論他發生了什麼，你們快出去，別耽擱我的時間！」

那兩個警員立時答應著，轉身向外走去，我倒有點抱歉，忙道：「兩位，等我和上校討論完了我們的事之後，一定協助你們調查我的意外！」那兩個警員點頭道：「謝謝你！」

他們走了出去，傑克走開了他的辦公桌，將門關上，並且按下了對講機，吩咐道：「我在辦一件極其重要的事，不論是什麼人，什麼事，都別騷擾我！」

傑克望著我，苦笑了一下：「可以說嚴重，也可以說古怪，在殮房失火之後，那女人的屍體不見了！」

我點頭道：「是的，依照你在電話中對我的敘述來看，那女人的屍體不是被燒成灰，一定是在混亂中，被人偷走了！」

傑克大聲道：「我已告訴過你，那決不可能！」

我絕不怕傑克的大聲，仍然道：「如果不是被人偷走，那麼屍體何處去了？在混亂中，有人假扮警員或消防員，要弄走一具屍體，並不是什麼難事！」

傑克瞪著我：「爲什麼你不學學相信別人的話，我告訴你不可能，就是不可能！」

我並沒有生氣，因爲傑克本人就是那樣的人，我立時回敬道：「這兩句話，你有必要將它錄音下來，不時放給你自己聽聽！」

傑克漲紅了臉，他忽然揮了揮手：「好了，我叫你來，不是爲了吵架的，現在，你來看看這個！」

他指著他辦公室上的一張圖樣，我走近去，他道：「這是殮房的平面圖，只有一條通道，火一起，在殮房中的工作人員，全部奔了出來，他們就聚集在這條走廊之中，聞訊而來的警員，也有一二十人，有什麼人可以帶著屍體，離開這裏而不讓人發覺？」

我看著那平面圖，也不得不承認傑克的話是對的，是以我道：「嗯，看來的確沒有可能！」

傑克「哼」地一聲：「你早該相信這點，當有人告訴你二加二等於四時，你就該相信！」

我抬頭道：「上校，要是人對每一件事都沒有懷疑，只怕人類到現在，還在茹毛飲血！」

傑克揮著手，一副不耐煩的神氣：「好了，我不和你研究這些，你來看這個！」

他取過了一個文件夾，打了開來。

在那文件夾中，是幾張放大成十二吋的照片，第一張是一個死人的頭部，一看便認出，那正是那個突然死在飯店門外的女人。對一個突然死亡，身份不明的人，警方一定循例拍攝照片，存在檔案之中，那本不是什麼出奇的事，我也不明白傑克叫我看這種照片，是什麼意思。

我抬頭向他望了一眼，他道：「這裏，是在飯店門口拍攝的，你可以看到背景是那張沙發。」

我點頭道：「是這個女人，這沒有什麼特別。」

傑克用下命令的語氣道：「看下去。」

我取開了那張照片，下面那一張是全身的，躺在殮床上，身上覆著白布，仍然是那個女人，手臂和小腿則在白布之外。

這張照片，可能是在準備解剖之前拍攝的，看來仍然沒有什麼異樣。我抬起頭來，傑克問我：「你發現了什麼？」

我道：「沒有什麼！」

傑克道：「看她的手臂。」

我又低頭去看那張照片，照著傑克所說，注意那女人的手臂。

這一次，我卻看出一些問題來了，在那女人的手臂上，有許多圓形的斑點，每一個斑點，約有一公分直徑，很多，布滿在她的手臂上。

我皺起了眉，我看到了那些斑點，但是我仍然不認爲有什麼特別，我道：「這個女人的皮膚不好，那可能是很多大型的雀斑。」

傑克道：「如果像你那麼想，那麼，可能什麼問題也發現不了，我就不同，我看到了那些斑點，我覺得可疑，我將底片放大，你再看下去，下面那張照片，是其中的一個斑點。」

我又取開了那張照片，下面那張十二吋的照片上，是一個大圓形的黑色東西，看來有點像是用特殊鏡頭拍攝的太陽。

在那個大而黑色的圓形上，有著許多奇形的曲線，不規則的，有的打著圈兒，有的很長，有的很短，看來都像一個光滑的平面，決不像是一個人的皮膚。

我吸了一口氣，又取開了那張照片，接下來的幾張，也全是放大了的圓斑，看來都差不多。

我看完了照片，抬起頭來，傑克道：「你不覺得古怪？」

我實在不知怎麼說才好，的確，很古怪，古怪之極了，或許正因爲太古怪了，所以我才不知道該如何表示我的意見才好。

我呆了片刻，才道：「照你看來，那是什麼？」

傑克道：「我不知道，但是照當時主持解剖的醫生說，他的說法是，那些圓斑，像是魚身上的鱗片，他曾去觸摸過，那是一種極薄的角質東西，他正想叫其他人來看時，就起火了！」

我又呆了半晌，才道：「你的意思，一個女人，她的手臂上，長著很多鱗片？」

我在那樣說的時候，實在忍不住想笑。我想笑而又竭力忍著的情形，傑克自然看得出來，他立時道：「別笑，這是事實！」

我感到有點抱歉，連忙正色道：「那麼，你可有和皮膚科的專家研究過，什麼皮膚病，會使人的身上，長出鱗片來。」

傑克道：「不必研究，根本就沒有這樣的皮膚病。」

我望著傑克，傑克也望著我，過了好一會，我才道：「那麼，這件事沒有結論？」

傑克道：「是的，沒有結論，如果她的屍體還在，自然可以作進一步的研究，但是，她的屍體不見了，這就變成沒有結論了。」

我沈聲道：「所以，首先要將屍體找回來。」

傑克來回踱著：「我們正盡全力在進行，還沒有頭緒。是了，你說有東西給我看，那是什麼東西？」

我伸手入袋，將那隻圓環，取了出來：「就是這件東西，在我回家之後，發現它在我的衣袋之中，我猜想是她放在我的衣袋中的。」

傑克翻來覆去地看著那圓環：「留在我這裏，讓我交給研究室去好好研究一下？」

「當然可以，但是我希望知道研究的結果。」

「可以的。」傑克爽快地答應著，然後他道：「你不要到殮房去看一看？」

我搖頭道：「不必了，屍體又不是一枚針，無法藏起來的，我想，剛才我遇到的意外，不是偶然的，我記下了一輛卡車的號碼，請你查一查。」

我將那卡車的車牌號碼說了出來，傑克一面記下來，一面已按下對講機，叫人去追查這個號碼了，等他吩咐完了之後，他才嘆了一口氣：「衛斯理，你有沒有懷疑過，那女人可能——可能——」他連講了兩個「可能」，卻未曾講下去。我知道他想講些什麼。

因為我自己也有那樣的想法，只不過我是那樣想，未曾講出來而已。這時，我看到傑克那種十分難以出口的樣子，我便立時接了上去：「可能是另一種人？」

傑克連忙點頭，道：「對，另一種人，我正是這個意思。」

在他那樣說了之後，我們兩人，都沈默了下來。

我們都知道相互所說的「另一種人」是什麼意思，那是我們都在懷疑，那個突然暴斃，屍體又神秘失蹤的女人，不是地球上的人，而是來自其他星球上的人。

當時，我和傑克兩人，臉上的神情，都極其古怪，任何人，當想到其他星球上的生物，來到地球時，總不免心頭產生一種極其難以形容的神秘和恐怖之感的，因爲地球上的人都知道，地球實際上是一個「不設防的星球」，如果其他任何星球上有生物到達地球上的話，地球上的人類，決無抗拒的力量。

那也就是說，人類的末日到了。

我和傑克兩人，足足沈默了三五分鐘，我首先笑了起來：「傑克，或許我們兩人的想像力太豐富了一些，事實並非如此。」

傑克的精神，也變得輕鬆了許多，他道：「你說得對，我如此想，是受了你的影響，你總是喜歡想像外星人！」

聽得傑克那樣說，我立時瞪著他：「別忘記，剛才是你首先提出的！」

傑克就是這樣的一個人，和他在一起，決不是一件愉快的事，因爲他自己有了錯，不是賴在別人的身上，就是輕描淡寫他說什麼「不必去討論它了」。

但是，當別人有什麼錯誤時，他卻一定不肯放鬆，並加以攻擊。

我熟知傑克的脾氣，心知和他爭下去，也不會有什麼結果，是以我也只是淡然一笑，道：

「那女人打電話來約我，說是有一件很重要的事來找我商量，如果她是一個外星人，她為什麼會向我求助？」

傑克點頭道：「很有道理。」

這時候，辦公室外有人敲門，傑克應了一聲，一個警官推門走了進來，道：「上校，你要查的那個貨車號碼，一年之前，因為貨車失事，車主已將之注銷了。」

傑克怒道：「好傢伙，有人用已注銷的車牌為非作歹，快下令通緝那輛貨車。」

那警官答應了一聲，立時走了出去，我的心中，立時生出了疑問：「奇怪，普通人是不容易知道哪一輛車牌被注銷了的。」

傑克立即答道：「如果存心犯罪，那就不同，他可以查得出來——」傑克講到這裏，突然停了一停：「衛斯理，你懷疑什麼？」

我搖著頭，我那時的心還十分亂，一點頭緒也理不出來，所以我只好道：「沒有什麼，我只不過隨便問問。看來，這件事要有進展，還真不容易。」

傑克盧：「是的，至少要找到那輛卡車，或是在那個環中，找出什麼來。」

我道：「對的，這兩個線索，如果有了什麼發現，請你通知我。」

傑克道：「你已經受過一次襲擊，你可得要小心些，事情有些古怪。」

我一面走向門口，一面道：「多謝你的關心，當時，那個人向著我的車子直衝過來，像是要自殺，當時，如果不是我控制得宜，早已將他撞死了。」

傑克苦笑著：「怪事，總之，什麼事都是古古怪怪的。」

我打開了門，傑克又叫道：「我隨時和你聯絡。」

我答應著，向外走去，傑克送我到了門口，我走出不多遠，那兩個警員已向我走了過來，我道：「我的交通失事，是不是要錄口供？」

那兩個警員忙道：「不必了，我們已派人將你的車子，拖到車房去了，那只不過是小意外，也沒有人受傷，算了！」

我點了點頭，出了警局。

# 第三部：圓環是磁性鑰匙

我是坐警方的巡邏車來的，這時，自然沒有警車送我回去，所以我只好走著，走出了一條街，我揚手截了一輛街車。

我伸手去拉街車的車門，就在那一剎間，我在街車窗玻璃的反映上，看到在我身後的不遠的街角處，有一個人，正探頭探腦地向我張望。

在街車的窗子玻璃的反映上，不能將那人的容貌看得十分真切。

但是不必看得真切，只要看一眼，就夠了，我立時可以肯定，那傢伙就是撞我的車子，向我撲過來，後來又逃上了卡車的人。

這個人，也可能是當我在飯店等候那女人，打電話來告訴我約會已取消了的那人。

一句話，這傢伙正是無數怪事的關鍵。

在那一剎間，我的心中，登時變得異常緊張起來，因爲我必須抓住那傢伙，但是那傢伙在我的背後，離我足有十來碼。

那傢伙只要一看到我轉過身來，一定會轉身逃走！

如果我錯過了現在這個機會，可能以後再也見不到他。

當時我不但緊張，而且心中著實猶豫，不知道該如何做才好，街車司機見我把住了門柄不動，還以為我打不開車門。幫我來開車門。

我一見街車司機轉過身來，靈機一動，忙低聲道：「你聽著，你要用最快的速度，載我兜過後街，穿到那個街角口處，知道麼？」

司機疑惑地道：「這是什麼意思？」

我道：「你不必問，我是警方人員，在街角口有一個人站著，你看到沒有？他是被通緝的罪犯。我要在背後截阻他。」

司機忙道：「我知道了。」

我一彎身，進了車子，司機立時駕著車前去，立時轉進了一條橫街。當車子轉進橫街的時候，我迅速地回頭，看了一眼，我看到那傢伙走前了一步，站在街口，像是正在觀察我離去的方向。

那司機十分機靈，車子穿出了那橫街，又轉了一個彎，不到半分鐘，已來到了那條街上。

我看到那街上，停著一輛大卡車，也正是載著那人逃走的那一輛。

而那個人，正在由街口往回走來，走到那輛大卡車。

我忙道：「將車子直駛那人的身前停下來。」

在我那樣吩咐司機的時候，我已經打開了車門，司機陡地加大油門，直衝了出去，在那人離卡車還有五六碼之際，車子已到了他的身前，那人陡地一呆，一陣尖銳的緊急煞車聲，車子停了下來，我也就在那一剎間，推開了車門，一躍而出，向那人撲去。

當我向那人撲去的時候，那人也看到了我，我們打了一個照面。

在那人臉上，現出的那種驚駭欲絕的神情，我實在不容易忘記，他的反應也十分快，大叫了一聲，轉身便奔，可是在那一剎間，我已然撲到了他的身後，將他重重地壓得跌倒在地。

那人的氣力十分大，我壓倒了他，兩人一起滾跌在地上，他用力一推，將我推了開去，立時又起身向前奔跑，可是在那樣的情形下，我怎容得他逃走？我立時又向上撲過去，再次將他壓倒。

那時，那街車司機，也從車中，走了出來，我用力扭住了那人的手臂，那人還在猛烈地掙扎著，我急叫道：「快來幫我！」

那司機疾奔了過來，這條橫街雖然不是什麼熱鬧的街道，可是給我們這樣一鬧。卻也有不少人圍攏了來觀看，那司機直奔了過來，眼看我們兩合力，那傢伙一定再也走不脫了。

可是就在此際，只聽得在街道兩旁圍觀的人一起發出了驚呼聲，我心知事情有異，連忙回頭看去，只見那輛停在街邊的大卡車，這時，正以極高的速度，向我們衝了過來。

在那一瞥之間，我無法看清楚那駕駛卡車的人的臉面，而駕駛卡車的人，也彷彿故意低著頭，一看到卡車高速衝了過來，我立時一聲怪叫，用力推開了街車司機，兩人一起滾到街邊去。

在我和街車司機向旁滾開去的時候，那傢伙已經跳了起來，他向著卡車揮手，大叫著。他在叫什麼，沒人聽得清楚，我滾到了街邊，才抬起頭來，事情已發生了。

或許那傢伙在向著卡車揮手，是要卡車停下來，然而，那輛大卡車卻並沒有停，仍然向前疾衝了過來，「砰」的一聲響，將那人撞個正著。

剎那間，所有人都發出了驚呼聲，有幾個女人，更是尖聲叫了起來。那人被卡車撞中之後，身子向前，直飛了出去，而那輛卡車在撞倒了人之後，去勢更快，「呼」地一聲，駛出了橫街，立時轉入直路。

我一躍而起，奔向那被卡車撞倒，又拋開了丈多遠的傢伙，在我奔到那傢伙身邊的時候，他居然又搖搖晃晃地站起來。

我急叫道：「快召救護車來！」

還沒有人答應我的呼喝，那人已然道：「不……必了！」

他講了三個字，身子又一倒，「砰」地跌倒在地，我忙俯身看他時，幾個警員已經奔了過來，我直了直身子：「他死了！」

那幾個警員圍住了我，我沈著地道：「快去通知傑克上校，我才和他分手。請他立即來，這件事十分重要！」

事情就發生在警局的旁邊，是以剎那間，大批警員已經湧了過來，將看熱鬧的人驅散，不到三分鐘，傑克也奔了過來：「什麼事？」

我用最簡單的語句，將發生的事，說了一遍，然後才道：「我只想捉住他，他拚命掙扎，卻沒有想到，他的同伴，卻將他撞死！」

傑克忙道：「還是那輛卡車？」

我道：「我可以肯定，那輛卡車。」

傑克上校忙回頭向身後一個警官道：「封鎖整個區，搜捕那輛卡車！」

那警官奔向一輛警車上的無線電話，傳達了傑克上校的命令，我和傑克上校，一起俯身去看那個被卡車撞死的人，在我們同時俯身下去時，我們互望了一眼，我猜想，傑克那時，心中所想的，和我一樣。

我們都曾懷疑那女人是「另一種人」，那傢伙顯而易見，和那女人是有關係的，那麼，他是不是也是另一種人呢？如果他是的話，那麼，他現在是落在我們的手中，再也不會神秘失蹤了！

我們一起來到屍體之前，只見那個人臨死之前的神情，十分可怕，雙眼睜著，口也張得老大，我低聲道：「是他，我從家中出來，突然撲向我車子的就是他。」

傑克「哼」地一聲：「照說，他不應該被車子撞死的，不然，他不該撲向你的車子。」

「或許他知道我一定會及時煞車，他的目的，是向我襲擊。」我說。傑克沒有出聲，一個探員在死者的身上搜索著，那死者的身上，可以說是空無所有，直到解開了他的襯衣鈕扣，才有了發現。

那傢伙的頸際，用一條細鏈，掛著一個徑約寸許的圓環，黑黝黝的一個圓環。

如果不是曾有一個同樣形狀、大小的圓環，曾無緣無故出現在我的衣袋之中，而又被我推定為是那女人臨死之前放在我口袋的話，那麼，這時就算看到了那個圓環，也一定不會引起特別注意，一定當它是一件普通的裝飾品而已，但是以前既然有那樣的事情發生過，自然便不大相同了，一看到那個圓環，我愣了愣，傑克的反應比我還快，他立時叫道：「離開！」他一面叫，一面推開了那探員，俯身下去，托起那個圓環，又仰起頭來望著我。

我立時道：「我們可能獲得極其寶貴的東西了，快將它除下來！」傑克找到了鏈子的扣子，將那圓環除了下來，托在手掌心，我們兩人，用心看著，異口同聲道：「和那一個，完全一樣！」

我立即又道：「這圓環在他們而言，一定有極重要的作用，快藏起來，好好地研究。」

傑克點著頭，小心翼翼地將那圓環，放進了衣袋之中，這時，黑箱車也來了，屍體被搬上了黑箱車，至於那輛卡車，雖然已有四十餘輛警車，在這一區搜索它的下落，而它又是龐然大物，可是卻一點結果也沒有。

在黑箱車駛走之後，傑克搓著手，顯得很高興：「這次，我們總算又有了一個了，雖然是死的，但總算有了頭緒。」

我明白他的意思，他是在說，那女人的屍體，神秘消失，可能是由於一種神秘力量的指使，但是現在，他又有了一具屍體。

我皺眉：「剛才忘了看一下，那死者的手臂上，是否也有鱗片。」

傑克道：「急什麼，等他到殮房之後，再慢慢解剖，總不會再走了！」

我開玩笑地道：「只怕到不了殮房！」

我是說著玩的，可是傑克卻認了真，他陡地一震：「什麼意思？你是說，在半途上，黑箱車可能出事？」

我笑著道：「黑箱車出事？我看沒有什麼機會，從這裏到殮房，是在封鎖的區域之內，幾十輛警車在不斷巡邏，誰能做什麼手腳？」

可是傑克卻還是十分不放心，他連連頓著足，並且埋怨我道：「唉，你為什麼不早提醒我？」

看到他那樣著急的情形，我只感到好笑，我道：「你急什麼？要是你真的不放心，那麼現在，我們可以一起到殮房看看！」

傑克大聲道：「說得是！」

傑克伸手一招，一輛警車疾駛而來，我和傑克上了車，車子疾駛向殮房，五分鐘後，我們已經到了殮房的門口，我和傑克下了車，我覺得事情十分不對頭。

因為殮房中冷清清的，絕不像是才有黑箱車到過，發生過事一樣！

傑克的面色變得發青，他衝了進去，找到了管理員，劈頭第一句就道：「那死人呢？」

那管理員被他問得莫名其妙，不知如何口答才好，我心頭一寒：「傑克，出事了，黑箱車沒有理由比我們到得遲。」

傑克也不再問管理員，和我兩人，匆匆地奔了出來，我們才出門口，駕駛警車的警員，已匆匆走了過來，道：「上校，有意外！」

傑克上校直趨警車，拿起了無線電話，大聲道：「有什麼意外，說！」

在無線電話中傳出的聲音道：「上校，黑箱車在一條橫巷中失事！」傑克破口罵了起來：「他媽的，大路不走，他駛到橫巷作什麼？」

無線電話中的回答是：「不知道，司機撞死了，黑箱車在撞牆之後，立時起火，兩個仵工倉皇逃走，倒沒有受傷，車子已燒毀了！」

傑克的臉色，白得簡直是塗上了一層粉一樣，他大聲問道：「那麼，那死人呢？」

對方像是呆了一呆，不明白傑克爲什麼在那樣的情形下，還在關懷一個死人，是以他的答話很遲疑：「那死者……上校，火勢十分熾烈，那兩個仵工只顧逃生，無法將死者拉出來。」

上校狠狠地摔下了電話，轉過身來，我立時道：「上校，發怒無濟於事，我們要去現場看看！」

傑克被我一句話提醒，忙道：「是，快去！」

我和他又鑽進了警車，不一會，便來到了黑箱車出事的橫巷中。

難怪傑克一聽得黑箱車在這裏出了事，便忍不住破口大罵了起來，因爲黑箱車絕沒有理由，在到殮房的途中，駛到這裏來的。

但是，黑箱車卻的確在這裏，撞在牆上，那一撞的力道，還著實不輕，車頭全陷了進去，整輛車子，在我和傑克到達的時候，還在冒煙，車子被燒得不復成形。

傑克一到，就命令警員將黑箱車的門撬開，我看到，車廂內，裝屍體的木盒，已燒成了焦炭，在車廂中，連一隻死老鼠都找不到，別說一個死人！我和傑克都呆呆地站在車廂之前。

我們的心中都明白，燃燒車輛的火頭再猛烈，也決不能將一個死人燒得無影無蹤。

這個死人，和殮房中的死人一樣，都是在一場火之後，變得無影無蹤的，這實在是一件不可思議、無法解釋的事情！

傑克呆了半晌，轉過頭來，我看得出他臉上那種又憤怒、又沮喪的神情，於是我只好安慰他道：「不怕，我們至少有兩個圓環了。」

傑克恨恨地道：「就算有九個，又有屁用？」

我並不和他爭論，傑克就是這樣的人。

這時，一個警員已帶著那兩個仵工，來到了傑克的面前。

傑克心中的怒火，總算有了發洩的對象，他大聲吼叫，口沫橫飛，像是要將那兩個仵工吞了下去一樣，喝道：「見什麼鬼？駛到這裏來幹什麼？」

兩個仵工嚇得臉部黃了，一個道：「我們……不知道，不是我們開車的，司機突然轉了進來，我們剛在奇怪，車子已撞上了！」

傑克又吼道：「撞上了又怎樣？」

另一個仵工道：「一撞車，車門就彈了開來，我和他，是被彈出來的，我們剛一跌在地上，車子就起火了，我看司機一定是發了神經！」

傑克厲聲道：「你怎麼知道！你是醫生？」

那仵工嚇得不敢再出聲，我在一旁，看到傑克那種大發雷霆的情形，實在想笑，但是，卻又不好意思，傑克呼呼地轉過身來，我又勸他道：「算了，和殮房的大火一樣，看來我們查不出什麼來，還是集中力量，研究到手的那兩個圓環的好。」

傑克嘆了一聲，道：「研究室的工作真慢，我已催過他們，應該有結果了，你和我一起回去。」

我點頭道：「自然。」

傑克垂頭喪氣地下了車，我的精神，也不見得如何振作，我只是在想，兩具屍體，能被採用同一方法消滅了，這實在是一件十分值得研究的事。

首先，可以肯定的是，對方（我完全不知道對方是什麼路數，但稱之爲「對方」，總是不錯的。）絕不希望他們的人落在我們手中，而死者（對方的人）在火中，會消失無蹤，如果不是那種火的熱度特別高，就是那種人的身體，特別不耐熱，兩者必居其一！

而這兩點，都十分耐人尋味，如果有一種火，能在剎那之間，達到極高的溫度，那是我們目前科學所不能解釋的事。

而另一方面，也是一樣，如果有一種人，他們的身體，特別不耐熱，那麼，他們必然和我們有所不同，是「另一種人」。

在車上，我將我的想法，向傑克說著，他聽得十分用心，濃眉打著結。

然後，他嘆了一口氣：「衛斯理，在我們所遇到的事情之中，只怕沒有一件比這更麻煩的了。」

我卻反對他的意見：「不，上校，我曾遇到過不知比這更麻煩多少的事，現在這件事，我們至少還有那兩個環在，可以在這上面找出線索來。」

傑克喃喃地道：「但願如此。」

車到了警局，我們一起走進去，在未到傑克的辦公室前時，一個禿頭男子迎了上來，傑克一看到他，便嚷叫著：「主任，有什麼發現？」

接著，他就向我介紹，道：「這位是警方的研究室主任，王主任，他主持一個設備完善，幾乎可以分析任何東西的研究室。」

王主任和我握著手，道：「上校，你交下來的那個圓環，據我的判斷，那是一柄鑰匙。」

傑克已推開了辦公室的門，我們三個人，一起走了進去，一聽得王主任那麼說，我和傑克兩人，都愣一楞：「什麼，鑰匙？」

王主任道：「是的，你看看這分析報告，這環是金屬，是鐵、鎳的合金，高度磁性，磁性點強得高達二十點六度，如果通電之後，還可以增強四倍，這樣強大的磁力，足以推開一道一尺厚的保險庫大門。」

傑克望著王主任：「是一柄磁性的鑰匙？」

「是的。」王主任對他自己的判斷，很有信心，「這種磁性的鎖和鑰匙，還未十分普通，自然，磁性如此之強，很特殊。」

傑克又向我望來：「你知道磁性鎖是怎麼一回事麼？」

我點頭道：「當然知道，將磁性鑰匙插進孔去，就可以代替鑰匙，但是卻比普通的鎖安全得多，因為磁性鑰匙，無法仿造，除非掌握有磁性鎖的一切資料。」

王主任將那個圓環，附在報告書的後面，用一個透明的小盒子盛著。傑克伸手自口袋中，取了另一個圓環來，王主任奇道：「又是一柄，你從哪裡弄來這種磁性鑰匙的，哪裏要用這種鑰匙來開啓的門，在什麼地方？」

傑克苦笑了一下：「但願我能夠知道，如果我知道了，就算那扇門中，有一條會噴火的恐龍，我也要開進去看看。」

他一面說，一面將那盒中的圓環，取了出來，放在手中比較著。

那兩個圓環，顯然是一樣的，不必用放大鏡，也可以看出他們上面的細紋，完全一致，王主任也將兩個環仔細比較著，然後他感嘆道：「一定要有高度精密的工業水準，才能夠製出這樣完全相同的兩柄磁性鑰匙來。」

傑克想了片刻，才道：「謝謝你，暫時沒有什麼需要你幫助的了。」傑克送著王主任出去，然後，他在辦公室中，來回踱著步，我則在翻閱著王主任的報告書。

過了片刻，傑克才突然道：「你可知道我現在在想些什麼？」

我抬起了頭來，傑克道：「我們現在，有了鑰匙，你知道我們下一步，應該做什麼？我們應該去找那扇門！」

我想了一想，才徐徐地道：「上校，不一定是一扇門，也可以是別的東西，這柄磁性鑰匙，可能用來亮一盞燈，打開一個抽屜，發動一輛汽車，一架飛機，它的用途太廣泛了，舉不勝舉。」

傑克是一個不肯認輸的人，他忙道：「更可以用來打開一道門，我仍然沒有說錯，總之，我們要找出這兩個環形的磁性鑰匙，是什麼用的！」我點頭道：「自然，我同意你的說法，而且，我還有一個提議。」

傑克忙道：「說。」

我道：「現在，我們一點頭緒也沒有，我提議是我們兩人分頭去找，機會自然愈多愈好，我們可以每天聯絡一次，你看怎樣？」

傑克立時同意：「這辦法不錯。」

我道：「那麼，你要給我一個圓環，如果我找到了目的物，可以先試用一下。」

傑克猶豫了一下，才道：「好的。」

他將一個圓環給了我，我告辭，在我走出來的時候，傑克跟了出來，向一個警官在大聲呼喝，責備他直到現在，還未找到那輛卡車。

由於那個神秘的女人，約我相會之後，已發生了一連串神秘的意外，包括車禍、襲擊、死亡，所以我在離開了警局之後，行動分外小心。

我貼著街，慢慢走著，小心留意著身邊一切的動靜，我走出了幾條街，才召了車，回到了家中。

那時，已經是下午了，白素留下了一張字條，她出去了，僕人也不在，我按鈴無人應門，取出鑰匙，打開了門，一直來到書房中，取出了那個環來，放在桌上，對著它凝視著。

一柄磁性鑰匙，可以有上千種的用途，而且，就算我找出了它的用途，於事也是無補，譬如說，我知道那是一柄汽車的鑰匙，我又怎能知道那汽車在什麼地方？

我站了起來，伸了一個懶腰，我覺得肚子有點餓了，是以我走到樓下，吃了一點點心之後，我重又上樓。

我實在想好好地睡一覺，以補償連日來的勞頓，但是我還是向書房走去，因爲那個環，對我還是有著無比的吸引力。

相信在謎底未曾揭開之前，這種吸引力不會消失，因爲我是一個好奇心十分強烈的人。

我來到了書房的門口，便陡地一呆。

我記得，在我離開的時候，我並沒將門關上，而現在，書房門卻緊閉著。

不可能是風將門吹上的，因爲根本沒有風。

我立時想到那個圓環，我在下樓的時候，就將那個圓環放在桌上。

對方既然不願意他們的人，落在我們的手中、自然也不會喜歡他們的圓環，來給我們作揭開神秘謎底的線索，我一想到這裏，立時去推門，可是門卻在內裏被鎖上了，有人偷進了我的書房，那毫無疑問，我用力撞著門，撞到第三下，一聲砰然巨響，門已經被我撞了開來。

門被撞開，我整個人衝進書房，我看到一扇窗打開著，同時，看到有兩隻手，攀在窗檻上，那兩隻手只要一鬆，那人就可以跳到街上，我也就捉不到他的！

在那一剎間，我簡直沒有多作考慮的餘地，我疾取起桌上的裁紙刀來，又疾拋了出去。那種飛刀的手法，是我跟一個馬戲班賣藝的高手學來的，刀「刷」地飛出，在不到一秒鐘內，射中了那兩隻手中的一隻，而且，還發出了「奪」地一聲，刀尖穿透了那隻手掌，釘進了窗檻。

我立時聽到一聲慘叫，我也立時衝向前去，喝道：「別再動了，除非你想變成殘廢！」

當我講完那句話時，我早已到了窗口，我也看到了那個人。他的雙手，仍然攀在窗檻上，由於他的一隻手，已經被尖刀刺穿，是以在他的臉上，現出極其痛苦的神情來，那是一個三十歲左右的男人。

我一到，便緊緊握住了他的手臂，那人喘著氣：「放我……走！」

我冷笑道：「進來，我們慢慢談。」

我仍然緊握著他的左腕，用力拔起了那柄刀來，那人又發出一連串的呻吟聲，我將那人，從窗外扯了進來，將他推倒在椅子上。

那人的右手，不斷地流著血，他的面色，白得像是塗著一層白堊一樣。

我向桌面望了一眼，那環已不在了，那時候，我心中的高興，是難以形容！

那環不見了，這人是來偷那個環的，那麼，他自然是那女人、那個被車撞死的人的同黨了，我終於捉到一個「對方」的人了，而且是活的。

我望著那人，那人縮在沙發中，我冷冷地道：「你是什麼人？」

那人呻吟著：「你別問，我是一個小偷！」

我冷笑道：「承認自己是一個小偷，倒是一個聰明的辦法。」

那人呆了一呆，眼珠轉動著：「那麼，你認為我是什麼人？」

我道：「你是什麼人？只有你自己才知道，你是一個小偷，為什麼不偷別的，只偷那個一錢不值的圓環？」

那人苦笑了起來，道：「有人出錢叫我偷的，他們出很多錢，叫我偷的，我真是小偷，我叫阿發，你不相信可以到警局去查我的檔案，我因為偷竊，曾經有過入獄十八次的紀錄！」

我不禁呆了一呆，一個人有十八次入獄記錄，那麼，他毫無疑問是一個小偷！

# 第四部：追查神秘組織

在我沈吟不語間，那小偷哀求道：「先生，我實在不想再入獄，你看，我已經受到了你的懲罰，放我走吧，先生，我不敢再來了。」

我望著他：「阿發，你受什麼人的委託，來我這裏偷東西的？」

阿發的眼珠骨碌碌地轉動著，但是他卻並不回答我的話，我冷笑一聲：「或許，我該現在打一個電話給洪老三，叫他來問你。」

一聽得自我的口中，道出了「洪老三」的名字，阿發急速地喘著氣，叫道：「別驚動他，不必驚動他。」

洪老三是我認識的三山五嶽人馬中的一個，他控制著許多小偷，如果以爲小偷看到了警察就害怕，那是假的，唯一能令得像阿發這樣的慣竊，產生恐懼之心的，只有像洪老三這樣的人物，因爲警察執行的是法律，而像洪老三那樣的人，執行的卻是中古式的私刑。

我一句話就奏了效，阿發在呆了一陣之後，忽然已轉動著眼珠：「你認識洪三爺？」

我冷冷地道：「要是不信，可以當場試驗。」

阿發忙道：「不必了，好，我告訴你，我也不知道那些是什麼人，他們在我的住處找到了我，要我到這裏來偷一個這樣的東西，他們先給我五百元，等偷到了之後，再給我五百元。」

我道：「很好，你得手之後，到哪裡去將東西交給他們？」

阿發皺著眉：「奇怪得很，他們不要我偷到的東西，只是囑咐我在得手之後，將東西拋進陰溝去，就已經算是完成了。」

我又呆了一呆，這証明那圓環，對「他們」來說，並不重要，他們可能每人都有一個，重要的只是，這種圓環，不能落在外人的手中，那可能是「他們」身份的一種象徵，如果落在外人手中，會暴露他們身份。

然而，我不明白的是，他們爲什麼那麼相信狡猾的阿發，不會騙他們？

我的腦中，陡地一亮，他們一定有人在暗中跟蹤阿發，可以偵知他的一切行動！

一想到這裏，我立時道：「喂，阿發，快將你身上的衣服脫下來！」阿發呆了一呆，他在一時之間，顯然不明白我那樣說，是什麼意思。

我又重複了一遍，並且加了一句補充：「你留在我這裏，別走，等我回來，我會給你錢，並且向洪老三保舉你作爲一區的小偷頭兒！」

看阿發的神情，像是在做夢一樣，但是他還是迅速地將他的衣服，脫了下來，而我立即換上了他的衣服，我在換上了他的衣服之後，捏著那圓環，從窗口攀出去：「你記得，千萬不能亂走，等我回來！」

我講完了那句話，就順著水管，直攀了下去，然後，我跳到了橫街口。街上十分靜，就順著水管，一個人也沒有，我在想，或者我的判斷有錯誤，但是無論如何，那值得試一試。

我貼著牆，向前走著，似乎未曾發覺有任何人在我的附近。當我來到了一處陰溝的鐵柵前面時，我站定了身子，俯身向下，作狀要將手中的圓環，塞進陰溝去。

在我俯下身去的那一剎間，我的四周圍，仍然沒有任何動靜。我暗嘆了一口氣，心想我失敗了，可是，也就在圓環快碰到陰溝的鐵柵時，一輛車子，陡地轉過了橫街，疾駛了過來。

那輛車子是來得如此之快，以致令我陡地一愣，車子在我身邊停下，一個人自車中伸出手來，他的手中，捏著一張鈔票。

在那時候，我心頭狂跳了起來。

終於有人出現了！

我盡量偏著頭，使車中的那個人看不清我的面目，但又不致引起他的疑心。

我聽得那人道：「阿發，這裏是另外五百元，將你手中的東西給我。」

我略轉了轉頭，看到車中只有一個人，我也無法看清他的面目，我含糊地應了一聲，伸出手去，然而，我卻不是將他手中鈔票全接過來，我伸出手去，倏地抓住了他的手腕。

我在一抓住他的手腕之後，就將他的手臂，向上一揚，緊接著，又猛地一壓，將他的手臂，壓在車門上，車中那人，發出了聲怪叫。

他的怪叫聲還未曾完畢，車子已突然向前衝了出去，但也就在那一剎間，我已打開了車門，將那人從車中，直拖了出來。

車子失去了控制，一聲巨響，撞在牆上，我將那人自車中拉了出來之後，那人揮拳便向我擊來，我一閃避開，就勢一扭手腕，將他的手臂，扭到了背後。這時，我已看到街兩邊的屋宇，紛紛著亮了燈，當然是車子相撞的聲音，驚動了人們。

而這時，那人雖然還竭力掙扎著，然而我既然已將他的手扭到了背後，自然是佔了極度的優勢，我推著那人，迅速地向前去，轉過了街角。來到了我住所的門口，打開了門，大聲叫道：「阿發，下來！」

阿發自樓上奔了下來，我又道：「著亮燈！」

燈光一亮，那人立時低下頭，不再動，我將那人推到了阿發的身前：「你看清楚，叫你到我這裏來偷東西的，是不是他？」

阿發向那人望了一眼，忙道：「是，是他，除了他之外，還有一個高個子。」

直到那時為止，我還不知道那人是什麼樣子的，我將那人用力向前一推，那人跌出了幾步，恰好跌坐在一張沙發上。

我立時厲聲道：「如果你還想多吃苦頭，那就不妨試試逃走！」

那人的身子，向上挺了一挺，那時，我才看到，那傢伙的樣子十分普通，完全是街邊隨時隨地都可以遇到的那種人。

我望了他一眼：「阿發，你站在他背後，他要是有什麼異動，不必客氣。」

阿發答應了一聲，立時走到了沙發的後面，我在他的對面，坐了下來。

那人的臉色，十分蒼白，我望著他，他卻低著頭，一動也不動，我想了片刻，才道：「好了，朋友，事情已到了這地步，你該坦白和我談談了！」

那人仍然一動不動，一點反應也沒有。

我問道：「首先，你是什麼人，或者我應該問，你們是什麼人？」

那人這才略抬了抬頭：「我是什麼人，我們是什麼人，我絕不會說出來的。」

我冷笑著：「很好，不過你一定要說出來，對你們感到興趣的，絕不是我個人，警方也有極度的興趣，而且，將一連串的神秘事實公佈出來之後，全世界都會有興趣！」

那人的身子，震動了一下，直直地望著我。

我的語氣變得委婉許多：「其實，直到現在為止，你們雖然曾幾次對我不利，但我並沒有受什麼損失，你們只是對付了自己人，如果不必驚動警方的話，對你有好處。」

那人並沒有對我的話，立時有什麼反應，他先轉頭，向阿發望了一眼。

我又道：「如果你肯將秘密告訴我，我可以先支走他，只有我和你。」

那人又呆了半晌，才點了點頭。

我立時道：「好了，阿發，沒有你的事了，你走吧，你可以穿走我衣服。」

阿發大是高興，打開門，走了。

阿發走了之後，那人在沙發上欠了欠身子，我仍然十分小心，隨時隨地準備對付他有什麼異動，然而那個人只是欠了欠身子，又坐定了，隔了好一會，他才道：「好了，你想知道些什麼？」

我不禁躊躇了，我想知道些什麼？他顯然是準備回答我的問題了，然而，我問些什麼才好呢？我要問的問題，實在太多了！

自然，我應該選擇最主要的問題來問。

所以，我在略呆了一呆之後，才道：「你，你們，是不是地球人？」那人陡地一呆，先是望住了我，像是根本不知道我那樣問是什麼意思，在那時，他的臉上，還現出了十分惶惑的神情來，可是接著，他就大笑了起來！

他笑了很久，接著便是一陣劇烈的嗆咳，然後才道：「你想到哪裡去了？你以為我是什麼人，是外太空的怪人？」

我冷冷地道：「有可能，因為你們的行動，有許多怪異不可思議之處。」

那人仍然坐著，我無法明白他為什麼在那樣的情形之下還要笑，因為我聽得出，他的笑聲，是強裝出來的，他是不是想以笑聲來掩飾什麼呢？他對我的問題，斷然否認，但這時候，他卻又笑得如此勉強，那究竟是為了什麼？

我又追問道：「別笑了，你對你們的怪誕行徑，可有什麼好的解釋？」

那人不再笑，他面上的肌肉，在不住的發著抖，那是無法克制的，這表示他的心中，不是極度緊張，就是極度驚恐。

他的聲音，聽來也很乾啞，他道：「我們是一個組織，其實，我們的組織，對你一點妨礙也沒有，你為什麼總是要和我們作對？」

我冷笑著：「誰和誰作對？誰撞向我的車子和我打架？」

那人吸了一口氣：「現在，我提議這件事就那樣結束，你將那兩個圓環，還給我，我提供一筆巨額的金錢，大到出乎你的意料之外……」

他講到這裏，略停了一停，聽得我沒有什麼反應，才又道：「譬如說，五百萬美金，或者更多。」

我諷刺地道：「出手真大方！」

那人道：「我們不在乎錢，我們有極多的錢！」

我又道：「你們在乎的是什麼？怕神秘身份暴露在世人之前？」

那人的臉色變得十分難看，他的聲音也變得尖銳起來：「與我們作對，沒有好處！」

我攤了攤手：「利誘不中用，威嚇一樣也沒有用，我這個人有一點怪脾氣，就是好奇心強，你要我不再理會，唯一的條件，就是要讓我知道一切！」

那人以極度憤怒的神情望著我：「你想知道什麼，你想知道什麼？」他重複著問，正表示他心中的憤慨，我立即道：「很簡單，你們是什麼組織，你們用什麼方法來消滅屍體，爲什麼要消滅屍體，那女人最先和我約會，是爲了什麼？爲什麼你們人人身上，都有一個環，那種環，是開啓什麼用的，你全部要告訴我！」

那人的聲音更尖銳，他叫了起來：「不可能！」

我冷笑道：「好的，不可能，但是從你的身上，著手研究，只不過多花一點時間，我想我一定可以獲知結果的！」

我未曾想到，我的這幾句話，給那人帶來了那麼巨大的恐懼，他站了起來，身子在發抖，雙眼之中，充滿了恐懼的光芒，望定了我。

好一會，他才戰慄地道：「太過分了，你實在是太過分了！」

我不客氣地道：「或許是，但是你要知道，我已認定了你，和你的同伴，是地球的敵人，那就非逼得我如此做不可了！」

他一個轉身，向窗口撲去！

他的動作，也不算慢，但是在他離窗口還有兩呎時，我便伸手抓往了他的後領。

我一抓住了他的後領，將他直扯了回來，又將他重重地摔在沙發上，冷笑道：「你走不了，除非你變成了屍體，讓你的同伴，再使你的屍體，神秘消失，現在你該逐一回答我的問題了。」

那人的臉色，一片慘白，他道：「我——我無權決定是否回答你的問題。」

我立即問道：「那麼，誰有權？」

那人道：「我要去問——一個人，他——是我們的首腦，他才有權。」

我點頭道：「好的，你打電話。」

那人望著我，乞憐似地道：「電話打不到他那裏，我要去見他。」

我不禁笑了起來：「你想用這樣的方法脫身，難道當我是三歲的小孩子麼？」

那人怪叫了起來：「你可以和我一起去見他。」

我呆了一呆，那人叫我和他一起會見他們的首領，這是一個使我極感興趣的提議，我正想去見見這批神秘人物的首領！

但是，我卻立即又想到，我和他們，正處在明顯的敵對地位，現在，單獨面對那人，佔著極度的優勢，但如果我跟他到達他們的總部，那我就變成處在劣勢之中，幾乎隨時可以發生危險！

然而，如果不答應那人，就沒有機會見到他們的首腦。

我猶豫著，一時之間，決不定是不是答應，好一會，我才道：「我可以和你一起去見他，但是我要知道，他在什麼地方。」

那人搖頭：「不，我不能告訴你，我只能帶你去，就算是帶你去，我也已經超出所能了！」

我道：「到了你們那裏，我有什麼保障？我看還是別再提這件事的好，我現在已捉到了你，可以在你的身上，弄明白事實的真相！」

那人聽得我這麼說法，他怪笑了起來：「你錯了，如果你再逼我，你得到的，只是一具屍體，而且，正如你剛才所說，我的同伴，有辦法可以令屍體消失。」

我狠狠地道：「你以爲我會讓你自殺麼？」

那人的笑容顯得更淒慘，他道：「如果我要自殺，你絕對無法阻止我，你看……」

他講到這裏，張開口來，伸出了舌頭，我看到他的舌頭上，有著一粒米粒大小的、白色的東西，他伸出舌頭來之後，立即又縮了回去，繼續道：「我只要咬破這粒東西，就會死去，你什麼也得不到了！」

我不禁苦笑了起來，看來，我並不是佔著絕對的優勢，如果不是這傢伙怕死的話，他早已自殺了，我一樣什麼都得不到。

然而這樣一來，對方的身份，更使我懷疑了，他們究竟是什麼人？是一個龐大的間諜組織，還是一個罕見的犯罪集團？何以每一個人都隨時隨地，準備自殺？

我越來越覺得他們這些人神秘莫測，也越來越強烈地想知道他們的底細。

那人站了起來：「可是……可是……」

我怒道：「可是什麼！」

那人被我一喝，嚇了一跳，好一會講不出話來，但是他終於道：「我不能就這樣帶你去。」

我冷冷地道：「什麼意思？」

那人囁嚅地道：「首腦所住的地方，十分秘密，如果你能被我蒙起雙眼——」他才講到這裏，我實在忍無可忍，這傢伙，竟然得寸進尺到這一地步，荒唐得要我蒙起雙眼來跟他走，他那一句話還未曾講完，我已然大喝一聲，一拳揮出，「砰」地一聲，擊在他的下顎上。

那傢伙被我一拳打得一個踉蹌，口角流下鮮血來，他駭然地望著我，我仍然向他揮著拳，怒喝道：「你要就帶我去，要就你咬破毒藥自殺好了，我不在乎，我既然能捉到你，也可以捉到你們其他的人。」

那人的身子，劇烈發起抖來，這至少使我看出了一點，他十分怕死。我冷冷地望著他：「怎麼樣，決定了沒有？」

那傢伙苦笑著：「我可以帶你去，但是……那對你沒有好處，如果你知道了我們的秘密，對你實在沒有好處。」

我道：「要怎樣才算是有好處？」

那人道：「最好你什麼也不理，就像是根本沒有見過我，根本沒有任何事發生！」

我不禁大笑了起來：「你別打如意算盤了，走，帶我去！」

那人長嘆了一聲，臉上那種愁苦的神情，真是難以形容，但是我卻一點也不同情他，因爲我覺得他，或者他們，有說不出的古怪。

我用力推了他一下，將他推得走向門口，然後，我又推他一下，將他推出門去，我則緊跟在他的後面。

在我們走出門口的時候，我還看到那橫巷中，聚集著不少人，在看熱鬧，我抓住了那人的手臂道：「我來叫車子，我們首先該到什麼地方去？」

那人神色蒼白，顫聲道：「先到雲崗。」

我呆了一呆，雲崗是郊外的一處地方，很荒涼，平時沒有什麼人去，離市區也相當遠。這傢伙說出了這個地名來，是真的在那裏可以見到他的首腦呢？還是在拖延時間？正當我想到這一點時，橫巷之中，走出兩個警務人員來，其中一個，正是傑克。

傑克也看到了我，他揚手大叫道：「喂，我有話告訴你，你過來。」我道：「我——」我只不過轉過頭去，講了一個字，就給那人有了逃走的機會，那人用力一掙，掙脫了我的手，向前疾奔而出，我立時叫道：「捉住他！」

幾個警員一起奔了過去，我也立時撲了出去，可是那人迅速地奔向對面馬路，他奔得比一頭兔子還快，甚至翻過了正在路上行駛的一輛車子。滾跌在地上。

也就在那時，傑克也已奔到了我的身邊，我一面向前奔著，一面道：「捉住他，他是他們中的一個！」

這句話，在別人聽來，自然是莫名其妙，但是傑克卻明白。是以我們也迅速地穿過了馬路，我們是眼看著他奔進一條巷子去的，可是當我們奔進那巷子時，那人卻已經不見了。

大批警員也奔了過來，傑克忙下令搜索。

當大批警員在每一層樓宇都展開搜索之際，我將如何捉到那人的情形，向傑克約略講了一遍。

可是嚴密的搜索，卻找不到那人，就像幾次封鎖整個區域，找不到那輛大卡車一樣！

傑克暴跳如雷，我則在想著，現在，我只有一條線索了，就是自那傢伙口中說出來的一個地名：雲崗！

傑克氣呼呼地道：「你到哪裡去。」

我道：「我有點私人事要辦。」

傑克並沒有再向我追問是什麼事，那也是在我意料之中的事情，因爲以他這時的心情而言，他不會再過問其他事情。

我先回到了家中，進行了一番化裝，又換上了一套殘舊的衣服，從後門離家。

我自己的車子被撞壞了，我只好利用公共交通車輛，我轉了兩趟車，才登上了往郊外去的公共汽車。

那一路線的公共汽車，在過了幾個較多人居住的地方之後，車中除了我之外，只有另一個搭客，我望著窗外，通向雲崗的那條公路上，只可以容一輛車經過，如果迎面有車來，必須有一輛車子，退回到避車處去，所以行進得特別慢。

我打量著和我同車的那個搭客，他看來像是一個鄉下人，我打量他一會之後，便不再注意他，我曾經到過雲崗一次，那是一個小村子，有幾個農場，好像還有一家養蜂園，除此之外，我想不起什麼了。

在我思索間，公共汽車已到了終點，當然並不是到了雲崗，我必須在一條小路上再行走半里左右，才能到達。我下了車，找到了那條小路，向前走著。

# 第五部：奇怪的屋子

那條小路十分靜僻，除了路邊有幾頭狗，懶洋洋地躺著之外，一個人也沒有，是以我可以十分容易，便感到我的背後有一個人跟著，而且，我也知道那是什麼人，那就是和我同車的搭客。

我在考慮了一下子之後，便故意放慢了腳步，等到那人追上我的時候，我轉過頭去：「請問，到雲崗去，是走哪條路？」

那人點了點頭，以十分好奇的目光望著我，然後才道：「你是陌生人，到那種小地方去作什麼？」

我苦笑著，攤了攤手：「沒有辦法了，我有一個遠房親戚，開了一個農場，我想去找點事情做，能混三餐一宿，心就足了！」

那人道：「貴親是什麼農場？」

我略呆了一呆，我只記得雲崗有幾個農場，都是規模小而設備簡陋的，至於那些農場，叫什麼名字，我可完全說不上來。

我只好含糊地道：「我也說不上來了，好像是叫什麼記的。」

那人道：「漢記，還是興記？」

我順口道：「對了，好像是興記。」

那人「唔」地一聲，點了點頭，不再出聲，我和他並肩向前走著，等到前面已漸漸可以看到幾間屋子時，他指著一條小路：「我是寶記蜂園的，有空來坐！」

我和他分了手，眼看著他走向那條小路去，不一會，他就轉了一個彎，一叢竹子，遮住了我的視線，我再也看不見他了。

我繼續向前走著，來到了那幾間屋子之前，有七八個村童正在屋前的空地玩耍。

這種偏僻的地方，一定很少陌生人來，是以當我出現的時候，那些村童，都停止了遊戲，望定了我。

這幾間屋子之中，決不會有我所要尋訪的目標在，所以我又繼續向前走去，小路越來越窄，我經過了幾個農場，其中果然有漢記農場和興記農場，我也沒有進去，再向前走，小路斜向下，通到海邊。

當我來到海邊時，我突然看到，在一個空地上，有一幢洋房。

那幢洋房的樣子，也很普通，是常見的郊外別墅那一種，可是它建在如此偏僻的地方，卻不免給人以突兀之感，我望了好久，決定前去察看一下。

然而，在海灘上看來，像是根本沒有路可以通向前去，我看到海灘上有幾個孩子在拾貝殼，我向他們走過去，問道：「我要到那房子去，該走哪條路？」

一個女孩子抬起頭來，望著那房子：「這裏沒有路可通的。」

我笑道：「那麼，難道這房子中的人，不要進出的麼？」

那女孩子天真地笑了起來，另一個較大的孩子道：「穿過寶記養蜂園，有一條大路，是通到那房子去的，你走錯路了。」

我忙道：「謝謝，我認識寶記養蜂園。」

我轉身走回頭路，又經過了那幾家農場和那幾間房子，來到了小路口。

我向小路走去，一路上很靜，我轉了幾個彎，在那條不到兩尺寬的小路兩旁，全是一叢叢的竹子，竹枝伸出來，是以我要不斷撥開竹枝、才能繼續向前走去，竹葉在被我撥動之際，發出「刷刷」的聲響來，情調倒真是不錯，可惜我沒有心情去欣賞。

走了不多遠，我就看到了寶記蜂園。所謂蜂園，只不過是幾間房子和空地，空地上，整齊地排列著一行行的蜂箱，門掩著，我來到了門口，推開門走進去，那時，我已可以從另一個角度看到那幢房子了。

我看到的是那幢房子的正面，的確有一條路，可以通過房子去，那條路的起點，好像是在海灘邊，和任何公路，沒有聯繫。這真是一件怪事情。

我走進了養蜂園，除了蜜蜂的「嗡嗡」聲之外，我聽不到別的聲音。

我向前走著，要穿過養蜂園，必須經過那幾間房子，就在我經過那幾間屋子時，聽得「吱呀」一聲，有人推開了門，一個人探出頭來。

那人正是曾和我同路的那個，他望著我：「你沒有找到親戚？」

我只好道：「是的，他出市區去了，沒有回來，所以我隨便走走。」

那人「哦」地一聲：「進來坐坐。」

這家蜂園已有很多年了，看來那人在這裏，也住了很久，我也不妨先向他了解那屋子的情形，是以我點頭，講著客氣話，走了進去。

屋中彌漫著一股蜜糖的氣味，有兩架蜂蜜攪拌機，看來在我經過的時候，那人正在工作，因爲有一架攪拌機中，還在滴著蜜糖。

我坐了下來，隨便談了一會，便道：「我上次來的時候，好像未曾看到有一幢洋房！」

那人道：「是的，去年才起的。」

我道：「什麼人住在裏面？有錢人也喜歡住那樣的地方，真古怪！」

那人點頭道：「不錯，真古怪，這幢房子中住的是什麼人，我們也不知道，但時時有人進出，而且屋主人還有大遊艇，看來很有錢。」

我又道：「沒有人接近過那屋子？」

那人搖頭道：「誰敢去?他們養著好多條狼狗，人還未走近，狗就叫了起來，就好像我們一走近，就是去偷東西，有錢人就是那樣！」

我笑道：「我倒不怕狗，反正我沒有事情，或許他們要請花匠，我也可以替他們帶狗！」

那人有點不以爲然，可是他卻也只淡淡地道：「你不妨去試試運氣。」

我站了起來，心中實在很高興，因爲從那人的口中，我已經可以肯定，這幢房子，真的古怪了，毫無疑問，它一定可以滿足我的好奇心，更有可能，那房子就是這批人的總部。

我又坐了一會，和那人道別，穿過了蜂園，越過了一片滿是荒草的田野，到了那條路上。

站在那條由海邊直通那幢房子的路上，更覺得那幢房子，怪不可言。

那條路斜斜伸向上，看來很有氣派，在接近海邊的路口，有一個水泥的碼頭，那是一條不和其他任何路連接的死路，除了供碼頭上的人，直通那屋子之外，沒有任何別的用處。

我在路邊向上走著，路的傾斜度相當高，是以我必須彎著身子向上走，在那樣的一條路上，自然不會有什麼別的人的。

當我來到了離那幢房子，約莫有一百五十碼左右之際，我就聽到了犬吠聲，同時看到，在屋子的大鐵門內，有十七八頭狼狗，一起撲了出來，大多數狼狗都似人立著，前爪按在鐵門上，狂吠著。

那一陣犬聲，聽來著實驚心動魄。

我呆了一會，繼續向前走去，愈向前走，犬吠聲愈是急，可是始終不見有人走出來，我一直來到了離那鐵門只有三五碼處才站住。

那些狼狗的神態更獰惡了，露著白森森的牙齒，狂吠著，如果不是我和牠們之間，有一道門，牠們一定衝出來，將我撕碎。

然而，就算有一道門隔著，我心頭也泛起了一股怯意，不敢再向前走去。

可是，盡管狼狗吠得驚天動地，那屋子中，卻不見有人走出來看視。

在狼狗的口中，自然得不到什麼消息，我又只好再向前走去。

當我來到了離鐵門更近的時候，門內的那些狼狗，簡直每一頭都像是瘋了一樣，有幾頭狼狗，拼命想將牠們的身子自鐵欄中擠出來，另外有幾頭，則不斷向上撲著，想跳出鐵門來。

看牠們的情形，真不像是一群狗，而十足是一群餓狼。我吸了一口氣，大聲叫道：「有人麼？」

我已經盡我所能大聲叫嚷的了，但是我的叫喊聲，完全淹沒在犬吠聲中。

我再次大聲叫喊，但是仍然沒有人來。

這時，我看到有一頭狼狗，幾乎已可以攀出鐵門來了，我連忙後退，那頭狼狗，站起來足比我人還高，就算只有一頭，我要對付它，也不是易事。

我退出了十來碼，離開了那條路，踏上了山坡，然後轉到了圍牆旁邊，我轉到了圍牆旁，那一群狼狗，也離開了鐵門，而轉到了牆內狂吠著。

我故意沿著牆，奔來奔去，那一群狗，也隨著我在牆內來回奔著、吠著。

我在想，如果在這樣的情形下，那屋子中仍然沒有人出來的話，那麼這屋子中一定沒有人，而如果屋子中沒有人的話，那麼我自然要另作打算了。

我來回奔了十幾分鐘，又回到了鐵門口，那一群狼狗，又追了過來，這時，我看到自那屋子中，有兩個人，走了出來。

那屋子的花園相當大，當那兩人才從屋中走出來的時候，我還看不清他們的臉面，但是從他們走路的神態來看，那兩人一定十分惱怒。

那兩人一走出來，那群狼狗便往回奔了回去，那兩個人來到了鐵門前，果然，他們神情憤怒，一看到了我，就大聲喝道：「你在幹什麼？」

我的心中暗暗好笑，我那樣做，實在太惡作劇了一些，但是除此之外，我也沒有辦法可以引得那屋子中人走出來。

這時，對方雖然惱怒，然而我卻笑臉相迎：「對不起，驚吵了兩位，你們是不是想請一個花匠，或是什麼雜工？」

那兩個人齊聲怒喝：「滾，滾開！」

我瞪大了眼睛，故意道：「你們是哪裡來的人？講的是什麼話？人只會走，誰會滾？」

那兩個人中的一個指著我：「你走不走？你要是不走，我開門放狗追你！」我忙搖著手：「走，我走，對不起，不過隨便來問一問，請別生氣！」

看那兩個傢伙凶神惡煞的情形，他們真可能放狗出來追我，我一面說，一面向後退去，然後，轉身向前疾走，一下子就奔進了蜂園。

我喘著氣走進蜂園，那和我傾談過一會的人迎了上來：「怎麼樣？我聽到犬吠聲，我早就勸你不要去！」

我苦笑道：「你說得對，我看到了屋中兩個人，唉，這兩個，比狗還凶。」那人聽我講得有趣，大笑了起來，我趁機告辭，一小時後，我已經回到了市區，我在被那兩人嚇走的時候，已經打定了主意，晚上再來。

我可以肯定，那屋子一定有古怪，而且十之八九，它就是我要追查的目標。我在日間，毫無準備，晚上來的時候，我就可以有足夠的辦法對付那群狼狗了，當我回到家中之後，我足足忙了好一陣子。

有一種噴霧，噴在人的身上之後，可以令人的氣味暫時消失，就算靈敏如獵狗的鼻子，也嗅不出來，我帶了五罐那樣的噴霧，以及一套爬牆的器具，和一柄可以發射強烈麻醉劑的小槍，那種槍，射出的是如同注射器的不鏽鋼筒，能將強烈麻醉劑迅速注入被射中的目標之內。本來，我是很少用到這種東西，但是我想到那群狼狗，不得不小心一些。

我還帶了一具小小的紅外線攝影機，以便在看到什麼古怪的事情時，可以拍下來。我又帶了一副紅外線眼鏡，可以使我在暗中看到事物。

當我準備好一切的時候，只怕第一流的國際特務，配備也不過如此。

等到天黑，我才動身，仍然搭車進入郊區，然後，在小路中走著，黑夜走在小路上，分外有一種神秘之感，一路上惹起了不少犬吠聲，到了一個曠地，停下來，取出那種噴霧，從頭到腳，使勁地噴著，直到噴完了三罐才停手，當我再向前走去時，我已經惹不起犬吠聲了。

我來到了蜂園門口，翻過了那一重籬笆，並沒有驚動什麼人，輕而易舉地穿出了蜂園，不一會，我已經踏上了那條路了。

我抬頭向上看去，那房子的花園中一片黑暗，房子的上下，有燈光透出來，從燈光的透露程度來看，這屋子幾乎每一個窗口，都有厚厚的窗簾。

我心情十分緊張，雖然我已使狗聞不出陌生人的味來，但是狼狗的感覺極其敏銳，只要有一點點聲響，就可以發覺有異了。

我放慢腳步，向前走去，等到來到了離鐵門還有十來碼的時候，我就聽到了門內有一陣狼狗的不安聲，傳了出來，但是狼狗還沒有吠，這顯然是那種噴霧的作用了。

我將腳步放得更慢，又走近了幾步之後，我仍然用日間的路線，上了山坡，到了圍牆之旁，我細心傾聽著牆內的動靜，聽到狼狗在不斷走來走去的聲音。

我沿著牆向前走，一直來到了屋子的後面，在牆內的狼狗，似乎並沒有跟著我一起來。

我又停了片刻，才取出那套爬牆的用具來，那套用具的體積並不大，但是一拉開來，卻是一具長十二呎，可以負重一百六十磅的梯子。

我將梯子頂端的鉤，鉤在牆頭，一步一步，小心爬了上去，爬到了一半之際，停了一停，戴起了紅外線的眼鏡，不一會，我的頭部已探出牆頭了。

我可以看到，屋後是老大的一片空地，全是水泥地，幾乎什麼也沒有，就是一幅空地。在那幅空地上，散散落落，伏著四五頭狼狗。

我取出了那柄小槍來，我要翻進圍牆，必須要先對付那幾頭狼狗，我連連扳動著槍機，那五頭狗在中槍之後，都挺著身企圖站起來，但是都站到一半，就倒了下去。趁還沒有其他的狗來到屋後時，我立時翻過了身，落了地，迅速地奔到了後門，背靠門站著。

屋中並沒有聲響，但是自門縫中卻有燈光透出來，這不禁使我躊躇，那麼大陣仗來到了這裏，我自然想進屋去看看，然而屋中有燈光，我如何可以偷得進去？

我等了片刻，輕輕地旋轉著門柄，發出了極其輕微的「卡」地一聲，門竟沒有鎖著。

我用極慢的動作，將門拉開了一道縫來，將眼鏡架到了額上，向內看去，看到了裏面的情形之後，我簡直不能相信自己的眼睛。

通常的屋子，這樣的後門，門內多半是廚房，或是僕人休息工作的地方，可是這時，我看進去，卻看到那是一間很大的房間，那房間內，一無所有，除了白的牆之外，什麼也沒有！

正因爲四壁上下，全是白色，是以光線看來，也特別明亮。

在那樣的情形下，我如果走進這間房間，簡直就和赤裸身子在鬧市行走一樣，毫無隱蔽的餘地！

我呆了片刻，決不定怎麼辦，就在這時，我聽得「拍」地一聲響，裏面的一道門打開，一個人自那道門中走了出來。

我只將門推開了一道縫，僅僅可看到裏面的情形，除非那人走近門來察看，否則他是不容易發現有人在門外，而如果我將門關上的話，反倒會引起那人的注意了。

從裏面門中走出來的，是一個相貌很英俊的年輕人，那時，我不禁在想，一個人到一間空無所有的房間來，有什麼事可做呢？這實在是一個很有趣的問題。而我心中的疑問，立時有了答案，我看到那年輕人，來到了左首的牆前，那牆上全砌著白色的方瓷磚，光淨潔白，一點塵埃也沒有。

那年輕人來到了牆前，伸手在瓷磚上撫摸著，當他的手停下來時，有一塊瓷磚，彈了開來。

看到這裏，我已經驚訝得張開了口，合不攏來，可是接下來發生的事，更使我瞠目結舌！那年輕人伸手在領際，摸索了一陣，取出了一隻圓形的環來。

那種圓環！

我已是第三次看到那種圓環了，而現在，在我的身上，也正有著一枚這樣的圓環。

我看到那年輕人將那圓環，湊近牆上，因爲那塊彈開來的瓷磚遮著，是以我看不清他在做什麼。

但是我立時想起了研究室主任的話來，他說，這圓環是一種高度精密的磁性鑰匙，那麼，可想而知，在那瓷磚之後，一定有一個孔，那年輕人正在用這個圓環，在開啓什麼了。

我屏住了氣息，只見那年輕人已縮回手來，牆上有三尺寬，七尺高的一部分，向後退了開去，移開了兩呎，年輕人閃身走了進去，牆又立即退回到原來的地方，那道暗門極其巧妙，在合上了之後，一點痕跡也看不出來。

我緩緩吁了一口氣，我應該怎麼辦呢？我的確已找到了我要找的目的地，但是現在，我該怎麼辦呢？

最妥當的辦法，自然是立即退回去，和傑克帶著大批警員前來。

但是這要耽擱很多時間，而我已經急不及待，我推開了門，閃身走了進去。我早已知道，我走進那房間去，絕不安全，但是我卻想不到，我的情形，竟會如此尷尬，我才一走進去，裏面的那道門，也恰在其時打開。

那道門一打開，一個人走了出來，恰好和我打了一個照面。

任何人都可以想像那時候的情景。

在一間空無所有，但是光線強烈的房間之中，我是偷進來的，而我才一偷進來，迎面就遇上了屋中的人，我根本無法作任何的掩飾！

由於事情來得太突然，我呆呆地站著，不知怎麼才好。

法。

自然，我呆立的時間很短，只不過是幾秒鐘，在那幾秒鐘之內，肌肉僵硬，想著應付的辦法。

在我還沒有想出任何辦法之前，那人已然有了反應。在那樣空無一有的房間中，我看到了那人，那人自然也看到了我，他先是現出極其驚訝的神精，然後，他問道：「你是新來的？」我沒有別的選擇，他這樣問我，我只好順著他的問題來回答，但是那一剎間，我緊張得難以發得出聲音來，是以只好點了點頭。

出乎我的意料之外，我只不過點了點頭，那人竟已經滿意了，他不再問我，逕自向那幅牆走去。

那時候，我已然有很好的機會，可以退出門去，但是我卻不想走了，因爲那人既然對我沒有什麼疑心，那麼我大可以留在這裏，看著他做什麼。

這個念頭，是突如其來的，當時我決定那樣做，只不過是由於當時的情形自然而然促成的，我根本沒有機會去深思熟慮，也想不到這樣一來，會有什麼後果。

說我這個念頭是「一念之差」也好，是「一念之得」也好，總之，當時如果我趁機退出門去，那麼，以後的一切全都不同，但是，我卻決定留在房間中，看那人做什麼。

我看到那人來到了牆前，和剛才的那個年輕人一樣，他弄開了一塊磁磚。

正如我所料，在那磁磚的後面，是一塊平整的不鏽鋼板，那不鏽鋼板上，有一道縫，而那人，已經從衣領之中，取出了那個「環」來。

當他取出「環」來之後，他回過頭來，望著我：「你還在等什麼？」

我不知道他那樣說，是什麼意思，但是在如今這樣的情形下，我不能呆立不動，是以我只好隨機應變，我向前走去，一面也取出那隻「環」來。

我可以肯定，他們每一個人，都有一個這樣的環，那人既然認為我是他們的自己人，那麼，我拿出環來，就可以更堅定他的信心。

果然，那人看到我拿出了環來，他臉上僅有的一分懷疑神情也消失了，他向我笑了一笑：「你先請！」

這又令我呆了一呆，他竟然和我客氣起來，他叫我先，先什麼呢？是先打開那暗門走進去麼？我曾目擊過一個人，用「環」塞入縫中，牆上就有一道暗門打了開來，那人這時，一定是這個意思。

然而，那卻又是很令人疑惑的，這個人為什麼不將暗門打開了，再邀我一起進去呢？在那樣的情形下，我實在是無法多考慮的，我只好向前走去，同時道：「你先來吧。」

那人搖頭道：「不，我才到不久，並不急於回去，還是你先吧！」

我聽得那人這樣說，不禁吃了一驚，「回去」？那是什麼意思？打開了這道門之後，我會回到何處去？

我心中吃驚，卻保持動作自然，硬著頭皮，將那個「環」，向牆上鑲著的那塊不鏽鋼板的縫中插去。

在我那樣做的時候，我的手在不由自主發著抖。

我已經可以知道，「環」是磁性鑰匙，也知道磁性鑰匙可以打開一道暗門。那人的這句話，令我顫慄，那人暗示著，如果走進那道暗門，就可以「回」到一個地方去。那地方，自然是他們來的地方！

我盡量想弄清楚這一點，是以我也盡可能拖延時間，我轉過頭來：「我們可以一起去！」

那人皺著眉頭，像是不明白我在說些什麼。

我知道我說錯話了，他們大概從來都是一個一個地「回去」，而沒有兩個人一起「回去」的事，我不知道該如何更正才好。

我只好勉強地笑了起來：「我是在說笑，希望你別怪我！」

那人也笑了笑——笑得比我更勉強，他道：「嗯，是說笑，我不怪你。」

我立時轉過身去，知道如果再沒有合理動作，來表示是「自己人」的話，那麼，一定會招致那人的疑心，所以，我將那環，放進了縫中。

在一下輕微的聲響之後，暗門打了開來，我跨了進去，當暗門打開之際，裏面漆黑，我只覺得奇怪得很，奇怪何以外面房間中的光線，不能射到暗門之中，看那情形，好像暗門雖然打開，但是仍然有什麼，阻隔著光線的通過。

但是，當我向暗門中跨進去的時候，卻又分明一點阻隔也沒有。

我只好存著走一步看一步的心理，反正面前是極度的漆黑，那也有助於掩飾，進了暗門之後，便連跨了兩步。

而暗門在我的身後合上，我聽到了那一下輕微的聲響，眼前實在太黑了，我剛想取出紅外線眼鏡時，突然身子向下沈去。

我或者應該解釋一下，並不是我的身子向下跌去，只是我站立的地板，向下沈去。

當人在乘搭快速升降機之際，突然下沈，會使人的心頭，產生一種極不舒服的、空蕩蕩的感覺，而那時，我踏著的那塊地板，向下沈的速度之快，是以不舒服程度，也是難以形容，超過了我所能忍受的限度，我覺得心臟像是要從口中跌出來，雙手舞動著，想抓到一些什麼，但是卻什麼也抓不到。

幸而，只不過繼續了半分鐘左右，下沈停止，我喘一口氣，眼前仍然是一片黑暗，沒有聲音，沒有光亮，一切全是靜止的，死的，我幾乎以爲我已經死了！但是我可以肯定自己沒有死，因爲我聽到身體中發出的各種聲響，肚中發出如同一堆舊機器發出的撞擊聲，心跳聲簡直像鼓響，呼吸聲像是有幾隻風箱一起在扯動。

以前，我曾經有機會，參觀過一個音響實驗室，那個實驗室中，有一間「靜室」，在那靜室之中，隔絕聲音，已到了百分之九十兒點九九的程度。

我到過的那「靜室」，科學家聲稱，沒有人可以在那「靜室」中忍受一小時以上。

然而現在，我所在的地方，卻比「靜室」更靜，它一定是百分之一百沒有外來的聲音，因爲我這時的感覺，比在那間「靜室」中更甚。

# 第六部：在「子彈」中到了陌生地方

我吹了一口氣，聽到的則是一下如同裂帛似的聲音，我的心因爲緊張而跳得劇烈，那一陣「咚咚」聲，更使人受不了。

我的手臂作了一下最輕微的移動，骨節所發出的聲響，和衣服的摩擦聲，就嚇了我一大跳，令我一動也不敢再動。

但是我必須要知道我是在什麼地方，我一定要取出小電筒來。

我咬著牙，在一陣可怖的聲響之後，我終於取出小電筒，著亮小電筒時所發出的聲響，更是接近可怖的程度，但總算好，我有了光亮。

在漆黑之中，有了光亮，即使光亮微弱，也可以看清眼前的情形。

我在一間狹長形的小房間中。

那真是形狀古怪的房間，只有三呎寬，我如果張開雙臂來，可以觸到它的雙壁，但是它卻有十二呎長。

那樣子，像是一顆子彈，而我這時，被困在子彈的內部，這時，我忽然興起了一種十分滑稽的感覺，我覺得我好像是一部卡通片中的主角。

人的感覺是很奇怪的，尤其是那種突如其來的感覺，幾乎無法找出合理的理由來解釋。

我當時的情形，就是那樣，我處在一個狹長的空間之中。

我可以想像我是在船艙中，那才是正常的想法，可是我想到的，卻是我在一顆子彈中。

在一顆子彈中，這是一種極其奇怪的想法，可是我當時的確是如此想，而爲什麼我會如此想，卻連我自己，也說不上來。

我熄了小電筒，因爲我發現這顆「大子彈」根本沒有出口，我被困在裏面，無法知道什麼時候出得去，所以必須保留小電筒中的電源，以備在必要時可以派用處。

我坐了下來，深深地吸了一口氣，當我吸了一口氣之後，我才發覺，我雖然是被困在一個狹小的空間之中，但是，我卻絲毫也沒有窒息的感覺，呼吸很暢順。

我坐了下來之後，又移動了一下身子，靠在壁上，那時候，我的心中，實在亂到了極點，因爲我完全無法想像發生在我身上的究竟是怎麼一回事。唯一可以供我思索的線索，是還在那間房間中的時候，那個人所講的一句話。

那個人說他「並不急於回去」，而讓我先走的，我還想邀他同行，那人卻現出了古怪的神情來。

照那一句話推測，我是在「歸途」之中了。

如果我是在「歸途」中，那麼，這時，我應該是在一個交通工具之內，可是，我卻無法覺出任何的移動，一切全是靜止的，尤其是那種駭人的寂靜，靜得我幾乎可以聽得到自己體內細胞和細胞摩擦的聲音。

接著，我突然感到了昏昏欲睡，照說，在那樣的情形下，我決不可能有睡意。

但是我的確有了睡意，我變得極其疲倦，連連地打著哈欠。

我竭力想和睡魔相抗，掙扎著站起來，可是卻軟弱得一點力氣也沒有，我知道事情有點不妙了，我決不想在這樣的情形下睡覺，可是倦意越來越甚，我終於又坐了下來，而且，立時睡著，睡得十分之酣，什麼也不想。

在我睡過去之前的那一剎間，還來得及想到最後一個問題：我並不是睡過去，我是受了不知什麼藥物的麻醉，昏過去的。

我不知道我「睡」了多久，而我的「醒」來，也是突如其來的。

陡然有了知覺，像是離我「睡」過去的時候，只隔了一秒鐘。

睜開眼來之後，仍然一片黑暗，耳際也仍然是無比的靜寂。

就在我想再度取出小電筒來照看一下，我所處的環境是不是有什麼變化之際，我聽到了聲音。

那是一種極輕、極低微的聲響，我真不知道在那樣絕對的寂靜之下，有什麼辦法可以將聲音控制得如此之低，傳入我耳中的聲響，亦漸漸變大，那是一種很悅耳的音樂，聽了令人精神振奮。

我敏感地想到，如果我是在一個「旅程」中的話，那麼，我可能快到目的地了，而這種悅耳的聲音，可能是對絕對寂靜的一種調節，使我到達另一個充滿聲音的環境時，在官能上，能夠適應。

我想到了這一點，站了起來。

我剛一站起，就感到一陣猛烈的震盪，我跌倒，跌倒之後，又連滾了幾下，才勉強站了起來。

那時，震盪已經停止了。

音樂越來越響，而且，漸漸亮起了燈，光線也是由暗而強烈，終於，到達正常的光亮程度，我定了定神，忽然，「子彈」的前端，裂了開來，一道梯子伸了進來。

當「子彈」裂開之際，我聽到了大量的噪音，那些噪音一下子湧了進不，我敢斷定，如果不是事先有那種音樂的話，一定會神經錯亂！

在不到一秒鐘的時間內，我就立即聽出，那些噪音，並不是什麼特別古怪的聲音，那都是我十分熟悉的一些聲音，它包括了許多人鬧哄哄的講話聲、車聲、機器聲、敲擊聲。那是任何一個大城市中都有的聲音，說得確切一些，是任何大城市中，機場或火車站中的聲音。

在「子彈」的前端，既然有一把梯子伸了進來，我似乎也不必多作考慮，我立時走向前，踏上了梯子，向外走去。

當我走出那「子彈」時，我看到了一座十分宏偉、巨大的建築物，那建築物有一個圓形的、極大的、半透明的穹頂。

我從來未曾見過那麼美麗的建築物，我的心情，本來很緊張，這時也鬆馳下來。我不知道到了什麼地方，但是不論在什麼地方，只要這地方的人，可以建造出那樣美麗的建築來，那麼，就大有理由可以相信會受到文明的待遇。

在看到那美麗的大穹頂的同時，也看到了在那建築物中，熙來攘往的人。

我的估計不錯，是在一個機場之中，那些人，男女老幼，衣著都很好看，我走完了最後一節梯子，在梯子兩旁站著的美麗的藍衣女郎，向我點頭微笑，說了一句我所聽不懂的話。

我不知她們在說些什麼，所以也只好報以微笑，我怕她們再對我說話，所以急急向前走出了幾步，完全沒有人理會我。

我回頭看去，想看看那「大子彈」究竟是什麼模樣的，然而我卻看不到，我只能看到一個圓錐形，真的像子彈頭一樣的東西，那東西正嵌在一塊巨大的金屬板的圓孔之後，就在我回頭觀看的一剎間，一陣噪音（就像是噴射機起飛時的聲音），那圓錐形物體，開始緩緩後退，一塊活板移過，遮住了那個圓孔。

我也發覺了站在那建築物中，完全自由，因爲根本沒有人理我，人們在我身邊走來走去，我已觀察到，這個龐大的建築物，有好幾個出口。

我聽到許多人在講話，擴音器中，也不斷有聲音，傳了出來。

那種語言，我從來也未曾聽到過，我不但無法聽懂他們之間所說的一個字，而且，根本無從判斷他們所說的話，在語言學上，究竟屬於哪一類。

我還看很多類似文字的標誌，那些文字的結構，又簡潔，又美麗，但同樣地，也一個字都認不出來。

我竟然完全自由，完全沒有人來理會我，這真的出乎意料之外。

忽然之間來到一個陌生的地方，從那海邊的屋子到這裏，一定有一段相當遠的距離，我無法知道這個距離是多遠，一切實在太神奇了。

呆立了好一會，才慢慢地向外走去，我強烈感覺到，我已經不在地球上了，雖然除了我所不懂的文字和語言之外，找不出任何與地球上截然不同的地方來。

如果說我這時的心情，是從地球到了另一個星球，那還不如說我好像是一個鄉下人，突然到了異國的大都市之中，更來得確切一些。

我所看到的人，都顯得很和氣，每一個人的臉上神情，都是開朗的，就算他不是在微笑，也給人以一種十分舒服、祥和的感覺。

那種如同噴射機開動的噪音，不斷傳來，我已看到好幾次，那巨大的金屬板後，鑽出一個圓錐體來，圓錐體裂開，一把梯子移過去，有人從圓錐體中，向外走出來。

當我呆了約莫十分鐘之後，陡然之間，心中生出了一股寒意。

我所見到的人，全和我日常所見的人，沒有不同，然而，這絕不能証明我不是在另一個星球上，「他們」和地球上毫無分別！

正當我想到這一點的時候，又有一個大的圓錐體，出現在金屬板之後，而且，裂了開來，一個人，自裏面走出來，踏下了梯子。

這樣的情形，我已經看到過好幾次了，本來，引不起我的好奇，可是，這一次情形卻不同，我認識那走出來的人。

我自然還不知道他是什麼人，但我見過他，他就是和我在那房間中，讓我「先回去」的那個，現在，他自然也是「回來」了！

看到那個人，我真不知道是驚還是喜，處在一個完全陌生的環境之中，有一個熟人，總是好的，可是如果被他發現我不是他們自己人，而是一個冒充的，那豈不糟糕？

就在我猶豫不決，決不定是和那人避不見面還是和他相見之際，那人已看到了我，他向我招手，大聲說了一句話，那句話也是我聽不懂的。

我不知該如何回答才好，那人已來到我的身前，拍著我的肩頭，繼續又和我講了兩句話，我完全變得像啞了一樣，不但無法回答，而且簡直無法開口。

那人用一種奇怪的神情望著我，繼續又說了兩句，看他的樣子，分明是在等我的回答。在那樣的情形下，我實在不能不開口了，我只好含糊地道：「對不起……」

我才講了三個字，那人的神色便變了一變，接著，又聲色俱厲地講了一句話。

糟糕的是，我不知道什麼地方得罪了他，而我又仍然聽不懂他的話。我沒有別的辦法可想，只好轉身便走，但是才走了一步，那人便大踏步走了過來，攔在我的面前，他用一種十分嚴厲的眼光望著我。

我心頭「怦怦」亂跳，他將一隻手放在我的肩上，神色更加嚴厲。

我在想著脫身的方法，我可以輕而易舉地將他擊倒，但是擊倒之後又怎樣呢？

正當我在想不顧一切，出拳將那人擊倒時再說，那人已經用很低的聲音道：「千萬別動手打人，也別出聲，跟我來。」

我也低聲問道：「這……這裏是什麼地方？」

那人道：「別出聲，跟我來。」

那人的聲音十分誠懇，我可以聽出他沒有加害我的意思，我可以放心跟他前去嗎？我的心中想著，而我立即有了決定，我可以跟他去！

而且，事實上，我突然之間，來到了這個地方，如果不遇到那個人，在這次建築物中，不知要發呆到什麼時候，而且，就算當我有勇氣離開這個建築物時，我也全然不知該到何處去。

所以，我決定跟那人走，而那人在一說完這句話之後，立時轉身向外，走了出去，我緊緊地跟在他的後面，從一扇旋轉的玻璃門中，走了出去，一出了玻璃門，就是一個廣場，和一條十分寬闊，可以容十輛車子同時行進的馬路，那廣場中有一個大石碑，建造得很壯觀，在石碑的附近，環繞著廣場的，則是許多被種植成大圓案形的鮮花，一看到了那些花，我心情又為之一鬆。

那倒並不是因爲爭妍鮮麗的鮮花，本來就有使人心曠神怡的作用，而是我一眼看去，完全可以叫得出這些鮮花的名目來。

那邊，一大簇是紫羅蘭，在一旁，是幾列混色鬱金香，還有大叢的，顏色黃得奪目的菊花，以及各種品種的蘭花和芍藥花。

抬頭看去，天色晴朗，蔚藍色的天空，令人心胸舒暢，雖然我毫無疑問是在一個大城市中，但是空氣之清新，最好的法國鄉村，也不過如此。我看到很多汽車在道上疾馳，但是卻一點噪音也沒有，每一輛汽車發出的，都只是一種輕微的、悅耳的「滋滋」聲。

我究竟是在什麼地方呢？我心中一再想著，什麼地方有這樣神話似的美麗和寧靜？

我看到那人在招手，一輛銀灰色的車子，在我們面前，停了下來。

聽到那汽車所發出的這種悅耳的聲音，我忍不住問道：「這是電動汽車？」

這實在是一個很普通的問題，可是它引起的反應，卻使我愕然，只見那人倏地轉過頭來，壓低了聲音，狠狠地申斥我，道：「閉嘴！」

我呆了一呆，一時之間，實在不知道該如何才好，那人的神色稍爲緩和了一些，他的聲音壓得更低：「記著，除非只有我和你，否則千萬別開口！」

我不知道爲什麼那人要這樣囑咐我，可是看到他的神情如此緊張，我也只好點了點頭。

那人吸了一口氣，打開了車門，讓我先進去，他接著坐在我的身邊。這輛車子由一個穿制服的司機駕駛，看來像是一輛計程車，他對那司機講了一句我聽不懂的話，那司機便駕著車，向前駛去。

坐在那輛車子之中，真是舒服極了，我從來也未曾在一輛車子中獲得過如此美妙的享受，車子像是在向前滑過去一樣，但是它的速度卻十分高。

在駛過了那個廣場之後，我看到了一幢又一幢高大壯觀的建築物，那是一個十足現代化的大城市，如果說，在地球的某一個角落，有著那麼美麗的一個大城市，而不爲人所知的話，那簡單是不可能的事！

我心中的疑惑，已到了頂點，好幾次，我忍不住要出聲問那人，這裏究竟是什麼所在，但是我記得他的警告，那司機就在我的前面，我不能開口。

車子行駛了大約十五分鐘，轉進了一條林蔭大道，看來已到了郊外。在林蔭大道的兩旁，全是一幅一幅，碧綠油油，看了令人心曠神怡的草地，在草地之後，則是一幢幢的小洋房。那些房子的式樣全不相同，可是放在一起，卻有一種和諧的協調，給人以一種極度的平靜舒適之感。

剛才在城市的時候，我已經對那個城市，有著說不出來的喜愛，這時來到了鄉村，我真想立時衝下車去，舒舒服服地躺在那些草地之上！

車子最後轉出了林蔭大道，進入一條小路，然後，在一幢房子前，停了下來。

那人拉住了我的手，和我一起下了車，我注意到他並沒有付給車費，只是和那司機點頭微微笑著，各說了一句我聽不懂的話，然後，他走向草地，來到了屋前，當他走在草地上的時候，有幾個六七歲大的孩子，男女都有，奔了過來，笑著、叫著，那人逐個拍著他們的頭，講了幾句話，那些孩子又奔了開去。我跟著他，走過了草地，穿過了一條兩邊都是灌木的石子路，來到了屋前，在門口，我看到有一塊牌子掛著，那人將牌子摘了下來，推開了門，走了進去。

當時我並不以為奇，但是五分鐘之後，我發覺那屋子在我和他未曾來到之前，竟是一所空房子時，我實在有點難以掩飾的驚訝。

屋子的佈置很雅緻，我們進了屋子，那人才吁了一口氣：「請坐！」我也吁了一口氣：「這裏沒有別人，我可以說話？」

那人點了點頭：「是的，我一個人獨住，我還沒有結婚。」

我看到他打開了一個櫃子，取出了一瓶酒，倒了一點給我，我接了酒杯在手，一口就喝幹，在那樣的情形下，我的確需要喝點酒。

當我吞下那口酒之後，我道：「朋友，這裏究竟是什麼地方？」

那人的神色，變得十分凝重，他拈著酒杯，緩緩轉動著，直到我問了第二次，他才抬起頭來：「你惹了大麻煩了，兄弟！」

我望著他：「我知道，但是我不知道我惹了什麼麻煩，希望你告訴我。」

那人嘆了一口氣，道：「你到了一個你絕不應該來的地方，你冒充是我們之間的一份子，要是你被發現了，我們這裏的法律是……」

他講到這裏的時候，略停了一停，我不禁機伶伶打了一個寒戰：「怎樣？」

那人道：「處死，毫無商量的餘地。」

我不由自主提高了聲音：「爲什麼？我究竟做了什麼錯事？」

那人沈聲道：「你不必做什麼錯事，我們這裏，絕不容許地球人到來，我們甚至不讓地球人知道我們的存在！」

我道：「你別嚇我了，我看這裏就是地球，這裏的一切，和地球上沒有分別，地球的花，地球上的建築物，地球上的人！」

那人道：「可是你忽略了一點，我們這裏，平靜、安寧、美麗、和平，地球上哪一個角落，可以找到這些？地球上，到處是殘殺、紛亂、醜惡，我們不想地球人醜惡的心靈，來玷污了我們美麗的地方！」

我吸了一口氣：「這裏究竟是什麼所在？」

那人望了我半晌：「我不想你死，所以不告訴你，如果你不知道我們的秘密，那麼就算送你回地球去，我的心中，也不會那麼內疚，以地球人的醜惡心靈來說，如果他們發現了我們的存在，一定會千方百計來到我們這裏，你們一來，我們就完了！」

我道：「可是你們卻派人到地球去？」

那人道：「是的，我們的目的是要阻止地球人發現我們，我們做了許多工作，包括破壞地球人的某些發明在內，爲了確保我們自己的安全。」我冷笑了起來：「這樣說來，你們豈不是自私得很麼？」

那人提高了聲音：「在強盜面前保衛自己的人，叫做自私，這就是你們的邏輯？」

我呆了片刻，實在不知如何說才好。

過了好一會，我才道：「好了，那麼你有什麼辦法，送我回去？」

那人皺著眉頭，來回踱了幾步，才道：「你先得告訴我，是如何來，你怎麼會有那個磁性環，你將一切事情全都告訴我！」

聽得他那樣說，我的心中不禁猶豫起來，因爲不論我現在是在什麼地方，我和他（他們），始終處在敵對地位，我支吾著，並沒有回答那人的問題。

那人望著我，嘆了一聲：「我知道，你心中在猜忌、在疑惑、在不信任我，還不肯將事實真相告訴我，這就是你們的劣根性！」

他竟那樣毫不留情地指斥我，這不禁令我有點惱羞成怒，我冷笑了一聲，也老實不客氣地道：「不錯，這是我們的劣根性，但你們也好不了多少！」

那人道：「我們？我們截然不同！」

我的聲音變得更大，因爲在我的經歷之中，有充分的証據，可以証明他們實在和「我們」一樣地卑劣。

我冷笑著：「我看沒有什麼多大的不同，你們之間的一個女人，曾和我約會，說是有重要的事和我商量，但是她還未曾來得及和我見面就離奇的死了，我相信她是被謀殺的。」我講到這裏，略頓了一頓，那人的面色，變得十分難看，打擊了他那種自以爲是純潔天使的傲氣，使我心中十分高興。我又道：「接著，你們又消滅了她的屍體，然後，你們之間，又有一個人，攔住了我的車子攻擊我，你們的一輛大卡車，撞死了自己人，你們之中，又有人指使一個小偷，到我家中來偷東西，哈哈，這就是你的所謂不同，真是好笑之極！」

我越說越快，那人的臉色，也越來越蒼白，終於，他大聲喝道：「住口！」

我繼續嘲笑他：「這倒是好辦法，先是將自己扮成一無壞處的好人，現在又來喝我住口。」

那人喘了幾口氣：「這一切，全是在地球上發生的事，你明白麼？」我道：「自然明白，是發生在地球上的事，但是我更明白，這一切，全是『你們』做出來的。」

我在「你們」兩字上，特意加重語氣。

那人搓著手，來回踱著步，喃喃地道：「你不明白，你真的不明白。」

我始終冷笑著：「我有什麼不明白的地方，你不妨說到我明白為止。」

那人突然站定了腳步，吸了一口氣，望住了我，緩緩地道：「你不明白，我們為了摒棄人類的劣根性，不知費了多少心血，費了多少光陰，在這裏，我們總算已取得了成功，但是我們一到了地球，劣根性的遺傳因子，自然恢復，與你們接近得久了，便恢復了許多年之前的本性。」

如果不是那人說這幾句話時的聲音，極其沈痛，我說不定還會繼續嘲笑他。

而令我停止嘲笑他的一個原因，是因為他那幾句話，實在令我感到了迷惑。

他那樣說，是什麼意思呢？他自稱是「人類」，但是又不承認這裏是地球？那究竟是什麼意思，難道他是一種特殊的「移民」，從地球上移居到另一個星體上來的，難道他們全是……

# 第七部：人類劣根性毀滅人類

我給他那幾句話，引起了重重疑問，而我又實在不知道從哪裡開始問才好，是以我只好望住了他，不知如何開口，屋子之中，登時靜了下來。

那人隔了半晌，才又道：「現在我知道你是誰了，你是衛斯理！」

我點了點頭，仍然不說什麼。

那人又道：「不過，我們還是很值得安慰，因爲我們工作有成績，如果以你們的方式來處理，你早就被害。」

我仍然無法出聲，因爲我如跌進了一片濃霧之中，完全無法明瞭事實的真相。

我在突然之間，問出了一句連我自己也感到突兀的話來，我道：「你們是什麼人？你們是地球人？」

那人望了我好一會，看我的神情，顯然是在考慮，是不是應該回答我的這個問題，我屏氣靜息地等著，等了足足有一分鐘之久，那人才點了點頭，我又問道：「這裏不是地球？」那人又呆了片刻，還是點了點頭。

我再問道：「那麼這裏是什麼地方？你們是怎麼來到這裏的？」

那人現出一個無可奈何的笑容，道：「我，我全都告訴你吧，我相信你。」

我忙道：「你一定可以相信我！」

那人踱到了窗前，望著窗外的草地，草地綠得極其可愛，我一直望著他，那人呆了半晌，轉過身來，道：「說出來，你或者不相信，你知道，太陽系的九大行星之中，只有土星有一個大環！」

我咳嗽了一下：「小學生也知道。」

那人語調遲緩：「我們現在，就在這個環上。」

我張大了口，真的，我像是傻瓜一樣地張大了口，不知該說些什麼才好。我在土星的那個環上，這實在是太難令人相信了。

地球上的天文學家，一直不知道土星何以有一個大環，也不知道土星的環中有什麼，但不論怎樣，如果告訴天文學家說，土星的環中，有城市、有人，那麼天文學家一定會哈哈大笑的。那人又道：「這個環，是我們祖先建立的，起先，只是遠離土星表面的一個浮空站，漸漸地，一個站一個站建立，到了今天，終於成爲環繞土星的一個大環，我們自製氧氣，自製食水，繁殖地球上的生物，摒棄地球上人類的劣根性，我們之間，沒有爭執，沒有人想做英雄，沒有傾軋、殘殺，我們日子過得極平靜舒適。」

我感到頭暈，因爲這一切，都是沒有法子接受的事，我呆了一會，才道：「你們過這種日子，已有多久了?那是什麼時候發生的事？」

那人道：「我們一直保持著地球上的紀元，算起來，已經有將近二十萬年了。」

那人所說的一切，幾乎已可以令我相信了，但是，當他一說出「二十萬年」之後，我卻「哈哈」大笑了起來，真是太可笑了。

我立時道：「二十萬年？」

那人卻一本正經地道：「不錯，正確的數字，應該是二十萬零八千七百四十四年。」

我點著頭：「是的，在二十萬零八千七百四十四年之前，你們從地球移民到這裏，嗯，我真奇怪，你們的身上何以沒有長毛，因爲那時，地球上還只有猿人！」

那人望著我，他的神情中有著憐憫，我已經講出了使他無法辯駁的話，可是自他的神情看來，卻像是我是一個毫無所知的白癡一樣！

我多少感到了不安，我又大聲道：「你爲什麼不說話，你可以向我解釋猿人何以能夠來到土星，在土星上建立浮空站的原因！」

那人又望了我片刻，才平靜地道：「在我們的祖先離開地球之後，地球上才只剩下猿人的。」

我陡地一驚：「什麼意思？」

那人道：「當時，我們的祖先是三千人，他們全是愛好和平的人，與其他幾十萬萬的人不同，他們看出了地球人的劣根性一天天發展下去，總有一天，會全部毀滅，所以他們離開了地球，他們離開了地球之後，被他們預見到的不幸，終於發生了！」

我只覺得有一股寒意，襲向我的全身，我的身子在不由自主發著抖。我的聲音也在發顫，我已經聽明白他的話了，但是我還要再問一遍，我道：「你的意思，你們是上一代的地球人？」

那人道：「可以這樣說，但是正確的說法是，我們是上一代的地球人的後代。」

我搖著頭，我搖頭的動作，並不是表示我不相信他的話，實在是人在突然受到了驚駭莫名的事情之後的一種下意識的反應動作。

那人繼續道：「我們的祖先，那三千人，全是第一流的科學家的學者，他們離開了地球，來到了土星，可是土星的表面，無法適應人類居住，所以他們就在土星的上空建立居住點，發展到了今天，成爲環繞土星的一個大環，他們到達之際，就曾立下法律，不准任何地球人，再來加入他們，接著，地球上就發生了他們預料的慘事。」

我忙道：「什麼慘事？」

那人道：「衛先生，你是一個智者，我不相信你會料不到！」

我吸了一口氣：「戰爭？」

那人沈痛地道：「戰爭！」

他在講了那兩個字之後，頓了一頓，道：「不止是戰爭，是人類的劣根性毀滅了人類，現在，這一切，又在重覆著，如今地球上，已到了當年全人類毀滅的前夕，時間不會太遠了！」

我又吸了一口氣，我實在沒有什麼話可說的了，那人又道：「上一次的毀滅，最後的原因，是因爲一場大戰，但是大戰的形成，並不是突如其來的、而是一點一滴積聚而成，人類所做的每一件醜惡的事，都加在導向人類毀滅的積分上，但是人類卻不知道，還在拼命地做，在自掘墳墓。」我又插了一句：「在經過了大毀滅之後，第二代人又漸漸進化形成？」

那人道：「是的，第二代人，和我們在生理構造上，有所不同，但是，心理上卻一絲未變，一樣那麼醜惡，那麼低劣！」

我盡量使我紊亂的思緒鎭定下來，我必須弄淸這件事，我一定要逐個問題問他，我也相信，他一定肯切實回答我的。

我問道：「生理上有什麼不同？」

那人道：「在一次浩劫之後，地球上的氣溫提高了，本來，地球上的最高溫度，是你們所說的，攝氏四度，你不覺得這個溫度，到現在爲止，還在地球上留下了一個很大的特點？」

我瞪大了眼睛，在那樣紊亂的情緒下，我實在想不透攝氏四度有什麼特點。

那人道：「水，水在攝氏四度的體積，是標準的體積，四度之後，溫度再降低，體積反而增大，那是違反了熱脹冷縮的普通定律的。」

我不住地點頭：「那是爲了什麼？」

那人道：「攝氏四度是以前地球上的最高溫度，那時候水經常處在這個溫度中存在，而溫度降低，水就膨脹，後來，地球上的氣溫高升，水無法適應自然的環境，所以突破了普通的規律。」

我苦笑著：「還有什麼不同？」

那人道：「地球表面的氮氣增加了，所以，我們腳部的構造，和你們不同。我們的人，如果長期在地球上生活，由於吸入氮氣過多，皮膚會形成鱗甲狀態，你不覺得我們這裏的空氣，特別清新麼？」

是的，我覺得這裏的空氣，特別清新。實際上，當我忽然之間，來到了那個子彈形的狹長空間之中時，我就有這樣的感覺了。

現在，我當然已可以毫無疑問地知道，那是只可以乘搭一個人的洲際飛行船，而爲了使旅客在長期的飛行中不至於寂寞，所以另有一種催眠的方法，使旅客在旅途中沈睡。

而那種異乎尋常的、絕對的寂靜，如果不是在太空飛行中，又怎能出現？

我點著頭，吸入氮氣過多，皮膚會起鱗甲狀態的變化，關於這一點，我更可以肯定，因爲我和傑克上校，都曾看到他們中的一個，死去之後的照片。

那人又道：「氮氣的比例增加，對於低級生物的繁殖，起了極大的作用，所以地球上，各種各樣的細菌，比以前大大增加，這是地球人自食其果，到現在，地球人生命最大的威脅之一，還是各種各樣的疾病，幾乎無可克服的疾病，實在太多了。」

我嚥下了一口口水。

那人誠懇地道：「我說的完全是事實，現在，我們的人口，大約是一千五百萬，我們居住在這一個大環中，這個大環中的一切環境，已被改造得和以前的地球，完全一樣，我們有蔚藍的天空，有肥沃的土壤，有城市，有鄉村，有優美的風景，這是真正的世外桃源，而且更成功的，是我們已徹底鏟除了人類的劣根性。當年離開紛擾醜惡的地球的，全是人格極高尚的人，而且他們致力於研究人體內染色體對罪惡性格的影響，到現在爲止，我們的一千五百萬人，都是和平、高尚的人，根本沒有犯罪！」

那人一面說著，我一面搖著頭。

可是等他說完，我卻又沒有出聲，那人帶著好奇的眼光望著我：「你不同意我說的哪一點？」

我道：「關於人類劣根性那一點，你們或者已很成功，但不是絕對成功，至少你們自私、猜忌，你們不讓現在的地球人發現你們，而且派人到地球上去，我相信你們在暗中，一定還做了不少破壞工作，阻止現在地球人的科學進步？」

那人笑了起來：「朋友，你完全錯了，我們這樣做，全是爲了保護自己，一個人將自己的家門緊鎖，不讓盜賊闖進來，難道是錯事麼？我們當然要去破壞地球人的進步，那等於是先將盜賊手中的武器搶下來！」

我道：「可是你們仍然不成功，你們之間，有一個女人，曾和我約晤，她說有重要的事告訴我，我想她一定是要出賣你們，而你們的人，又將她殺死了。出賣、告密、謀殺，這算是什麼？」

那人被我的這一番話，說得他的臉上，現出了極度無可奈何的神情來。

他嘆了一聲：「那是因爲他們被派到了地球的緣故，雖然過了那麼多年，惡劣的遺傳因素，仍然可能作怪，是以被派到地球上的人，只工作一個短時期就調回來，但仍然難免有這樣的事發生。」

我望著那人：「你們之間，有多少人曾經去過地球居住？」

那人皺著眉：「不多，從一百年前開始，到現在，大約有三千人，這三千人的皮膚上，都或多或少，生出了鱗甲來，現在還活著的，有一千多人。」

我的神情十分嚴肅，因爲在剎那間，我想到了一個極其嚴重的問題，我道：「這一千多人，連你在內，可以說是土星環中的特殊階級，你不覺得有一個危機潛伏著麼？這些人，在經過了地球的生活之後，會感到犯罪的樂趣，會破壞這裏的一切，建立起他們的統治！」

那人的面色，變得十分難看，好一會不出聲，然後，才徐徐的道：「好了，我們的談話，到這裏該結束了，你該多爲你自己的命運考慮考慮！」

我不明白，爲什麼我對他提出了那樣善意的警告，而他竟不願和我討論下去！看他的神情，他不但不願意和我討論下去，而且根本極不歡迎我提起這件事來。

我呆了一會，才道：「我自己的命運，我無法考慮，一切全都要等你來決定！」

那人來回踱著步，像是正在想著如何安排我，過了好一會，他才道：「這樣……」

他才講了兩個字，屋中就傳出「滋滋」聲，他轉身過去，按下了牆上的一個掣，我看到一幅牆移了開去，這是我生平第一次看到如此真切的傳真電話，看來，就像是隔著一塊玻璃和另一個人講話一樣。

和那人通話的，是一個美麗的金髮女郎，我自然聽不懂他們在講些什麼，可是那金髮女郎的聲音，卻是如此柔和，她的風采，更是優美之極。她和那人說了三分鐘，就消失了，那人又按掣，那牆壁恢復原狀。

從我到達這裏以來，所觀察的一切，我可以下一個初步的結論，這裏的科學技術，比現在地球上的人，進步了十個世紀左右。

如果地球上的科學發展，照近一百年的增長速度進步下去，一千年之後，也可以有這裏的水準！

那人轉過身來：「你可以先住在我這裏，記得，別出去，萬一見到了人，千萬不可開口，我會替你安排，你要相信我！」

我根本沒有別的選擇，只好點頭答應，他像是忽然之間有了什麼重要的事情一樣，趕著要出去，他到了門口，又將剛才的話，叮囑了一遍。

我忽然問道：「你剛才說，在你們這裏，完全沒有犯罪，那麼，你秘密收留了我，是不是犯罪？」

我那樣問，只不過是爲了好玩，因爲這是一個在邏輯上十分有趣的事，他們這裏一切全是本著人類善良的天性來行事的，所以如此和平安定，而爲了避免地球人醜惡的心靈的影響，他們絕不准有地球入到達這裏。

然而，幫助像我這那樣，毫無惡意偶然來到的地球人，正是人性善良的表現，可是他那樣做了卻是犯了罪，和這土星環中的法律是相牴觸的。這實在是一個很難回答的回答，我預料的是，那人聽得我如此問之後，一定是發出一下無可奈何的苦笑，不會說什麼的。

可是，大大出乎我的意料，我的話才一出口，那人卻大受震動。

剎那之間，他的臉色，變得難看到了極點，他的神情，也有了可怖的轉變。

我不禁呆住了，我忙道：「對不起，我只是隨便問問，希望你別介意。」

那人瞪了我半晌，神情才恢復正常，他道：「你只要等上一小時，就可以知道答案了！」

我自然不知道他那麼說是什麼意思，我看著他匆匆出了門口，我在沙發上坐了下來，我坐了一會，又從窗口中看著外面的草地。

那些孩子還在草地上玩，他們玩得很規矩，雖然他們年紀都很小，但是在我凝視他們的半小時之中，根本沒有任何爭吵發生，更不要說在地球上隨處可見的孩子扭成一團的打架了。

我又參觀了這幢屋子，有許多設備，我不知是幹什麼用的，我也不敢亂動，然而，就我所知的一切看來，這裏的一切，實在已是人的最高享受了。

約莫一小時之後，我聽到車聲，然後，那人回來了，和他一起走進屋子來的，還有七八個人，乍一見那麼多人，我不禁吃了一驚。

因爲那人自己說過，不准我見外人的，現在，他自己卻帶了那麼多人來，那麼，他是不是改變了主意，準備拘捕我，處死我呢？

我在那一剎間，幾乎想立時逃走了，但是那人卻道：「來，介紹幾個朋友，這幾位，全是到過地球兩次的，我的好朋友。」

我略定了定神，抬頭數了數，一共是七個陌生人，他們都紛紛走過來和我握手，其中有兩個人還道：「我們在地球上的時候，聽說過你。」

我不知道他們來作什麼，只好和他們敷衍著，那人招呼著各人坐下來，又請我全坐下。在那剎間，我覺得氣氛已經不很對頭了，我還說不出所以然來，可是，我已經敏感地覺得不對頭，一定有什麼重大的事情要發生了。

而導致我這種敏感想法的，是因爲在突然之間，他們八個人的神色，都是變得很嚴肅。

我感到有點兒坐立不安，因爲我不知道他們想怎樣，在一陣子靜默之後，那人道：「衛先生來到我們這裏，我相信可以幫助我們成功，因爲我們對於要做的事，只是想做，而如何做，卻實在太生疏了。」

我實在忍不住心中的好奇，是以立時間道：「你們想做什麼？」

那人猶豫了一下，像是決不定是不是應該告訴我，但是他終於下了決斷，他道：「我覺得——我們幾個人覺得，在這裏生活，我們缺少了一些東西。」

他頓了一頓，我心中更疑惑了，在這世外桃源，他們缺少了什麼？

而且，不論他們缺少的是什麼，我又有什麼可以幫助他們的呢？

那人吸了一口氣，一字一頓地道：「我們缺少了權力！」

在那刹間，我實在是呆住了，那是一種絕對意想不到的震驚，而在我一呆之後，我明白，我幾乎想立時哈哈大笑了起來。

我明白，何以當我向那人提及曾到過地球的那些人可能有異圖之際，他的反應如此奇特，而當我提及他的犯罪之際，他又如此震動的原因了，原來他們幾個，曾到過地球幾次的，的確已有一個小組織，他們要求權力，那麼不消說，他們自然是想經過一次動亂，而由他們來統治這個「大環」。

然而，我卻沒有笑出來，因爲就在我感到極度可笑的同時，我也感到了深切的悲哀。

人，總是人，不論這些人的出身是多麼優秀，品質是多麼高貴，環境是多麼純良，但是人總是人，人是動物，人本來和其他的野獸——雜食動物——沒有多大的分別，在人的遺傳因子之中，即使過了二十萬年，仍然具有佔有的心，在某一種適當的情況下，就會發作，就會要求有權力，就會要求將他人的利益，集中在自己的身上！

我愣愣地瞪著那人，那時，我臉上的神情，一定極其古怪，因爲那幾個人都有點大惑不解的望著我。

那人舔了舔唇：「你爲什麼不說話？」

我之所以不出聲，是因爲我實在不知道該說些什麼才好，我在那人的逼問之下，才道：「我記得，當我初到的時候，你曾經對我介紹這裏的環境，有一句話，使我的印象很深刻。」

那人道：「哪一句？」

我說道：「你曾說，在你們這裏，一切全是和平、寧靜的，沒有人想做英雄。」

那人呆了一呆，現出了大不以爲然的神色來：「你錯了，你以爲我們想做英雄，一點也不是，我們只是想這裏的一千五百萬人，日子過得更很好，同時，更保護所有的人，不被外來的侵略所干擾！」

我簡直感到了痛苦，在那一剎問，我真的感到了痛苦，所以我閉上了眼睛。

那人說這幾句話的時候，他的語氣很誠懇，可以說，他的心中的確是那樣想的。

可是，這樣的話，這樣的口吻，我難道陌生麼？我一點也不陌生，在地球上，這樣的話，我不知聽了多少千百遍，爲了要使別人的生活過得好，所以他們不得不出來任勞任怨，他們不是要做英雄，只不過是爲別人著想。

「爲別人著想」是一個最好的幌子，在這個幌子的掩飾下，野心家的最終目的，是將每一個人，都改造得符合他的思想法則。

我閉上了眼睛好一會，才睜了開來，我的聲音聽來很微弱，連我自己也感到吃驚，我道：「那麼，我有什麼可以幫助你們的呢？」

那人聽得我這樣問，以爲我已經答應幫助他們了，是以顯得很高興，他道：「我們這裏，有一個管理機構，類似地球上的政府，這個管理機構的負責人是公選的，我們要推翻它，而對於……對於……」

他想了片刻，才道：「對於……政變，我們實在不很在行，所以請你來當顧問，你來自地球，對那一套，應該很熟悉。」

我站了起來，在那剎間，我的神色，變得極其嚴肅：「你們要明白，政變一定有動亂，動亂就有暴力，這是人類劣根性最原始的表現。」

那人並沒有出聲，另一個則道：「一場小小的暴亂，就足以使這裏的人，震驚莫名，我們就可以出面了，你可以擔任製造暴亂的角色，因爲我們對於這些，實在是陌生得很。」

我抑止著心頭的怒意，冷笑著道：「你太客氣了，先生，我看，你對於這些，比我要在行得多，現在，我沒有別的話好說，我只要求快快回地球去！」

那人道：「為什麼你不肯幫助我們？」

我的聲音顯得十分嚴肅：「你們根本不需要我的幫助，我相信，在這裏的人，經過了二十萬年的和平生活，毫不提防陰謀、詭詐，你們只要一開始行動，就立即可以成功。」

那幾個人都現出十分高興的神色來：「真的？你對我們那麼有信心？」

在那剎間，我已經有了一個決定，所以我的神色，看來不再那麼冷漠，我道：「現在，知道你們計劃的，總共有多少人？」

那人道：「全在這裏了，就是我們這幾個，但如果我們開始行動，那麼，很快就會聯絡到更多人。」

我道：「全到過地球？」

那人點頭道：「是，全到過地球。」

我緩緩吸了一口氣：「如果你們要成功，一定要武器，你們有什麼武器？」

那人搖頭道：「沒有。」

其中的一個人道：「我從地球上帶回來了一柄槍，不知道是不是有用。」

我盡量使自己保持鎮定：「拿出來給我看看？」

那人自他的衣袋內，取出了一柄槍來，那是一柄配有滅聲器的間諜手槍，我取出了彈夾，其中有七發子彈，槍是完好而可以發射的。

然後，我的動作，只怕是他們幾個人做夢也想不到的，因爲他們終究是土星環中的人，而不是地球人，他們曾到過地球，然而只不過是到過地球而已，而我，卻是地地道道，在地球上成長的。

我一將子彈夾推進了槍膛，便連連拉動槍機，我連射了七槍，每一槍，都擊中了一個人的要害，七下「拍拍」的聲音之後，只有那人和我，仍然站著。

那人完全呆住了，他張大了口，額上冒著汗珠，啞聲道：「爲什麼？你爲什麼？」

我道：「我雖然是地球上來的，但是我喜歡這裏，我不想這裏的一切，被你們八個人破壞！」

那人臉色慘白：「那麼，你……你也要殺我？」

我點頭道：「是的。」

我一面說，一面舉起槍柄，砸向那人的頭部，那人在毫無抵抗的情形下，昏倒過去，我再抱起一張沈重的椅子來，向他壓了下去，然後，在臨走的時候，我用打火機，燃著了窗簾。

沒有人注意到我的離開，我也不知道那種屋子起火，冒出濃煙之後，會怎樣，但是我可以肯定的是，那人一定會被火燒死！

我步行著，憑著記得的方向，足足步行了一日一夜，才到達了那個「機場」，在途中，我發現許多食物館，人人都可以自由取食，他們的食物也很可口，我自然毫不客氣，不虧待自己。

到了「機場」之後，我費了相當長的時間，注意那些「子彈」的起飛和降落，然後，肯定了其中的一艘，是飛向地球的，而且正有一個人，準備登上那艘飛船。

我來到那人身前，低聲道：「對不起，計劃有了改變，現在改派我去，你可以回去了！」

那人顯然是未曾到過地球的，當我那樣說的時候，他用一種極其錯愕的神情望著我，他對於任何欺騙，實在太陌生了，所以他雖然覺得這事實是無法接受的，但是仍然點了點頭。

我一手接過了他手中的公事包，循著梯子，登上了那子彈，不多時，我又在極度的沈寂之中，然後，我睡著了，像來的時候一樣。

當我又醒來之際，我看到飛船的一端打開，我走出去，到了一間房間中，房間有一個人等著，那人一見我，就道：「衛先生，我知道你曾到過土星環，但我希望你完全忘記這件事，我們已發現派人到地球來，是一件很危險的事，決定結束這項行動，全部人員撤離，我是最遲走的一個，再見！」

在我還不知該如何回答間，他已推開了我，進了飛船，他登上飛船之後，才回過頭來：

「你快離開，這裏的一切，快要毀滅了！」

我心中一凜，忙向外走去，出了那房子，那時正是午夜，我沿途向前疾奔，當我來到了海灘邊的時候，那屋子已起了火。

我回到了家中，接連兩三天、我只是呆呆地坐著，在想著，人性是一個大環，不論這個環的直徑是多麼大，人性總會回到原來的醜惡一面，我所經歷過的那個環，在時間上是二十萬年，但是二十萬年雖然長，兜回來的時候，仍然是原來的起點。

「他們」雖已停止派人來地球，也有八個人被我殺掉了，但是還有一千多個人是到過地球的，而且，誰能擔保那些未曾到過地球的人，不會忽然又回到環的起點呢？

一個大環，人性就在大環上轉來轉去，轉不出去！

（完）

# 地心洪爐

地心洪爐

地心洪爐

# 序言

「地心洪爐」應該是緊接著「透明光」的，在編排次序時忽略了這一點，所以次序略有差別。

這個故事，在重校之時，感到突出了「權力令人瘋狂」這個概念，很有意思。連衛斯理也「未能免俗」，一想到自己掌握了至高無上的權力之後，幾乎瀕臨發狂的邊緣，以後再被敵人所趁，吃了不少苦頭。

地震和火山爆發，始終是地球的極大禍害，在「地心洪爐」寫成之後，地球上著名的地震，是中國的唐山大地震、墨西哥大地震，死傷的人，都以萬計，是生命財產損失的最大自然災害，而人類對這個大禍胎，確一點辦法也沒有，只能預測它何時發生，而無法防止。

是不是地球終於會毀滅在這個地心禍胎上呢？

倪匡

# 第一部：南極探險專家

我自己雖然一事無成，但是在我的朋友之中，卻不乏有許多是成名的人物，張堅就是其中之一，他是一位著名的南極探險家，在兩極探險界中，有著非常高的地位。

一個十分炎熱的夏天，他突然來到我的家中。他的出現使我感到極其意外，但是我卻是衷心地歡迎他的來到。

因爲在過去的幾個月中，我爲了王彥和燕芬這兩個不幸的人，究竟是生是死這一問題傷透了腦筋，在精神上十分憂鬱。而張堅則是一個堅強不屈，在他的眼中看來，沒有甚麼叫著「不可能」的人。和這種人長談，在不知不覺中，能使一個失望的人，對所有的事，重又恢復信心。張堅來到的第一日，我們便幾乎不停在說話、喝酒。

酒逢知己千杯少，到了將近黃昏的時候，張堅握著酒杯，轉動著，忽然嘆了一口氣。

我定定地望著他，嘆氣不是他的所爲，而如果他也嘆氣的話，那一定是有著甚麼極其爲難的事了。

我立即又想到，這時候，正應該是他在南極冰天雪地中工作的時候，何以他會拋開了工作，而來到這裏？拋開工作——這又不太像張堅了。

我問他：「你的假期提早了麼？」

張堅憤然道：「沒有，我是被強迫休假的。」

我憤然叫：「是哪一些混蛋決定的？」

張堅苦笑道：「是探險隊中的幾個醫生。包括史沙爾爵士在內。」

我又呆了一呆：「醫生？你的身體很壯啊，莫非那著名的內科專家發現了你有甚麼不對勁麼？」

張堅工作的探險隊，是一個真正的「國際縱隊」，各國人都有，隨隊的幾個醫生，也都是世上最有名的專家，史沙爾爵士便是其中的負責人，而張堅則是這個探險隊的副隊長。

如果說探險隊的醫生強迫張堅休假的話，那就是張堅的身體有甚麼不對頭的地方了。

張堅站了起來，雙手揮舞著，以致杯中的酒都濺了出來，道：「我非常強壯，我強壯得像海象一樣，我的確看見那些東西，我仍然堅持說那絕不是我的幻覺，南極的冰天雪地，不能使我產生任何幻覺，我早已習慣這種生活了，我不需要休假！」

從張堅的叫嚷中，我知道事情絕不是我所想像中的那樣簡單。

我連忙問道：「你見到甚麼了？」

張堅睜大了眼睛：「你信不信我所說的話？」

我點頭道：「自然相信，再怪誕不經的事我都相信，因爲我深信人類的知識貧乏，十分普通的事，人類便認爲無可解釋了。」

張堅坐了下來，大力拍著我的肩頭：「我不去找別人，只來找你，可知我眼光不錯。」

我又問道：「你究竟看到了甚麼，可是南極有隱身人出現麼？」我仍然是念念不忘王彥和燕芬，事隔幾個月，他們到了南極，也不是沒有可能之事。

但張堅卻瞪大眼睛望著我：「隱身人？不！不！不是甚麼隱身人，倒像是來自別的星球的外星人。」

我聳肩笑道：「那更不足爲奇了，地球以外，別的星球上也有高級生物，他們來到了地球作客，那又何足爲奇？」

張堅苦笑著：「如果史沙爾爵士像你一樣，那我就不必休假了，可是這老頑固卻堅持我所看到的東西，只是幻覺。」

我也大力在他的肩頭上一拍：「喂，你甚麼時候學會拖泥帶水的了？你究竟見到了甚麼？快說！」

張堅雙手比劃著：「一座冰山——」

他才講了四個字，我便忍不住大笑起來！

在南極看到一座冰山，那簡直是太普通的事了，而居然就認爲是「幻覺」，那麼需要強迫休假的不是張堅，應該是隨隊的醫生了。

張堅瞪著我，將杯中的餘酒一飲而盡：「你別笑，還有下文！」

「還有甚麼下文，一座冰山就是一座冰山，難道冰山之中，還有東西麼？」

「就是還有東西！」張堅面上的神情，就像是中了邪一樣，忽然站了起來，大聲叫著。

我又按住了他的肩頭，令他坐了下來：「慢慢說，甚麼東西？冰山之中有甚麼？」

張堅舉起酒瓶，又倒滿了一杯酒，一口氣喝去了大半杯，才道：「這一座冰山並不大，但是卻與眾不同，它晶瑩澄澈得如同水晶一樣，簡直一點瑕疵也沒有……」

我忍不住舉了舉酒杯：「張堅，祝你退休之後，成爲一個詩人。」

張堅大聲道：「我不是在做詩，我只是盡量在向你形容當時我的所見，使你有身歷其境的感覺！」

我閉上了眼睛，盡力使自己如同置身在南極的冰天雪地之中。我一生之中，旅行過許多地方，在赤道國厄瓜多爾，曾經逗留過一個月，也曾在阿拉斯加以北的漁村中生活過，但是我卻沒有到過南極。

這時，我所想像出來的南極，當然是電影上、畫面上所看到的那種，我盡量使自己置身其中，而張堅的話，卻引得我一步一步，走入我想像中的南極。

「那是一座高約二十公尺的冰山，透明得使人吃驚，探險隊人都出去工作了，只有我一個人在營地整理著資料。我們的營地不遠處，便是我們鑿開冰原而形成的一個湖，在海中心，在冰中心的一個湖，大約有一英畝那麼大小，那是供研究南極海洋生物之用的，那座冰山，便突如其來地從那個湖中冒了出來。」

我想像著當時的情景，忽然，我覺得事情不對頭，我忙一揮手：「且住。」

張堅向我翻了翻眼睛：「你別打斷我的敘述，好不好？」

我忙道：「但是我如果發現你的敘述有不合理的地方，難道也不能發問？」

張堅苦笑道：「我剛開始，便已經有了不合理的地方了麼？好，你問吧。」

我道：「你剛才說，在你們營地之旁，是一個湖，那個湖，是你們鑿破冰層，引出海水而成的，而四面仍全是厚厚的冰層，是不是？」

張堅道：「是的。」

我像是獲得勝利似的挺了挺胸：「那麼請問，你看到的那座冰山，是從冰上滑過來的麼？」

張堅大聲道：「不！」

我「哈哈」一笑：「是從天上掉下來的？」

張堅怒道：「衛斯理！我告訴過你，它是突然出現的，突然——」他的聲音放軟了些，嘆了一口氣：「我想是從冰層下浮過來，到了我們的營地附近，冰層已被鑿穿，它就浮起來，突然呈現在我的眼前了。」

我點了點頭：「說下去。」

張堅繼續道：「當我的眼前，忽然出現了一座大冰山之際，我整個人都呆住了，這是我在南極生活了許多年，從來也未曾遇到過的事，但我還很高興，因為那冰山是突如其來的，這對冰層下面，海水的流向，可能是一項極重要的資料，於是，我衝了出去……」

「我到了那座冰山的旁邊，才覺得有一些不對頭，冰山的中間，有一塊黑色的物事。」

「那一大塊黑色的東西，乍一看，像是一隻極大的海龜，被冰山凍在裏面，但是當我仔細看去的時候，便發覺那不是一隻海龜，而是一艘小型的潛艇！」

我聽到張堅講到這裏，不禁問：「一艘小型潛艇，朋友，你可曾看錯？」

張堅搖頭道：「那是一艘潛艇，被約莫三公尺厚的冰凍在裏面，我正在奇怪，何以潛艇會結在冰當中，像是小蟲在琥珀中一樣，突然，有亮光從那艘小潛艇的一扇小圓窗中，射了出來！」

我想問張堅，他當時是不是正在發高燒，但是我看到他一本正經的神色，不忍再取笑他。

張堅續道：「我嚇了一大跳，以爲那是太陽在冰上的反光，但是卻不是，那閃光自那艘潛艇的小窗口中射出來，閃幾下，又停幾下，我立即看出，那是以摩斯電碼發出的求救的信號：SOS，SOS，SOS。在那艘潛艇之中，還有人生存著！」張堅的氣息，粗了起來。

他喘了幾口氣，繼續向下說去：「我立即回到帳幕中，取了一隻強力的電筒，也打著摩斯電碼問：你們是甚麼人？我自己也不知道當時何以竟會不由自主，發出了這樣一個可笑的問題來的。我得到的回答卻是：快設法破冰，解救我們。」

「基地上沒有別人，我一個人吃力地搬動著破冰機，發動了馬達，破冰鎬急速地旋轉。」

「那座冰山發出可怕的聲音，軋軋地震動著，當破冰鎬的鎬尖，越來越入冰山的時候，冰山出現了裂痕，它不再那樣地晶瑩澄澈了，二十分鐘後，它發出了一陣可怕的聲音，碎裂了開來，成了千百塊。」

「那艘潛艇，展現在我的面前，那是一艘樣子非常奇特的潛艇，是圓形的，我剛停止破冰機，潛艇的圓蓋打開，一個人露出了上半身來，他身上穿著潛水人所穿的衣服，我只看到這個人的身材，十分短小，像是一個侏儒，他向我招了招手，喊了一句我聽不懂的話，便縮了進去，那圓蓋也蓋上了，那潛艇——」

他才講到這裏，我已經道：「那潛艇又潛入了海底下去了？」

張堅瞪了我一眼：「你和所有人一樣，都猜錯了，自那潛艇的底部，忽然冒出起了三股濃煙，那艘潛艇，以我所從來未見過的速度，衝天而去！當濃煙散開時，潛艇已不見了。」

我望著他，對他的話不作任何評論，因爲我實是無從置評。

如果要我發議論的話，那麼我一定同意史沙爾爵士的意見。可憐的張堅，他在冰天雪地的南極，工作得實在太久了。他沒有見到從冰湖之中冒出一條美人魚來，那還是他的運氣。

我可以相信一切怪誕的事情，如果張堅說：一隻飛碟飛下來，又升上了半空，或是一隻潛艇（就算它是凍在冰山之中的），突然出現，又潛入了海底，我還有考慮的餘地的。

可是他說的卻是一艘潛艇，飛上了半空！

我一面望著他，一面緩緩地搖頭。

張堅十分敏感，他一看到我搖頭，便大聲道：「你搖頭是甚麼意思？」

我忙道：「沒有甚麼，你既然來到了這裏，我就有責任陪你好好的玩，你想玩甚麼？」

張堅的手緊緊地握著酒杯：「我想到遊樂場中去騎木馬——但是你首先告訴我，我所講的一切，你是不是相信！」

我站了起來：「張堅，你要知道——」

張堅大喝道：「信，還是不信？」

我覺得十分尷尬，如果我說相信的話，那我便是欺騙了朋友。而如果我說不信的話，那便使得張堅大失所望了。

我正在猶豫難答，而張堅的面色，也越來越難看之際，突然門鈴聲大作，老蔡才將門打開，便聽得一人叫道：「急電，急電，快簽收。」

我連忙走了下去，急電是張堅的，我揚聲將張堅叫了下來，張堅簽收妥，拆開了電報，電文很簡單：「營地有急事，急返，盡一切可能快。史谷脫。」

史谷脫就是張堅那個探險隊的隊長。

我聳了聳肩：「你騎不成木馬了。」

張堅喃喃地道：「究竟是甚麼事情呢？」

我想了一想：「要我陪你去走一遭？」

張堅點頭道：「你多少應該準備一下！」

我攤了攤手，道：「準備甚麼？帶上一件免漿免熨的襯衫？」

張堅也不好意思起來，他道：「別怒氣沖天，衛斯理，我保證你不虛此行。到了之後，我派你做最輕鬆的工作。」

我瞪著眼道：「派我做甚麼？放企鵝麼？」

張堅一面笑著，一面拉著我向外走去。我懷疑他的祖先之中，一定有一個是南極附近的人，要不然，何以本來是愁眉苦臉的他，一旦有了重回南極的機會，便興奮得像一隻猴子？

我們直赴機場，在途中，我才知道張堅是一下飛機，便到我家中來的，他根本未曾打算住酒店，所以史谷脫隊長找他的電報，才會發到我家中來。

我們在機場等候了一小時左右，張堅通過他特殊的關係，就在這一小時中，替我弄妥了我到南極去所需的一切證件。幾個國家的副領事特地趕到機場來，他們對張堅的態度十分恭敬。他們如此尊重一個在科學上有成就的人，想起我剛才心中將他比作一隻興奮的猴子，不禁歉然。

我們所搭的飛機，一到檀香山，張堅便和我直赴當地的空軍基地。

張堅顯然是空軍基地的常客了，連守衛都認識他，對他行敬禮，但卻瞪著眼，在我身上上上下下，檢查了一遍，才肯放行。

而且，在進了基地之後，張堅可以直闖辦公大樓去，我卻被「招待」在「貴賓室」中。「貴賓室」中的一切，稱得上美輪美奐，現代化之極，但可惜門口卻有佩著手槍的衛士在不斷的來回踱步，那使我覺得我是在一間十分華麗的囚室之中！

我等了許久，才見張堅興沖沖地跑了進來：「行了，一切都就緒了，我們向南飛，中途停留在托克盧島、斐濟島，然後在紐西蘭再停一停，便直飛南極，這條航線你熟麼？」

我一肚子是氣，大聲道：「我當然不熟，但是我相信如果飛機出了甚麼毛病，我還可以將你的靈魂引到南極去的。」

張堅在我的肩頭上，大力拍著：「別衝動，我的好朋友。」

他拉著我走出去，一輛吉普車駛到了我們面前停下，張堅首先跨了上去，我也上了車，車子向前駛出，不一會，便到了機場。

吉普車在一座飛機庫面前，停了下來，我看到飛機庫中停著兩架雙引擎的小型飛機。

我一眼便看出，這兩架飛機，是保養得極好，性能極佳的，時時在使用著的飛機。

張堅望著我：「怎麼樣？」

我點了點頭道：「飛機還不錯。」

張堅道：「不錯，這是基地司令員的座駕機，他肯借一架給我們，你只是說『不錯』？」

我不能不佩服張堅的神通廣大，若是我衝到這裏來，向司令員提出，要借他的座駕機一用，那不被人當作瘋子才怪。

我下了車，兩個機械師迎了上來：「是你駕駛飛機麼？」

我點了點頭：「不錯，要注意甚麼？」

機械師道：「一切都好，這是兩架我們最注意的飛機，你想想，這飛機要是照顧得有疏忽——」他用手在頸上一劃，不再說下去。

我笑了笑，爬進了機艙，走到駕駛室內，檢查了幾個要點，便證明機械師所說的話不錯，我又退了出來，這時，機械師已在下令，將飛機拖到跑道上去了。

我穿上了駕駛衣，張堅笑嘻嘻地望著我：「衛斯理，我早就說你行的。」

我也望著他笑著，但是我的心中，卻不懷好意，我決定當飛機飛到大海上時，玩一玩花樣，來嚇嚇他，看他還是不是那樣輕鬆。

十五分鐘之後，飛機的引擎怒吼著，飛機在跑道上向前衝去，我不等飛機在跑道上駛到規定的時間，便扳動了升降桿，飛機一昂首，便已升空了。

在飛機升空的時候，我看到跑道旁邊，有幾個空軍軍官，正在向我打手勢，在稱讚我的駕駛飛機技術。我心中也十分得意，因為我未曾駕駛飛機許久了，但居然還有這樣的成績。

我用心駕駛著，一直到托克盧島，才漸漸降落。

托克盧島是一個只有軍事價值的小島，我們降落，也只是為了補充燃料而已。

由於我心情好，所以我也放棄了惡作劇的念頭，晴空萬裏，鐵翼翱翔，頓時使人的心胸也為之開闊，捉狹的念頭，自然而然地打消了。

我們一直飛到了紐西蘭，都十分順利，在離開了紐西蘭，繼續向南飛去之際，張堅的心情變得更好，因為那已接近他喜愛的南極了。

等到氣候變得相當冷，向下看去，海面上已可以看到三三兩兩的浮冰的時候，張堅更是忍不住哼起歌曲來。

他坐在我的身後道：「照航程來看，再過兩小時，我們便可以到達了，在我們營地的附近，有一條鑿在冰上的跑道，你降落的時候可得小心，那條冰上跑道，是考驗駕駛員是否第一流的地方。」

我笑道：「你放心，我以為你可以和探險總部作無線電聯絡了。」

張堅坐到了我的身邊，熟練地操縱起無線電來，可是過了幾分鐘，他面上現出了一個十分奇怪的神情來：「怪啊，為甚麼無線電波受到如此強烈的干擾？」

我道：「或者是極光的關係。」

張堅道：「不會的，極光的干擾，沒有如此之強。」

我道：「那你繼續地試吧。」

張堅無可奈何地答應著，我則繼續操縱著飛機，向南飛去。

那天的天氣極好，可見度也十分廣，突然之間，我看到儀板上的雷達指示器上的指針，起了極其劇烈的震動，那通常是表示前面的氣候，有著極大的變化，例如有龍捲風正在移近之類。

可是，如今，天氣是如此之好，那幾乎是不可想像的事情。

就在我想將這一點講給張堅聽的時候，我們的飛機，突然劇烈地震盪了起來，我和張堅兩個人，竟不能控制地左搖右擺。

約莫過了一分鐘，我們的飛機才恢復穩定，張堅面上變色：「衛斯理，你在搗甚麼鬼？」

我已無暇和他分辯了，因爲我已經覺出，事情十分嚴重，一些我所不知的變化，正在發生中。

首先，我看到前面的海水，像是在沸騰一樣！

而在沸騰的海水中，有一股火柱，不斷地向上湧了出來。

那股火柱湧得並不高，只不過兩三丈，但是那卻使火柱四周圍的海水沸騰。同時，火柱的頂端，冒起一種濃綠色的煙來。

我從來也未曾見過那樣濃綠色的煙。這時，連張堅也呆住了。

我們兩人呆了好一會，張堅才問我：「天啊！這是甚麼？」

我忙道：「這裏已接近南極了，這裏的一切，我正要問你。」

張堅不再出聲，他開動了自動攝影機，在他開動自動攝影機，去拍攝眼前那種奇異的跡象之際，我發覺我們的飛機，已經到了七千呎的高空——那是儀板上的高度表告訴我的。

除非是高度表壞了，要不然，就是我們的飛機，在自動地升高，而且是以十分快的迅速在自動地升高，因爲我本來的飛行最高度是兩千呎。

我想令飛機下降，但是沒有可能，飛機平穩地，但迅速地、頑固地向上升去。

## 第二部：高空中的實驗室

我盡量使自己鎮定，叫張堅看高度表。

當張堅看到高度表的時候，我們已經在八千五百呎的高空了。

張堅張口結舌：「衛斯理，爲甚麼飛得那麼高？」

我雙手鬆開了駕駛盤：「你看，飛機是自動上升的，完全不受控制了！」

張堅忙道：「怎麼會有這種事？怎麼會有這種事？」

我苦笑道：「我不明白，我也不相信會有這種事的，但如今這種不可能的事卻發生了。」

張堅道：「試試低降！」

我搖頭，道：「我試過了，你看，根據機翼板的形狀，我們是應該下降的，但是我們的飛機，卻還在向上升去，如今——」

我向高度表看去，已經是一萬一千呎了。

高度表上最高的數字只一萬兩千呎，因爲這是一架旅行飛機，不需要更高的高度。而表上的指針，迅即到了頂點上。

可是，我和張堅兩人，卻可以明顯地覺得出，飛機還在繼續上升。

張堅叫道：「天啊，我們要升到甚麼地方去啊！」

由於高度表已到了頂點，我們已不知道自己究竟到了甚麼高度。我經歷的怪事不少，可是如今經歷著的怪事，卻又開創了新的一頁。

我只好強作鎮定：「希望不是上帝向我們招手！」

張堅瞪了我一眼：「我們跳傘吧。」

我瞪著他：「跳傘，在一萬兩千呎的高空，向南冰洋中跳？我寧願看看究竟是甚麼力量，在使我們的飛機上升。」

張堅嘆了一口氣，這時，向下看去，已經看不到甚麼東西了。雖然天氣好，能見度高，但是我們已經飛得太高了，向下望去，便只是茫然一片。

我抬頭向上看去，只見在蔚藍色的天空中，有著一大團白雲。

那一大團白雲，停在空中，而我們的飛機，已迅速地向那團白雲接近。

我連忙問道：「張堅，南極上空，可是有帶極強烈磁性的雲層麼？」

張堅道：「在我的研究中，還未曾有過這樣的發現。」

我忙道：「向地球墮下的隕石，大多數都被南北極的磁場所吸了去，這是人所共知的事實，那麼，有沒有可能，南極的上空，有一種帶有強烈磁性的雲層，將我們的飛機，吸了上去呢？」

張堅苦笑著：「看來是有的了，要不然，我們的飛機，怎會自動上升？」

我拍了拍他的肩頭：「你怎麼啦，這將是震驚世界的新發現，你怎麼反而垂頭喪氣起來了。」

張堅道：「是啊，這是新發現，但是請問，我們怎樣將這個發現帶給世人知道呢？無線電失靈了，我們離開飛機跳下去，還是將發現放在瓶中，向下拋去，希望這隻瓶子，飄到法國康城的沙灘上，讓一個穿著比基尼泳衣的性感明星拾到這隻瓶子？」

我笑道：「隨便怎麼都好，只要你的幽默感未曾喪失，我們總會有希望的。」

我們在講話的時候，飛機迅速地接近那一大團雲，穿進了雲中，然而，陡然之間，飛機震了一震，定了下來。飛機突然停住，我和張堅有了不知所措之感。我們既沒有辦法使飛機飛行，也不能打開機門跳下去，我們的無線電，完全失靈。

在這樣的情形之下，我和張堅兩人，相互望著，一句話也講不出來。

接著，意想不到的事情發生了！

我們首先聽到了飛機的機身，響起了「錚錚」的金屬碰擊之聲。我和張堅兩人，立即循聲看去，只見在雲層中，出現了一樣十分奇怪的東西。

我們乍一看到那東西，簡直無以名之。那倒並不是這件東西的形狀太古怪複雜，難以形容的緣故。而是那件東西，十分簡單，它只是一塊一張蓆子大小的金屬板，顏色是鐵青色。

那塊金屬板，沿著我們飛機的尾部，向前移來，移到了機門之旁，停了下來。

我和張堅兩人，這時已經驚愕得沒有力量來相互討論那塊金屬板究竟是甚麼東西了！

接著，我們便聽到，從那金屬板的一端，發出了一個人講話的聲音，那人所用的是極其純正的英語，使人想起「窈窕淑女」中的「在西班牙的雨……」，那聲音說：「兩位，請你們跨出機艙，站到這塊平板上來。」

我和張堅兩人，都知道那平板上沒有人，人講話的聲音，不知是通過了甚麼方法傳了過來的。

我們究竟應不應該聽從那個命令呢？

正當我們在猶豫不決的時候，那聲音已傳入我們的耳中：「你們闖進了試驗區，如今你們已在三萬五千呎的高空，你們不能下去，你們必須服從我的命令。」

一連串的「你們」，顯得那講話的人，發音甚正，但修辭方面的功夫卻差了些。

我勉力定了定神：「好，我們可以聽你的命令，但我們首先要明白，你是甚麼人，在這裏從事甚麼試驗？」

那聲音道：「你們不需要明白這些，你們要做的只是服從我的命令。」

張堅苦著臉，低聲道：「怎麼，我們出不出去？」

我向那塊金屬板看了一眼：「看來這塊平板是摩登飛氈，希望我們不致於跌下去。」

張堅忙道：「我們真的要出去？」

我攤了攤手：「除了出去之外，還有甚麼辦法？你沒有聽說麼？我們是在三萬五千呎的高空之上，而我們的飛機又不聽指揮，我們除了服從他的命令之外，還有甚麼法子？」

張堅嘆了一口氣：「我們還會遇到一些甚麼怪事呢？」

我搖頭道：「我不是先知，我也不知道。」

我向機門走去，打開了機門，那塊金屬平板，竟自動升高，方便我們踏足上去。

我站到了平板上，由於四周圍全是雲霧，甚麼也看不到，所以我雖在高空，站在那樣小面積的平板之上，也不覺得害怕。

接著，張堅也出來了，他握住了我的手臂，我們還來不及交換意見時，平板已向前滑了過去，當我們回頭看去的時候，我們的飛機已經不見了。當然，飛機是可能仍停在老地方的，只不過由於密雲，我們已經看不見它在甚麼地方而已。

平板向前十分穩而快地滑去，過了一分鐘，它又開始上升，然後，幾乎是突如其來的，我們像是突破了甚麼東西一樣，眼前陡地清明，我們又看到了實是難以相信的奇景。

平板已停了下來，在我們面前的，是一幅相當大的平地——我說是「平地」，因爲那的確給人以「地面」的感覺，上面有泥土，甚至還有花草。在平地的正中，是一幢六角形的屋子，建築的樣子，十分怪異，而且很高。

我們抬頭向上看去，仍只可以看到雲，四周圍全是雲，唯獨這幅平地之上，卻空氣清爽，使人感到愉快。就像是有一個極大的玻璃罩，將這幅平地罩住，是以密雲難以侵得進來一樣。

我試著伸出一足，去踏在那塊平地上，那的確是平地，而不是我的幻覺，我跨出了那塊平板，在平地上站定，張堅跟在我的後面。

我們一起抬頭看去時，只見那六角形的建築物的底層，一扇門向上升起，一個人張著兩臂，走了出來：「張博士，歡迎歡迎，直到我們在螢光幕中看清楚了你們兩位容貌，才知道我們的不速之客是張博士！」

那人的身材十分矮小，身上穿著如同潛水人所穿的橡皮衣，頭上也戴著防毒面具也似的銅帽子。

張堅失聲道：「他們，是他們。」

我忙道：「甚麼他們？」

我的問話才一出口，便已經知道張堅的那句話是甚麼意思了。他說的「他們」，當然是指他曾向我講過的那個荒誕的故事中的那些被困在冰中的人而言的。

也就在這時，我們聽到了一陣嗡嗡聲，自那六角形建築物的一個窗口中，飛出了一個圓形的東西。

那東西，乍一看，像是一隻大海龜，又像是一隻潛艇，但是卻以極高的速度，破空而去。

當那東西侵入雲層中的時候，有幾絲雲，向下飄來。我和張堅望得出神。張堅低聲道：「衛斯理，你現在相信了麼？」

眼前的事實如此，怎容得我不信？

我吸了一口氣，向那個穿著橡皮衣、戴著銅面具的人道：「我希望你們並非來自外星。」

那矮小的人，突然以一種十分怪異的聲音，笑了起來，那種聲音聽來令人牙齜發酸，極不舒服，和他那種發音正確，幽雅的英語一比，簡直判若兩人一樣。

我不明白他甚麼發笑。

當然，他的發笑，不外乎兩個可能。一個是我猜中了，他正是來自外太空，所以他得意地笑，另一個可能是我完全猜錯了，他只是地球上的人，所以覺得我這個問題，太過愚蠢可笑。

可惜因為他所發出的聲音，實在太刺耳了，我竟難以分辨他笑聲中的感情。

他笑了極短的時間，便停了下來，又以那種純正得過了份的英語道：「我們不必去討論這個問題，兩位既然來了，也不必急惶。張博士，我們曾到你們的營地去找過你，但是你卻不在。」

張堅苦笑道：「找我？找我作甚麼？」

那人道：「我們的領導人，在作例行的巡視飛行中，不幸遇到了一團冷空氣，在還未曾來得及採取任何措施之前，那團帶水的冷空氣，便將飛行船包圍，在飛行船的周圍，結成了一層厚達二十尺的冰層——」

張堅向我望了一眼：「怎麼樣？」

我無話可說，只得點了點頭。

那人向我望了一眼，續道：「飛行船喪失了飛行的能力，落下了海洋之中，如果不是張博士相助，我們的領導人便會遭到不幸了。」

張堅忙道：「原來是這樣，那麼，我請你們快些讓我們的飛機能夠恢復飛行，我急於要趕回基地去。」

那人又笑了一下：「你們的飛機，在經過強度磁力的吸引之後，所有的機件，都成了比普通磁鐵磁性大二十萬倍的特種磁鐵，如果我們一減低磁力，你們的飛機，就像一柄斧頭一樣，直掉了下了。」

張堅的神情有些憤怒：「噢，你弄壞了我借來的東西。」

那人道：「不要緊，我想借出這架飛機的人，是不會見怪的。」

張堅瞪著眼：「你怎麼知道？」

那人揮了揮手：「我們不必討論這個問題了，兩位請進來休息片刻好麼？」

我冷冷地道：「休息片刻之後，又怎麼樣？」

那人道：「我們的領導人將會接見兩位，和兩位討論這個問題。」

我忙又道：「你們究竟是甚麼人？」

可是那人並不回答，逕自轉過身去。

張堅大聲問道：「你們究竟是甚麼人，爲甚麼會在空中居住的？」

那人仍不轉過身來，只是道：「我們如今所在的地方是一座空中平臺，我們主持的實驗的指揮所，這和你的探險隊在冰上建立營地是一樣的，又有甚麼可以值得奇怪的地方？」

張堅喃喃地道：「可是你們是在天空中啊！」

那人並沒有再出聲，我們一行三人，已經從那扇門中走了進去，而那扇門，也無聲地合上。

那扇門之內，看來像一個大堂，裏面一點傢具也沒有，四面的牆壁、地板和天花板，全是一種銀灰色的金屬。

那種金屬乍一看像是鋁，但是看下去卻又不像，那人道：「請你們在這裏等一等。」

我竭力使自己輕鬆：「就站著等麼？」

那人「噢」地一聲：「如果你們喜歡的話，可以坐在地上，地上是很乾淨的。」

我不禁無話可說，眼看著那人在另一扇門中，走了出去。那人才一走開，張堅便對我道：「衛斯理，我們怎麼辦？我們是在甚麼地方？」

我苦笑道：「不要發急，我想我們只好聽其自然。」張堅道：「這裏是甚麼所在呢？」

我低聲道：「如果那些人不是來自甚麼別的星球的怪物，那麼便一定是甚麼國家所建立的一座秘密空中平臺，正在從事一項秘密實驗。」

張堅失聲道：「如果是這樣的話，我們已經發現了他們的秘密，那一定必死無疑了。」

我點了點頭：「可能會是這樣，但是你救過他們的領導人！」

張堅道：「我看這也沒有用，你看，這座空中平臺的四周圍，全是白雲，空中平臺在三萬五千呎的高空，他們仍這樣小心地掩飾著，那麼他們在從事著的實驗，一定是極度的秘密的了，他們肯放我們回去麼？」

我笑道：「這樣說來，你倒反希望他們是別的星球來的了？」

張堅苦著臉，不再言語。我走到那扇門前，準備伸手去推門，門卻已自動打了開來。我四面檢查了一下，並沒有發現任何受光線控制的開關，那扇門自動打開，一定是我所不知道的一種科學方法了。

我向外跨出了半步——僅僅是半步，這使我看清，門外是一條走廊。立即便有兩個人從門的兩旁出現。攔住了我的去路。

他們也是身材矮小，穿著橡皮衣，和類似潛水人所戴的銅帽子。

我不明白爲甚麼這裏的人，都穿著那樣的「衣服」，那沈重的銅面罩，看來像是調節空氣用的，但我更不明白他們爲甚麼要調節空氣，因爲對我來說，空中平臺的空氣，就和里維拉海灘上的空氣一樣清新。

那兩人攔住了我的去路，道：「請你不要走出這扇門來。」

他們所講的，同樣是十分純正的英語。

爲了不想惹麻煩，我退了回來。

張堅大聲抗議：「爲甚麼不能出這扇門，我們被軟禁了麼？」

我向他揮了揮手：「算了，我看他們也是奉命行事的，不必計較。」我一面說，一面仔細地向那兩個人看去。

那兩個人這時，還並排站在我的面前，距離我只不過一步左右。

在那樣近的距離之下，我實在是可以將他們兩個人身上的一切，看得十分淸楚，我試圖通過那銅面具上的兩塊圓玻璃，去接觸他們的眼光。

可是我卻辦不到，因爲在那圓玻璃後面，似乎並沒有甚麼東西。那當然是不會的，我想，一定是那種玻璃有著強烈反光的緣故。

我想動手將他們兩人之中的一個銅面具除下來看個究竟。

但我只是想了一想，而並沒有那樣做。

因爲到目前爲止，我們在表面上還在受著友善的接待，而張堅又曾破開冰塊，救過他們的領導人，事情可能很樂觀，我不想破壞一切。

我和張堅兩人，退到了屋中之後，又等了五分鐘，那一個領我們進屋子的人，又走了進房間來。

老實說，我實是沒有法子分辨出他們誰是誰來。因爲他們的身材，看來都是同樣的矮小，而衣服也完全是一樣的，甚至於他們的口音也是相同的——全是那種純正過份的英語。

我們一見那人走進房間來，便迎了上去，問道：「怎麼樣了？」

那人點了點頭：「請你們跟我來，我們的領導人準備跟你們見面。」

張堅低聲問我：「他們的領導人是甚麼樣的？」

我也低聲道：「希望不要是一個紫紅色的八爪魚。」張堅明白我的意思，是希望如今我們所在的那個太空平臺，不是由其他星球上的「人」所建立的。

他嘆了一口氣：「我倒希望是，你想，如果甚麼國家，在南極上空，設立了這樣的一座空中平臺，而我們發現了這個秘密的話……」

我不等他說完，便道：「如果是甚麼星球，那問題只有更糟糕。」

我們一面密談，一面已到了走廊的盡頭處，那帶領我們的人，在一個按鈕上一按，我們的眼前，突然出現了極其奇幻的一種幻景。

我們像是被一股甚麼力道所吸引一樣，身不由主地向前踏出了一步。

而在跨出了一步之後，我們的身體周圍，立即被一種近乎黃色的，極濃的霧所包圍。在那個時候，我們的身子，像是被某一種力量推動著而在移動，但是卻又不像是在動。張堅大聲叫道：「這是甚麼玩意兒？」

他只叫了一句話，我們身旁的那種濃霧，便已散了開來，我們發現我們，仍站在走廊的盡頭，那個矮小的人也站在我們的身旁。

我忙道：「剛才那陣霧是甚麼意思？」

那人「噢」地一聲，道：「沒有甚麼，那只不過是一種頻率極高的無線電波在空氣中所生出的正常反應而已。」張堅道：「那麼，這種高頻率的無錢電波，又是甚麼意思？」

那人道：「它能夠探測兩位的思想，將之記錄在案。」我和張堅兩人聽了，不禁更是吃了一驚，張堅面上的神色，十分蒼白。

探測一個人的思想，利用高頻率的無線電波，這似乎是地球上科學最先進的國家也未能做得到的事，那麼，我們是落在甚麼人的手中了呢？

而事實上，這座在三萬五千呎高空的空中平臺，我就看不出是用甚麼方法，使它能停留在空中的，而且平臺外的雲，顯然也是人造雲，這一切，似乎不是地球上的科學家所能弄出來的東西。

我和張堅在面面相覷間，那人手又在一個掣上按了一下：「請。」

在我們面前的一扇門，已經打了開來，我們硬著頭皮走了進去。

那裏面，則是一間十分舒服的接待室，已有一個人坐在一張沙發之上，沙發的形式很古老，一點也不像是在空中平臺上應有的物事。

坐在沙發上的那個人，正在翻閱著甚麼文件，一見到我們，便放下了文件，站起身來，道：「歡迎，歡迎兩位光臨。」——也是那種英語。

我向那人放開的文件，偷看了一眼，只見上面全是一些莫名其妙的小洞，我知道這是電腦語言，但是我卻讀不懂它們。

我再打量那個人，他是一個身材和我差不多高下的中年人，兩鬢斑白，樣子十分莊嚴，但是卻並不淩厲。

我笑了一笑，道：「我終於看到一個不戴面具的人了。」那中年人也笑道：「我叫作傑弗生，你可以逕稱呼我的名字。」

我在一張椅上坐了下來：「傑弗生先生，我們倒不在乎怎樣稱呼你，我們只是想知道，我們還有機會回到地面上去麼？」

傑弗生搖著他紅潤的手掌，連聲道：「當然有的，當然有的。」

我道：「好，那你們一定有極好的交通工具，可以令我們迅速地到達張博士的基地上的。」

傑弗生笑道：「不是現在，衛先生。」

我猛地跳了起來：「我沒有向你們之中的任何人說過我的姓名。」

傑弗生揚了揚手：「不要激動，我們都知道的。」我難以明白他口中「我們都知道的」一語是甚麼意思。

但如果他們已以高頻率的無線電波，和一系列的電腦裝置，探測過我們的思想的話，那麼，他的確是「甚麼都知道」的了。

我又坐了下來，傑弗生道：「首先，請你們放心，我和你們一樣，是地球上的高級生物——人。而不是紫紅色的八爪魚。」

我心中「哼」了一聲，這傢伙，他果然甚麼都知道了，他當真探測了我們的思想，要不然，他怎麼知道我曾經以爲他是「紫紅色的八爪魚」？

我道：「我聽到這一點，覺得很歡喜。我們也不想知道閣下是哪一個國家的人，和從事著甚麼實驗，我們對這一切沒有興趣，如果你要我們絕不宣揚的話，我和張博士可以以人格保證，我們絕不會向任何人提起我們奇怪的遭遇來的。我們只求快些離開這裏！」

傑弗生十分用心地聽我講話，等我講完之後，他才搖了搖頭：「遺憾得很，要請你們暫時在這裏作客。」

我和張堅兩人，不禁勃然變色。

我站了起來：「你這樣說法，便等於要軟禁我們了？」

傑弗生緩緩地道：「兩位全是明白人，也都應該知道，歷年以來，在南極範圍的上空之內，無故失事的飛機很多！」

我瞪著眼：「閣下這樣說法是甚麼意思？」

傑弗生仍是慢條斯理地道：「我們所從事的試驗，絕不想給任何外來人知道，我們利用人造雲霧，將空中平臺遮掩起來，使得在外面看來，那只不過是停滯在高空的一大團白雲。但是我們卻沒有法子掩飾我們的實驗，雖然我們在事先經過精密的推算，避免給他人發現，但仍然會有一些飛機，像你們的那樣，闖了進來，於是，我們便不得不以強烈的磁性放射線，令得他們失事——」

傑弗生在講著那種駭人聽聞的事實之際，他的聲音，竟仍然是那樣地娓娓動聽，這就是最不能令我忍受的事情。

我陡地大叫道：「你這個無恥的傢伙，你爲甚麼又不令我們的飛機失事，而要將我們吸上來呢？」

我一面說，一面跨前一步，突然伸手按住了傑弗生的肩頭，猛烈地搖著他。傑弗生面上神色，大是驚恐，連連向後退去。

突然，當他返到一堵牆前之際，牆上出現了一扇暗門，他已閃身而入。

我還待追上去，只聽得身後有人道：「你們不能在這裏動粗的。」

我回頭一看，只見張堅面色蒼白地坐在沙發上，而兩個穿著如同潛水人一樣衣服的矮子，則已從我們進來的那扇門中，走了進來，說話的正是兩個矮子中的一個。

我冷笑一聲：「動粗？是甚麼人將我們弄到這裏來的？你們有甚麼權利將我們留在這個空中平臺之上，不讓我們回去？」

我又一個箭步，跨了過去，抓住了其中一個矮子，右手一拳向那矮子的頭上打去。

我那一拳下手頗重，那是因爲這時，一則因爲我知道難以離開這空中平臺；二則，事情甚麼時候是了局，也不知道，因之心中十分焦煩的緣故。

我預料這一拳打出，雖然我的拳頭，打在銅面具上，會十分疼痛，但是卻也可以打得那矮子叫救命的。

「砰」地一聲，我的一拳，打個正著。

也就在那瞬間，張堅突然尖叫起來！

我連忙轉過頭去看他，一時之間，卻未曾注意眼前發生的事。

# 第三部：冰原亡命

看到張堅指著我，一句話也講不出來，我連忙回過頭去，也不禁呆了，那矮子的整個頭顱，竟因爲我的一拳，而跌了下來！

我連忙鬆手，那個已沒有頭顱的矮子，身上發出一種「嘟嘟」的怪聲，和另一個矮子，一齊向外衝了出去。

我退後了一步，注視著落在地上的那個銅面罩，在最初的一分鐘內，我驚駭莫名，但是我隨即鎮定了下來，因爲地上一點血也沒有。

如果說，我的一拳，竟大力到能將那矮子的腦袋，打得和脖子脫離關係的話，那麼怎麼會沒有血呢？我連忙一俯身，將那矮子的頭，提了起來。

那時，我和張堅兩人，都已看清，在銅面具之內的，根本不是一顆人頭。

在銅面具之內的，也不是「紫紅色的八爪魚」，我們看到的，是許多精巧之極的電子管，整齊地排列著，還有許多我們所看不懂的小型儀器，以及複雜之極的線路。

那些線路，全是比頭髮還細的銀線連成的。

這幾乎是不可相信的，但是，這卻又是鐵一樣的事實：那些身材矮小，戴著銅面罩，穿著橡皮衣，會「說」純正英語的，並不是人！如果一定要說他們是人的話，那麼他們只是配了電子腦的機器人！

能夠將機器人做得這樣子，這不消說是科學上的極大成就。這時，我心中有點懷疑那個傑弗生，是不是如他自己所說的那樣，是地球上的人！

因爲這個空中平臺上的一切，似乎都不是地球上的科學家所能做得到的。

（一九八六年按：這種機器人，當時是幻想，現在也已是事實了。）

最簡單的便是，那樣強烈的磁性，到目前爲止，地球上的科學家，還只能在實驗室中得到，而不能付諸應用。如果能應用的話，那麼，飛機將一點軍用價值都沒有了。

再說，這座空中平臺，又是憑藉著甚麼動力，而能停留在三萬五千呎的高空呢？

這都是我這個對科學一知半解的人所無法瞭解的，但是我相信即使這方面的專家，也必然瞠目不知所對，講不出所以然來。

我將我手中所捧的「電子頭」交給了張堅，張堅苦笑著接過來，看了一回，道：「我簡直不能相信這是事實。」我大聲道：「傑弗生先生，我相信你一定能聽到我的聲音的，是不是？」

傑弗生的聲音，立時在這間房中響了起來，他道：「是的。」

傑弗生的聲音，絕不是從甚麼傳音器中傳過來的，因爲聽來絕沒有這樣的感覺，傑弗生的聲音，聽來就像是在你的對面有人講話一樣。

這當然又是一種我所不知的新型傳音器所造的絕佳效果。

我立即道：「那就好，我請你在我們還沒有破壞這裏的一切之前，放我們離開這裏。」

傑弗生道：「衛先生，別威脅我們，你破壞不了甚麼的，當然，你們也暫時不離開這裏。」

我冷笑道：「你以爲你可以永遠將我們扣留在這空中平臺上麼？」

傑弗生道：「不是扣留，我是要請你們在這裏住下來，當作客人，在我們實驗完全成功之後，你們便可以離開這裏了。」

我「哼」一聲：「你們究竟在從事甚麼實驗？」傑弗生的回答，大大地出乎我們兩人的意料之外，他以十分沈著的聲音答道：「我們在實驗一種可以使地球在不知不覺中毀滅的力量！」

我和張堅一呆，我們絕不以爲傑弗生是在胡言亂語，因爲這「空中平臺」上的一切，都太先進了，淩駕地球上任何角落的科學成就之上！

我道：「你自己不是地球人麼？爲甚麼要毀滅地球？」

傑弗生道：「我只是尋找毀滅地球的方法，而還不準備立即毀滅地球，只要地球上的首腦人物，肯服從我的命令的話。」

我道：「我不明白你的意思。」

傑弗生哈哈地笑了起來：「你不明白麼？一柄彈簧刀可以指嚇一個夜行人，令他將錢包交出來；同樣的，我們毀滅地球的法子，就可以威脅全世界，使世上所有的國家，都聽命於我們。」

我冷冷地道：「你們究竟是甚麼人？」

傑弗生道：「是我和我的朋友，你沒有必要知道。」

我想多瞭解一些他們的情形，又道：「你們所有的一切，全是地球上的科學家所不能達成的東西，你們真的是地球人麼？」

傑弗生又笑了起來：「當然是，我的家鄉在南威爾斯，我是牛津大學的博士，又曾是美國麻州工學院的教授，你說我會是別的星球上的怪物麼？」

我冷冷道：「那倒難說，我以前遇到一個土星人，他甚至是我在大學中的同學。」

傑弗生大笑了起來：「土星人，哈哈，土星人，這太可笑了！」他這句話講完之後，便寂然無聲了。我連問他幾句，都得不到他的回答。

張堅也大聲地叫嚷著，不久，我便發現我們的叫嚷，實在是一點用處也沒有的。

我勸張堅冷靜了下來，仔細地檢視著這間房間中的一切，看看可有出路。雖然衝出了這間房間之後，我們仍然是在三萬五千呎高空，但是總比困在這一間房間之中好得多了。

我費了一小時之久，除了發現了一些電線也似的東西，和我不明白的一些儀器表之外，別無發現。我發覺門、窗都是絕不可破的，而且整幅牆壁上，都像是有著無數的小孔，新鮮的空氣，自這些小孔中透入，起著調節的作用。

這裏的一切，可以稱得上是天上人間，但如今我們卻是被軟禁的人，我們的心情焦急難耐，一點也感不到這裏的好處。

我們一籌莫展，過了四個小時，才又聽到了傑弗生的聲音。他道：「張博士，或許我的話，不能令你信服聽從，但是你的一位老朋友來了，他的話，我相信你一定肯聽的了？」

張堅怒意衝天，道：「你別見鬼了，在你們這裏，我怎會有老朋友？」

張堅的話才一出口，便有一個美國口音道：「張，你怎麼罵起老朋友來了。」

張堅陡地站了起來，他面上的神情，驚喜、恐駭，兼而有之，我忙道：「怎麼了？」張堅根本沒有聽到我的話：「是你麼？羅勃，這……是怎麼一回事？」

那口音笑道：「所有的人都認爲我已經死了，是不是？」隨著那口音，門打了開來，一個精力充沛的人走了進來。

他約莫三十出頭年紀，身子結實，一頭紅髮，張堅面上的神情更是驚愕，他望了望那美國人，又望了望我，忽然道：「在高空爆炸的飛機中，可能有生還的人麼？」

那美國人笑道：「可能的，我就是。」

張堅搖著頭，難以說得出話來，我看出張堅的精神，十分紊亂，忙走到他的身邊：「張堅，這個人究竟是怎麼一回事？」

張堅道：「他是一個已死了的人。」

我忙道：「別胡說，他正活生生地站在我們的面前。」

張堅仍然堅持道：「羅勃是死了的，三年前，他因公旅行，他搭的客機在紐西蘭上空爆炸，據目擊者的海軍人員報告，爆炸一起，整架飛機，便成了碎片，機上四十餘人，自然毫無生還的希望，羅勃也是其中之一，可是，他……你能說他未死麼？」

一架飛機在空中爆炸，火光一閃，飛機成了碎片，裏面的人，自然毫無生還的希望，從張堅臉上的神情看來，站在我們面前的人，的確是羅勃。

我低聲道：「他可能是羅勃的孿生兄弟。」

站在我們面前的那個「羅勃」哈哈大笑了起來，道：「張，你可還記得，我那次因公旅行，在你送我離開基地時，你托我在經過紐西蘭克利斯丘吉城的時候，要我去問候慕蘭麼？」

張堅的面上，立時紅了起來。「慕蘭」是一個女子的名字，看情形還是張堅的好朋友，所以張堅聽了，臉上會發紅起來。

但是張堅的面色，立時又變成煞白，他馬上的道：「你，你……你真是羅勃．強脫？」

對方的回答是：「不錯，我就是羅勃．強脫。」

張堅嘆了一口氣，雙手捧著頭：「這怎麼可能，這怎能使我相信！」

羅勃笑道：「你怎麼啦，你看到我活生生地站在你的面前，還不信麼？」

張堅揮著手：「你是怎麼到這裏來的？」

羅勃笑道：「我當時甚至不知道飛機起了爆炸，我只覺得突然地，我的身子，被甚麼東西托住了向上飛來，接著，我便穿過雲層，來到了這裏。」

羅勃正在講著，傑弗生已推門進來，接口道：「在爆炸發生時，我遙程指揮一塊飛行平板，將強脫先生載了出來，我們從此成了好朋友。」

我冷冷地道：「飛機上還有四十餘人？」

傑弗生攤了攤手，並不出聲。

我正視著他：「那些人被你謀害了，因為你要得到羅勃，所以你將那架飛機爆炸，是不是？」

傑弗生又聳了聳肩，仍是不出聲。

我知道我是料對了，傑弗生是一個魔鬼，他有著超人的學問，也有著非人的狠心。我幾乎又想撲過去打他，但是，羅勃卻作了一個手勢：「我們如今是三個人，我，和另一位世界著名的地質學家，藤清泉博士，我們由傑弗生教授領導。」

藤清泉博士，那可以說是日本的「國寶」，誰都知道日本是火山國，火山爆發，地震是最常見的事，而藤清泉博士，正是火山學、地質學的專家，世界性的權威，他是在三年前，巡視一個大火山口時，突然失蹤的，一般的推測，是他不慎跌進了火山口中，因而喪生，卻想不到他也給傑弗生召了來。

我冷笑道：「我不信藤清泉博士會高興在這裏。」

我的話才一出口，便聽到一個蒼老的聲音，傳了進來：「我高興的，年輕人！」

接著，一個身材矮小的老者，便走了進來，他額上的皺紋，多得出奇，一望而知是一位博學的長者。我忙道：「藤博士，我素仰你的大名，你以爲發一個野心的夢，是很高興的麼？」

藤清泉不悅地道：「年輕人，我不明白你在說些甚麼，我只知道我在從事的工作，可以使地球得以保存，人類得以不滅！」

藤清泉說來十分正經，絕不像是在兒戲，我心中不禁奇怪了起來：到底他三個人在這裏鬧甚麼花樣呢？傑弗生道：「簡單得很，張先生，衛先生，我要你們兩人，參加我所領導的工作。」

我立即道：「要我拿彈簧刀去指嚇一個夜行人？這種的事情我不幹。」

傑弗生道：「事情絕不那麼簡單，正如藤博士剛才說的，我們可以說是在拯救地球。」

我搖頭道：「那更輪不到我了，你們都是第一流的科學家，而我的科學常識，卻還停留在中學生的階段。」

傑弗生道：「正因爲我們全要專心致力於研究，所以有許多事情，我們便難以辦得到，這許多事情，需要一個異常能幹、勇敢的人去辦，衛先生，你可以說是我們的好運氣，是最恰當的人選了。」

我搖頭道：「請別給我戴高帽子，我不是你們所要的人，我不想在你的空中王國中作大臣，我只想要回去，回地上去！」

傑弗生的面色沈了下來：「你不答應？也好，等我們的實驗告成之後，你可以回地面上去。」

我怒意衝天：「你們的實驗，甚麼時候——」

然而，我的話還未說完，便住了口。

因爲就在這時，有兩個矮子，向房中直衝了進來，來到了我的面前。

那兩個矮子，是戴著銅面罩的，我已經知道這樣的矮子，全是受電子腦控制的機器人，準確地說，「他們」是受傑弗生直接控制的，「他們」所說的英語，如此純正，和傑弗生所講的，幾乎完全一樣，自然也是這個道理了。

我自然不知道這兩個機器人衝到我面前來的真正用意，但是我看到房門開著，這卻是我衝出去的一個機會。我不知衝出去之後，下一步如何，但總比關在密室中來得好一些了。

我雙手一分，待將面前的兩個「人」推開。可是，就在我的雙手剛一接觸到那兩個「人」的「身體」之際，我突然覺得全身一麻，似乎有一股強烈的電流衝進我的身體。

在那一瞬間，我只聽得張堅和藤清泉博士兩人，都發出一下驚呼聲，我自己則看到，在我的身體之上，迸起了一陣淺藍色的，十分美麗的火花來。

緊接著，我眼前一黑，便甚麼也不知道了。

等我再醒來的時候，我首先感到我是躺在一個十分柔軟的東西上面。我睜開眼來，卻又甚麼都看不到，只看得到白雲，我實是難以明白那是怎麼一回事。

我勉力定了定神，將我和張堅兩人的飛機，被神奇地吸上來開始，一直到昏了過去的事，想了一遍。我當然是昏了過去之後被移來這裏的了。

我看來是躺在雲上，但是雲的上面可以躺人麼？還是我已經成了靈魂，所以輕若無物呢——在這種奇異的遭遇之下，的確會使人想入非非的。

我又化了近十分鐘的時間，才弄明白我是在一個「泡泡」之中。那個「泡」，像是肥皂泡，我就像是困在肥皂泡當中的一隻小蟲，在「泡」外，是厚厚的白雲，「泡」是一層透明的，看來十分薄的東西，但是它有彈性，十分堅韌。

我抓得住這層東西，將它撕、拉、用足踏，用力地踢，它卻只是順我施的力道而變形，但是卻絕不破裂，等我不用力時，它便回復了原形。我真懷疑我是如何進入這「泡」中來的。

鬧了好一會，我放棄了撕破這層透明薄膜的企圖，又躺了下來。

老實說，如果不是那種情形之下，躺在那層薄膜之上，那比任何軟膠床都來得舒服，我躺了片刻，忽然想起了火！

這層薄膜可能怕火，我連忙摸出了打火機，打著了火，但是，我卻又吹熄了火頭。

當然，有可能打火機一湊上去，那層薄膜立即便化爲烏有，但是，我將怎樣呢？如今我的四周圍全是厚厚的白雲，我是仗這層薄膜承住身子的。

如果薄膜一破，我會跌到甚麼地方去呢？

可能下面，就是那座空中平臺，也有可能，我會自三萬五千呎的高空，直向下跌去。雖然我渴望回地面上去，但是這樣的方式，我還是不敢領教的。

我試圖弄清楚，這一個將我包圍住的大泡泡，是怎樣會停在空中的。

我沒有法子看到任何東西，在大泡泡外面，就是濃厚的白雲，我站了起來，我的整個人，便陷入了下去，那層薄膜貼著我的臉，我抓住了那層薄膜，向上爬去，爬高了幾步，我便開始向外摸索。

但是我卻摸不到任何東西，那個大泡泡像是自己浮懸在空中一樣。

我心中暗忖如果這時有甚麼人看到我，那麼看到我的人心中不知有甚麼感覺，我還算是一個人麼?還是只是一隻小飛蟲呢?

爬了半晌，我又停了下來，再次取出了打火機。

我將打火機在手中玩弄了許久，終於下定了決心，將之向那層薄膜上湊去。

在那一瞬間，我的心中，實是緊張到了極點!

火頭碰到了那層薄膜，在幾乎不到一秒的時間內，整層薄膜，都化爲紅色，我的身子立即開始向下跌去，我雙手揮舞，想抓些甚麼，但是卻又沒有東西可供抓手，絲絲白雲，在我的指縫中溜走，很快地，便穿出了雲層，看到了青天。

我真奇怪，在那時候，我的心中，竟出奇地鎮定，我抬頭向上看去，一大團白雲在空中停著，我知道在那團白雲之中，有著一座空中平臺。

向下看去，是一片白色，那是南冰洋和南極洲的大陸，不論是海是陸地，在南極都是白色的。

我身子下墮的速度越來越快，不到一分鐘，那種高速度的移動，已使我的心房，劇烈地跳動，使我的耳朵發出了轟鳴聲。

也就在這時，我看到一隻海龜也似的飛船，向我飛了過來，繞著我轉了一轉。從飛船中傳來傑弗生的聲音：「你願意回地面去，還是參加我們？」傑弗生錯了，他以為在這樣的情形下，我一定會向他屈服了。

他的錯在兩方面，一方面是他以爲我會屈服，二方面是他以爲我還能開口答他。事實上，沒有一個人能在這樣高速的下跌中開口講話的，我已下跌至少有五千呎，試以加速度公式計算著，我此際下跌的速度，是何等地驚人！

傑弗生的聲音，仍不斷地從飛船中傳了出來，而我則仍不斷地向下落去，漸漸地，我只覺得我的面上，如同刀割一樣地痛，我的腦子像是要突破腦殼而迸濺出來，我的耳際，只聽得一陣一陣，如同天崩地裂也似的聲音，傑弗生在說些甚麼，我根本聽不到了。

在我覺得再難忍下去之際，我突然覺得下降之勢，在驟然間停止。那種高速度的下降，使人感到難忍的痛苦，而在高速的運行中，突然停止，那種痛苦卻更是驚人，剎那之間，我的五臟六腑都在我的體內翻騰！

我相信如果我不是受過嚴格的中國武術訓練，而又鍛鍊有素的話，我一定會昏過去了。

而就是這樣，我也經過了一分鐘之久，才看清楚了那隻飛船。

那隻飛船又在我伸手可及之處，從飛船中突出了一塊圓形的布網，將我兜住，那布網閃閃生光，看不出是甚麼質地，但是一定極其韌性，因為我剛才跌進網中的時候，只感到突然停止，並沒有感到疼痛，我耳際又聽到了傑弗生的聲音：「高空的旅行，不怎麼舒服吧，你到底還要我救你。」

我向下看去，飛船在南冰洋的海面上飛行，距離海面，不會高過一千五百呎，因為我可以看到一隻一隻蹲在飄動的冰塊上的海豹。

我忽然想到，我既然能夠忍受下落了三萬多呎，再下降千來呎，當然也不算甚麼。下面是海，我跌下去不會喪生的，我可以游上岸去，慢慢再想辦法。

我何必要向傑弗生屈服呢？

我迅速地轉著念，冷笑道：「我曾要你來救我麼？」

傑弗生的聲音之中，帶著怒意：「如果你不要我救，你可以跳下去。」

我冷笑：「當然我可以跳下去，但是卻會有自以爲是的人，又將我接住的。」

傑弗生的聲音更怒：「絕不！」

我站了起來，作了一個跳水的姿勢，身子一聳，向下猛地跳了下去。

我抬頭向上看時，只看到那艘飛船以極高的速度，衝天而去。

而當我再向下看時，海面已十分接近了。恰好有一大塊浮冰，正在我的下面。我只好祈禱上帝，因爲我如果落在海水中，我可以有一成生還的機會，而如果我跌在冰塊上的話，我生存的機會是等於零！

那塊浮冰很大，它甚麼時候才飄出我跌下去的範圍之中呢？

我閉上了眼睛，不敢看，聽憑命運來決定，終於，「通」地一聲，我感到了刺骨的寒冷，我立即睜開眼來，水是異樣的綠色。

我連忙浮上了水面，那塊浮冰，在我三十公尺之外，這時，我又嫌它離我太遠了，我連忙游向那塊浮冰，當我爬上浮冰的時候，我的身上硬梆梆地，已經結了冰，而我的身上，猶如千萬柄小刀在切割一樣，那是冰，像利刃一樣的冰棱。

我爬上了浮冰，倒在冰上。

我實在不想動，但是我知道，如果我倒著不動，那我就再也沒有動的機會了！我掙扎著站了起來，在站起來的時候，我的身上，響起了「鏘鏘」的聲音，一片片冰片，自我的身上向下落來。

當我搖晃著身子，好不容易站定了的時候，我看到一堆雪，向我緩緩地移近來，我以為我是眼花了，我揉了揉眼睛。

我的確是眼花了，向我緩緩移近來的，並不是一堆雪，而是一頭白熊。這是一塊在海面上飄流的浮冰，上面怎會有一頭白熊，這是我所不能明白的事。

然而我卻知道，白熊是一種最兇猛的動物，尤其當牠在飢餓和受傷的時候，兇性大發，那簡直是最可怕的東西。

（一九八六年按：這一段，就是衛斯理故事中的著名笑話：南極的白熊。南極是沒有白熊的，早就應該改去這一節，但還是不去改它，這是少有的固執，正是衛斯理的性格，所以，才更值得保留。）

如今，在向我移近來的那頭白熊，肚子顯然不飽，而在牠的兇光四射的眼睛中，也找不到任何友善的影子，牠之和我絕不能和平相處，乃是再明顯不過的一件事實了。

而事實上，白熊在浮冰上之需要我，和我之在浮冰上需要白熊，是完全一樣的，就算那頭白熊願意和我和平共處，我也不會接受的。

因爲在這塊浮冰上，我生存的機會接近於零。

但如果我能夠殺死這頭白熊的話，那麼我生存的機會，便可以提高到百分之三十左右了。

我站著，白熊在來到了離我五六步左右處，蹲了下來不動，我身上寒冷的感覺已一掃而空了，只覺得身子在發熱，我已取了一柄鋒刃約有八寸長的彈簧刀在手，並且彈出了刀身。

一柄八寸長的彈簧刀，應該是一柄十分厲害的武器了，但也要看你是對付甚麼樣的東西。它用來對付一頭美洲黑豹，也是足夠的了，但是白熊，牠的脂肪層便厚達四寸至五寸！我不禁苦笑了一下，但這是我唯一的武器，我難道能用凍得麻木的雙手去對付牠麼？

白熊在我的面前，蹲了約莫兩分鐘，才伸出了前爪來，向我的身上抓了一抓。

那顯然是牠不能確定我究竟是甚麼東西，而在試探，我站著一動不動，牠的利爪「嗤」地一聲響，將我胸前的衣服，抓去了一大片。

我仍然站著不動。熊是一種十分聰明的動物，要騙過牠並不是容易的事情，但是卻也不是騙不過的，只要你夠膽大、夠鎭定。

白熊將抓到在手中的那一大片衣服，送到了鼻子之前嗅了一嗅，發出了一下失望的低吼，轉過身去，就在牠一轉過身去的時候，我猛地跳起身來，騎到了牠的背上，彈簧刀迅速地起落，在牠的脖子上，一連刺了三下，三下都是直沒至刀柄的。

然後，那情形和世界末日來臨，也相差不遠了，白熊發出驚天動地的怒吼聲，將我從牠的背上，掀了下來，我在冰上滾著、爬著，逃避呼嘯著、飛奔著要來將我撕成碎片的白熊。

足足有半小時之久，或者還要更久些——在那樣的情形之下，誰還去注意時間呢？白熊的身上，已染滿了血跡，牠倒了下來。

我則拖著筋疲力盡的身子，遠遠地看著，喘著氣，等到我的氣力又恢復了一分時，我又躍向前去，將刀鋒在牠的背上劃出一條又深又長的口子，白熊的四爪揮舞著，厚厚的冰層在牠的四爪握擊之下，出現了一個又一個的坑洞，牠的生命力竟如此之堅韌，我實是不知道我自己是不是能等到牠先死去。終於，白熊不動了。

我還是不敢接近牠，直到自牠脖子上的傷口處冒出來的已不是鮮血，而只是一串一串紅色的泡沫時，我才向牠走了過去。

白熊顯然已經死了，我以刀自牠的頷下剖起，用力將熊皮剝了下來，又割下了幾條狹長的皮來，將整幅皮紮成一件最簡單的衣服，然後，除去了我身上的「冰衣」，將一面還是血肉淋漓的熊皮，披在身上，並且緊緊地紮了起來。

在身上紮了熊皮，我便不再感到那麼寒冷了，我切下了兩塊熊肉來。

火炙熊肉，乃是天下美味，但是我現在卻只是生啃白熊肉，那味道絕不敢恭維。

但是我知道，如果我肚中不補充一些東西的話，我將會餓死！我估計這頭白熊，可以給我吃上十天左右，十天之後我將如何呢？我不敢想，但十天之中，可以發生許多事情了，可以有許多許多希望。

我靠著一塊冰，坐了下來，這時候，我甚麼都不想，只想吸一支煙。我記得我袋中是有煙的，我連忙將之取了出來，可是那是結了冰的煙絲！我小心翼翼地弄下了半枝來，放在掌心上，讓太陽曬著，這時，恰好是南極漫長的白晝開始的時候，整整半年，太陽是不會隱沒的，太陽的熱度雖然等於零，但煙還是慢慢地溫了，又由溫而漸漸地乾了。

我的打火機早已失靈，我又將一塊冰，用力削成了凸透鏡的形狀，將太陽光的焦點，聚在煙頭上，拼命地吸著，奇蹟似地，我吸到了一口煙。

得深深地吸著煙，享受著那種美妙無窮的感覺，我深信世界上從來也沒有一個人，以那樣的辛苦代價而吸到半枝煙，也沒有哪一個人，能夠在半枝普通的香煙上，得到那麼大的享受過。

（一九八六年按：吸煙，是一種過了時的壞習慣！）

在吸完了那半枝煙後，我便沒有事可做了，我裹著熊皮，坐在冰上，抬頭向天上看去，天上許多白雲，有的停著不動，有的以極慢的速度在移動著，從下面看上去，我絕對無法辨得出那一塊白雲之中，隱藏著傑弗生教授的空中平臺。

由於全是白天，太陽只是在頭頂作極小程度的移動，而我又沒有南極生活的經驗，我不知道時間，也不知道日夜，我只知道當餓至不能再餓時，便去啃生熊肉——我試圖利用冰塊，以聚焦的辦法來烤熟熊肉，但是卻失敗了，熊肉在略有溫度而仍是生的情形之下，更加難吃！

我不敢睡得太久，因爲人在睡眠的時候，體溫散失得快，容易凍死。我只是在倦極的時候，勉強睡上半小時，然後便強迫自己醒來。

我就這樣地維持著生命，直到那塊浮冰，突然不動，而向前看去，只看到一片雪白的冰原，海水已只是在我身後爲止。

我向前看去，看到有幾隻企鵝，正側著頭，好奇地望著我。我苦笑了一下，心中想：至少我可以換一下口味了：生企鵝肉！

我換上了自己的衣服，但是將那熊皮捲了起來，又提上了一條熊腿，開始踏上了冰原。企鵝見了我並不害怕，反倒一搖一擺地圍了上來，我輕而易舉地捉住了一隻，喝著牠的熱血——這使我舒服了不少，因爲這是不知多少日子來，我第一次碰到的熱東西。

我向前走著、走著。遇救的希望是微乎其微的，但是我卻不能不走。

心。

永恆的白天，給我心理上的安慰，因爲一切看來只不過像是一天中的事——這使人較有信心。

我抬頭向前望去，冰原伸延，不知到何時爲止，那種情形，比在沙漠中還可怕得多，當然，在冰原上，不會渴死，不會餓死，不會被毒蠍毒蛇咬死。但是在沙漠中有獲救的希望，在冰原上，你能獲救嗎？

我一想到這一點，不禁頹然地坐了下來，痛苦地搖了搖頭。

也就在這時候，我聽到了一陣尖利之極的呼嘯聲自前面傳了過來。那種呼嘯聲的來勢，當真是快到了極點，當我抬起頭來觀看的時候，剎那之間，我產生了一種錯覺，像是有千萬匹白馬，一起向我衝了過來一樣。但冰原上當然不會有那麼多白馬的。

當我弄清楚，那是南北極冰原上特有的磁性風暴之際，我的身子，已經被裹在無數的冰塊、雪塊之中，像陀螺也似地在亂轉了。

我不能看清任何事物，我也不能做別的事，只能雙手緊緊地抱住了頭，這樣才不致於被移動速度極高的冰塊擊中頭部而致死。

我身上的熊皮，早已隨風而去了。當我的身子不支的時候（那至多只有一分鐘），我便跌在地上，我的人像是一堆雪一樣，被暴風掃得向前滾了出去。我掙扎著雙手亂摸著，想抓住甚麼東西，來阻止我向外滾跌出去的勢子，但是我卻辦不到。

我心中暗叫道：完了，完了！當若干日，或是若干年後，有人發現我的時候，我一定已成了一具冷藏得十分好的屍體了。

我正在絕望之際，突然間，我發覺我身邊的旋風，已突然消失了，而我則正在向下落去。

在剎那間，我實是不明白發生了甚麼事情。

我知道，冰原上的那種旋風，襲擊的範圍並不大，只要能夠脫出它的範圍，那麼，你就可以看到它將冰雪捲起數十丈高的柱子，向前疾掠而去的奇景。

而我剛才，則是不幸被捲進了風柱之中，何以我竟能脫身呢？

但是我立即明白了，因為我定了定神，發覺自己正向下落下去，而兩旁則全是近乎透明的堅冰。我明白，我是跌進了冰層的裂縫之中。

我雖然從來也未曾到過南極，但是卻也在書本上得到過不少有關南極的知識，冰層的裂縫，深不可測，像是可以直通地心一樣，不少探險家雖然曾冒險下冰層的裂縫中去探索，但因為裂縫實在太深，也沒有甚麼人知道裂縫的下面，究竟有些甚麼。

這時候，我之所以能如此快地便作出了判斷，那是因為我抬頭向上看去，看到了旋風已過，而頭上是窄窄的一道青天之故。

在冰層的裂縫之中跌下去，那並不比被捲在旋風之中好多少，但是，我卻立即發現，在裂縫的一面冰壁上，懸著一條已結滿了冰的繩子。

這條繩子，給了我以新的希望。

它可能是探險隊的人員，曾經探索過這道裂縫而留下來的，我的腳在一塊冰塊上用力一蹬，那股衝力，幾乎令我的腿骨斷折，但卻使我在一伸手間，抓到了那股繩子。我抓到了那股繩子之後，下降的勢子，並未能停止，因爲繩子上結了冰，又滑又硬，我雙手等於握住了一條冰條，卻沒有法子使自己的身子不繼續向下滑去。

這時，我的身上，開始有了一些暖意。

# 第四部：冰縫下的奇遇

當然的，冰層裂縫之中，溫度至少在攝氏零下十五度左右。攝氏零下十五度是嚴寒，但比起冰原上的零下三四十度來，卻好得多了，而且更主要的，是裂縫中沒有寒風吹襲，人的體溫，不致於迅速消散。

我向下看去，晶瑩的冰塊，起著良好的折光反光作用，我可以清楚地看清下面的情形，我看到：繩子已快到盡頭了！

向下看去，下面閃著陰森森的寒光，不知還有多麼深，我若是滑跌下去，那是再也不能夠找到繩索的了。我竭力想止住自己向下滑的勢子。

然而，那繩索上的冰，厚達半吋，滑溜到了極點，我竟不能夠做到這一點！

眼看我身下的繩索，越來越短，十尺……八尺……五尺……三尺……我是非跌下去不可的了，但是，突然我看到，在繩子的盡頭，有一個冰球。

我連忙雙腿一曲，兩隻腳在冰球上踏了一下，雖然冰球也一樣十分滑，沒有法子立足，但是我下滑的勢子，總因此阻了一阻。

當我雙腳從那冰球上滑開，我身子又向下落去的時候，勢子已慢了許多，我的雙手，緊緊地握住了繩子，在滑到冰球上的時候，我下滑之勢，也就停止了。

我人吊在半空中，下面是深不可測的深淵，我的雙手，早已凍得僵了，但是我的十根手指，卻緊緊地握住了那根繩索。人的手指本來是十分有用的，但從來也未曾有用到像我如今這樣過，因爲如今，手指若不能繼續抓繩索，就是等於是我不能活下去！

我吸了一口氣，首先我看到那個繩索盡頭的冰球，原來是繩索的盡頭處打了一個結，而冰在這個繩結上凝結而成的。

我心中暗暗感謝那個留下繩索，並在繩索盡頭處打上一個結的探險隊員，若不是他，我這時不知已跌到甚麼地方去了，那道冰縫，看來像是直通地心一樣地深。

我竭力定了定神，我如今還沒有死，那當然是說，我還能夠爭取更好的處境。

向上爬去？繩索上全是滑溜溜的冰，那幾乎是沒有可能的事情，我只得打量冰縫兩面的冰壁，冰壁直上直下，陡峭無比。

堅冰是近乎透明的，閃耀著種種難以形容的奇異光彩，那是一種只有童話中才有的境界。

我打量了片刻，發現我的腳下兩尺處，有一塊大冰，突出在冰壁之外。

如果我輕輕落下，是可以在這冰塊上站住身子的，那比吊在半空好得多了，於是，我先鬆開了一隻手，接著，又鬆開了另一隻手，使身子保持著最慢的速度，落了下去，我在這塊冰塊上站定了。

我站定之後，第一件事，便是將我的雙手，放在口前不斷地呵著。但是我並沒有呵了多久，因爲在我的眼前，出現了我意想不到的奇景。

就在我站立的那塊冰塊之前，又有一道十分狹窄的裂縫，那裂縫不過五公尺深，在前面，竟是一個冰洞！

在冰壁中有一個冰洞，那本來不是甚麼出奇的事，因爲可能當數十萬年前，冰層形成之際，恰好有一團空氣被結在冰中，形成一個洞，過了若干年後，空氣又因爲地殼的震動，奪圍而出，那就形成冰洞了。

而如今，令得我大奇而特奇的是，我向冰洞中看去，竟可以看到冰洞之中有人影！

雖然我還看不清楚，因爲冰的折光，使我的視線產生許多近乎幻覺的怪影，但是我可以肯定，我看到了人影！在那一剎間，我心中的喜悅，實在是難以形容的。

我衝了過去，由於冰太滑，我才衝出了一步，便已跌倒，但是我向前的衝力還在，我人倒在冰上，仍然向前滑去，轉眼之間，我便來到了冰洞之中。

那時，我不但看到了人，而且還看到了別的東西。

那是一具如同電腦也似的大機器，排列在一面冰壁前，如同兩隻大櫥，在那具大電腦之前，則是兩張椅子，一張椅子上坐著一個人，背對著我，手還放在電腦的一個按鈕上。

另一張椅子空著，在那具電腦之前。

另有一個人站著。那人不是站著的，他的身子恰好倚在電腦的一條操縱桿上，是以他才得以不倒。

在那具大電腦之側，另有一張平臺，上面放著許多雜亂的東西：紙張，筆，一疊一疊的文件，以及幾件看來如同電爐也似的東西，和幾隻大紙盒。

這一切，使這個冰洞看來，像是一個控制室。它是控制著甚麼，我當然無從知道。我呆了一呆，向那兩個人打量了一下，那兩個人的身子十分矮，頭上戴著如同潛水人也似的面罩。

他們的背上，則揹著一排管子，像是身上繫著幾根烈性炸藥，自他們的面罩中，有喉管通向後面的管子，好像那一排管子中裝的是氧氣，以供呼吸。但在我當時的感覺來說，我卻覺得冰洞中的空氣，雖然寒冷，但是很好。

我第一個印象是：這兩個人已經死了。

但是，我立即啞然失笑，因爲這兩個人的外表形狀，和我在傑弗生教授所主持的空中平臺上看到過的機器人完全一樣。機器人是根本沒有生命的，何所謂生死？

接著，我心中又產生了新的恐懼，新的失望，因爲我經歷了如許的奇險，竟仍然未能逃脫傑弗生教授的控制，這兩個機器人，看來又要以極其純正的英語，來嘲笑我的失敗了。

我站立著不動。等著。

而那兩個機器人，看來也絕沒有動上一動的意思。

我望著他們一會，我感到眼前這兩個人和空中平臺上的機器人，有著不同的地方，那便是他們的面具上，有喉管道向背後負著的鋼管。

假定他們背後所負的鋼管中所裝的是壓縮氣體的話，那麼也就是說：他們需要呼吸。由電子管和複雜的線路所做成功的機器人，難道需要呼吸麼？

我的心怦怦地跳了起來。

看來，在我面前，一個坐著，一個站著的那兩個身形矮小的人，並不是甚麼機器人。

當時，我不知基於甚麼原因，我只是下意識地感到，如果這兩個不是機器人，而是有生命的人的話，那他們一定不是地球人。

我想，我忽然會有如此念頭的原因，不外乎兩點：其一，我相信空中平臺上的那些機器人，是這兩個人所製成的，因爲機器人的形狀，和他們完全一樣，矮小人穿著橡皮衣服，戴著銅頭罩。如果地球人造出了最精密靈巧的機器人來，形狀一定也像是地球人，而不會造成這樣矮小的身形的。

我那樣想法的第二個原因，是因爲這一切，都遠超乎地球上的科學成就。那一大具電腦，固然是地球上已有了的東西，但是沒有電，電腦等於廢物，在冰洞中，我看不到發電機，也找不到電源，那也就是說，有另一種能，在供應著電腦所需，地球人已進步到了這一點了麼？

我呆立了許久，才道：「先生們，我來了，你們沒有絲毫表示麼？」

那兩個人仍然保持著原來的姿勢不動。

我的思想，又回到了我第一眼見到他們兩人時的第一個想法上，這兩個人已經死了。

我大著膽子走向前去，我先到了那個站著的人面前，輕輕地推了一下，那人的身子搖了一搖，便砰地倒在冰上了。

這時，我也看到桌上的紙張上，滿是我所絕對看不懂的符號。但是，卻意外地有著一大疊英文報紙。英文報紙的年份，是一九〇六的，我連忙走了過去，略翻了一翻。

幾乎所有的報紙，全是記載著那一年美國三藩市大地震的事情的，有圖片，有文字，那種房屋傾圮，傷者斷腿折臂，死者被人從瓦礫堆中掘出來，死者的家屬，僥倖生還者搶天呼地的號哭著，總之，一切悲慘的鏡頭，全看得人心情沈重之極。

而有幾個特寫的鏡頭，一個是老婦，還有一個則是小女孩，兩人的年紀至少相差六十歲，但是她們臉上的神情卻是一致的，那是一種毫無希望、痛苦之極的一種神情！

一看到那種神情，使人有如置身於地獄之中的感覺，心頭的重壓極重，極不舒服。

我連忙放下報紙，不再去翻閱，我不明白爲甚麼這裏的兩個人，對當年的三藩市大地震這樣有興趣，因爲這一大疊報紙，可以說是當年三藩市大地震之後，最完善的資料了。

我又轉過身來，去看那兩個人。

這時，因爲我在那張大平桌面前，所以，當我轉過身來之後，我一伸手便可以碰到坐在電腦機前面椅上的那個人了。

我心中在想著：他們是不是地球上的人呢？

我接著想：這是很簡單的，我只消將他們的面罩揭開來就行了，別個星球上的人，和地球上的人多少會有些不同吧。

我得首先弄清這兩個人是甚麼，然後才能弄清他們在這裏作甚麼？我伸手握住了那坐在椅上的人的銅面罩，用力向上一揭。

也許是我的這一揭大力了些，也許是那條喉管在寒冷的空氣中太久，因而變得脆弱了，當我一揭的時候，喉管斷了，一股綠色的氣體，冒了出來，我立即聞到了強烈的氯氣味道。

我吃了一驚，連忙向後退去。

那是氯氣，它的顏色和氣味，都可以使我作如此肯定的判斷。

而氮氣是有毒的，所以我連忙向後退去。

氯氣比空氣重，綠色的氣體，自那喉管中冒出了之後，便向下沈去，在地面上，向外面移動了開去。

氯氣並不太多，大約聚成了圓圓的一片之後，便停止了。

於是，我抬頭去看那個人。

當我一看到那個人的臉面之際，我猛地忙了一怔。然後，我忍不住低呼：「我的老天！」

我連忙轉過頭去，心頭突突亂跳！

我寧願自己永遠沒有揭去過那個人的銅面罩！那是一張甚麼樣恐怖的臉面！直到如今，我要將之再形容一遍，那也使得我混身起雞皮疙瘩，感到噁心。

我可以肯定這是一個「人」——在這裏，我是將「人」這個字，作爲一個星球上最高級的生物代名詞來使用的——因爲他有著如地球人也似的五官。但是他的臉，卻是暗綠色的！

我相信因爲他已死了，所以他的面色更難看，但是他如果在生，他的面色一定也好看不了，那可能是鮮綠色，因爲我知道他們呼吸的，並不是如同地球人呼吸氧氣，他們是呼吸氯氣的。

那人的兩隻眼睛，幾乎佔據了額角的一大半，他的口，小而尖，他有耳朵，卻和地球人差不多，那是一張在一看之後，能令你一生之中不斷做惡夢的可怖怪臉！

當時，我轉過了頭，好久轉不過來，我實是沒有勇氣再向這樣的一張怪臉看上第二眼！

我心中在想，這個人，一定是來自一個遙遠的星球，樣子和地球人近似，而這個「人」，所呼吸的是氯氣！

我取起了一張報紙，遮住了我自己的臉，踏前一步，再將報紙蓋在那個「人」的頭上，使我可以不看那張怪臉，然後我才鬆了一口氣。

也直到那時，我才發現那人的手（是戴著橡皮手套的），手指是七隻，長而細，倒有點像觸鬚。我沒有勇氣去弄開手套看看那是不是觸鬚。

人是地球上的生物，他可以有勇氣去面對地球上最兇猛的人物，但是當你面對著一個來自其他星球的怪物時，便會產生一種神秘而奇異的感覺，使你變成膽怯，不寒而慄。

我發現那「人」的手上，握著一張報紙，我的手指不由自主地微微發抖，我將那張報紙取了下來，紙上全是我看不懂的曲線。曲線是連續的，一行完了，又是一行，總共有四十七行之多。

在四十七行曲線的下面，則是兩行短曲線。

整張紙，乍一看，像是一封信，信末有著兩人的簽名。但是，誰能看得懂那像是一個一個高低不同的三角和平圓組成的不規則曲線，是代表了甚麼呢？

我當然可以肯定，這就算不是一封信的話，那些曲線，一定也是極其進步的一種文字，因爲在乍一看之下，它就像潦草的英文一樣。

我也可以肯定，在這張紙上所記載的一切，一定是極其重要的。

因爲那個「人」緊緊地握著那張紙而死，我要用力扳開他那觸鬚也似的手指，才能將之取了下來。

我將那張紙小心地折疊了起來，放在我內衣的一個小袋之中——那是我放寶貴東西的地方。

然後，我在那兩個人身上搜了一搜，在那個倒在地上的人的一個口袋中，我找到了一張照片，我向那張照片看了一眼，又不禁呆了半晌。

我知道，我如果形容那張照片上的情形，我一定會又起嘔心而恐怖之感的，但是我如果不形容的話，那卻又對不起讀者了。

照片是捲成一捲放在那「人」的口袋中的。我將之展了開來，我所看到的東西，具有高度的立體感，絕不像是我們所能看到的普通照片。

我看到了一片綠色——全部是綠色，所不同的只是其綠色程度的濃淡而已。

整幅照片全是綠色，在大量的淡綠色中，有許多濃綠色的東西，看來可以稱之爲「樹木」，在那些「樹木」之前，有著三個「人」。

一個身量較高，頭上生出濃綠色的長髮，身上的皮膚，起著閃綠光的鱗甲——我沒法肯定那是不是衣服。而「他」的雙手，都有七根觸鬚也似的東西，扭在一起。

在那個「人」的旁邊，是兩個較小的「人」，形狀和那個大「人」差不多。在照片的正角，有五個十分明亮的綠色圓圈，那不知是甚麼東西。

整幅照片，越看越是具有立體感，而且，照片上的一切，像是不斷地在擴大，使看的人，也像是置身於那綠色的天地中一樣。

我連忙鬆了手，照片又捲成了一卷。

我不自禁地鬆了一口氣，四面看了一看，還好，四周圍的冰，仍然是晶瑩的透明，而不是那種令人窒息的綠色——那個充滿了綠色氣體的星球上的「人」，無異是科學極其進步的「人」。

旁的不說，單是那張一看使具有如此立體感，再看便彷彿使你置身其間的照片，便不是地球人所能夠做得到的事了。

我相信那照片的三個「人」，多半是那個人的家屬。我將他們兩個「人」，拖到了外面，推下了冰縫，許久許久，我還未曾聽到有重物碰擊的聲音，那冰縫竟如此之深，那實是我意料之外！

我又回到那個冰洞之中，那張平桌上的紙張上，不是奇怪的曲線，便是莫名其妙的符號，我翻了一翻，便放棄了研究，我又打開了那幾隻紙盒，紙盒中所放的，全是一塊塊一寸見方的綠色東西。聞了聞，有股濃烈的海澡味道。

我猛地省起：這可能是他們的食物！

海澡的氣味並不難聞，比氯氣的味道好得多了，我能不能靠這種食物來維持生命呢？我拿起了一塊，它們出乎意料之外的沈重。那當然是經過濃縮提煉的。我已將那塊東西放到了口邊，卻陡地想起了那張可怖的臉面來，我不禁一連打了兩個冷震：我吃了他們的食物之後，會不會變得和他們一樣呢？

我連忙放下了那塊東西。

我一連開了幾隻盒，裏面所放的全是同樣的東西。我的肚子雖餓，但是我卻不敢去嚐它們，因爲我絕不能想像我的皮膚變成翠綠色，我的手指長得像觸鬚一樣，我怎樣能活下去。

我又踱到了那具大電腦機之前，揭開了一扇鋼門，裏面竟是一具畫面極大的電視機。

我無聊地扭動了畫面下的一個掣，轉身過去。我扭動那個掣，原來是一種下意識的動作，絕不期望可以發生甚麼變化。

可是，當我的身子，才轉到一半的時候，我便聽到了身後傳來驚天動地的轟轟聲，那種轟轟聲之驚人，我如今實是難以用筆墨來形容，那像是將你所聽過的最大的烈火轟發聲放大了一倍，又像是有幾萬幾億匹山一樣的巨獸，正在你的頭上踐踏著，更像是地球上所有的鼓手全都集中在一起，以他們的鼓聲，在震盪著你的耳膜，也像是所有的海水，移到了天上，而以一秒鐘的速度，再瀉向地面。

我被那種突如其來，如此驚人的轟發聲，驚至跌倒在地！

我的眼睛幾乎睜不開來！

我是在做夢麼？我看到了火，不，我不是在做夢，我的確看到了火，那還不是普通的火，而是灼白的、翻流的，放射出難以想像的強光的，發出如此巨大聲響的烈火，我本能地向後退去，怕那種烈火，會燒到我的身上來，使我在十分之一秒之內，變成灰燼。

然而，在我退出了兩步之後，我卻發覺冰洞之中，仍然冷得可以，我吐出的氣，仍然凝成乳白色。

我停了下來，我仔細地向前看去，我才發現我實在是太慌亂了，火是根本不會燒到我身上來的，因為那只是彩色電視上的東西。

我向前走了幾步，忙又動了一動剛才的那個掣，聲音聽不見了，可是畫面上那翻滾騰挪的烈火，卻還是繼續出現著。

我實是想不通，那樣驚心動魄的畫面，是從甚麼地方攝來的！那像是一隻煉鋼爐的內部。當你透過藍色的耐高熱玻璃，去觀察一具煉鋼爐的內部之際，你將會看到類似的情形。

然而，一具煉鋼爐的內部，和如今我所看到的畫面，只是類似，而絕不相同，因為它們之間的大小，相去太遠了，你看到一盆海水，會聯想到海，但是一盆海水，怎能和大海相比呢？

在翻騰的烈燄之中，不時爆發出白亮的光芒，那種光芒，真的比閃電還亮！

我在注視了三分鐘之後，又按下了另一個掣，畫面迅速地轉為黑暗，但是我的眼前，仍是一片紅色，許久，我方可以看得清周圍的一切！

我直到這時，才能夠鬆一口氣，我實是不明白我剛才看到的畫面是甚麼。我更不明白何以那電視機的工作性能仍然如此之好，我也不明白那一大具電腦，還有些甚麼其他的作用在內。

我知道這裏一定是蘊藏著一個高度秘密的地方。而且我可以肯定，這裏和我曾到過的那個空中平臺，一定有著極其密切的聯繫。

說不定那個傑弗生教授，就是被這個星球上來的怪人所收買的地球叛徒。

我作了許多假定，都不得要領，當然我絕不能長期留在這冰洞中，我要攀上去，希望獲救。

我在冰洞中找了找，找到了一把鉗子，那可以供我敲落凝結在繩索上的堅冰，我臨走的時候，又忍不住扭開了電視機看了幾分鐘，電視機的畫面上，仍是難以想像，難以形容的烈燄！

我走出了冰洞，用鉗子將繩索的堅冰敲去，使我的手可以抓上去，然後，再一步一步地向上攀去。這是名副其實的艱難的歷程，我整個人幾乎都變成了機器的、本能的，我心中唯一所想的，只是向上攀去，向上攀去！

我終於攀上那道冰縫，再度倒臥在冰原上，陽光在冰原上的反光，使我的雙眼生出劇烈的刺痛，我開了眼睛，抓了兩把雪，塞向口中，冰冷的刺激，使我的頭腦，略爲清醒了些。我站起身來，向前走著。這時，我後悔爲甚麼不在冰洞中帶兩塊板出來，可以作爲冰撬，當然，我是沒有氣力再下那冰縫去的了，我只向前走著，走著……

不知過了多久，我的神智已開始模糊，在我的眼前，產生出種種的幻覺，我看到前面的冰原上，有許多綠色的怪物在跳舞，在歌唱，唱的是我一點都聽不懂的怪調子，「軋軋軋，軋軋軋」，噪耳之極，接著，綠色的怪物不見了，一個龐大之極的怪物，卻自天而降。

那怪物有著如魚般的身體，但是在背部卻有一個大翼，正在旋轉著，慢慢地下降，生出極強烈的風來。

老天，那不是甚麼怪物，那是一架直升機！

也就在那時，我忽然發現自己是睡在冰上，而不是站著，奇怪，我是甚麼時候跌倒在地上的呢，我不是一直在掙扎著走路的麼？我勉強抬起頭來，直昇機停下來了，機上有人下來。下來的並不是甚麼綠色的怪物，而和我一樣的地球人。

他們一共有兩個，迅速地奔到了我的身前。

我聽得他們叫道：「是人！」「這是不可能的！」「他是人！」接著，又有一個人奔了過來，喝道：「快將他抬上直昇機去。」

我的身子被他們抬了起來，抬著我雙腳的那個人道：「他已經死了麼？」我幾乎要大聲罵他，但是我的口唇卻凍住了，講不出話來，另一個人道：「可能還沒有死，你看，他的眼睛還望著我呢！」

我的眼睛的確是望著他，因為他抬著我的頭。原來我看來已和死人差不多了！那我一定是早已凍昏倒在冰原上，是直昇機降落的聲音，使我從昏迷中醒過來的。

陡然之間我想到：我得救了！

我得救了，我想大聲叫了起來，但是我面上的肌肉，像化石一樣地僵硬，我沒有法子叫得出聲音來。

我只覺得自己被一直抬上直昇機，有一個人，將一隻瓶口，塞到了我的口中。自那個瓶口之中，流出一種金黃色的，異香撲鼻，流入了我的咀中，使我的精神頓時爲之興奮的液體來——那並不是甚麼玉液瓊漿，九天仙露，而是最普通的白蘭地。

我覺得我自己又漸漸地有了生氣，我的咀唇已開始在抖動了，但是我仍發不出聲音來，我又覺得我身上的衣服，被人粗魯地剝走，一張十分粗糙的毛氈，裹住了我的身子，好幾個人使勁地摩擦著，使我已經凍僵的身子，重新發出熱力來。

約莫過了五分鐘，我已能出聲了，我發出了一聲呻吟，出乎我自己意料之外，我竟說出了如下的一句話：「請再給我一口酒！」

我絕不是酒鬼，但這時候，我卻極度地需要酒！

# 第五部：極地奇變

又有人將酒瓶塞到了我的口了，我大大地飲了一口，欠身坐了下來。

直昇機的機艙並不大，約莫有四五個人，人人都以一種十分奇異的眼光望著我，一個十分莊嚴的中年人，向我伸出手來，自我介紹道：「史谷脫。」

我連忙和他握手：「我知道你，你是史谷脫隊長，是不是？」

張堅所在的探險隊隊長叫史谷脫，那是我所知道的，而眼前的情形，又可以顯而易見看出，這個叫史谷脫的中年人是眾人的領導者，所以我便肯定他是探險隊的史谷脫隊長了。我也自己說出了自己的姓名：「衛斯理。」他面上的神情就像見了鬼一樣。史谷脫忙道：「朋友，你且睡一睡再說。」我奇怪道：「咦，怎麼啦，我叫作衛斯理，這又有甚麼不妥？」

史谷脫頓了一頓：「你一定是在昏迷之前，讀過最近的報紙了？」

我仍不明白：「這話是甚麼意思？」

史谷脫道：「你要知道，當你在昏迷之前讀過報紙，報紙上記載的事，深留在你的腦中，便使你產生一種幻覺，幻想自己是衛斯理。」

我吸了一口氣：「原來你也知道衛斯理，那衛斯理怎麼了？」

史谷脫搖了搖頭：「可惜得很，聽說他是一個十分勇敢的人，我的副隊長張堅，邀他一起到過南極，我接到過他們在紐西蘭發出的電報，但是他們卻未能夠到達南極。」

我忙又問道：「他們怎麼了？」

史谷脫嘆息道：「他們的飛機失了事，專家正在研究失事的原因，據說飛機的機件，全部成了磁性極強的磁鐵，飛機跌到了冰上，已成了碎片，他們兩個人，更是連屍首也不見了。」

我又道：「那是幾天之前的事？」

史谷脫道：「七天——咦，」他以奇怪的眼光望著我：「你是怎樣會在冰原上的，你是從哪兒來的？」

七天！原來我在冰原上，茹毛飲血，已經過了七天之久，在最後的幾天中，我根本已沒有了知覺，記憶中只是一片空白了。

史谷脫又追問道：「你是怎麼會單獨在冰原上的？你隸屬於哪一個探險隊，我們好代你聯絡。」

我裹緊了那張毛氈，欠身坐了起來：「史谷脫隊長，我再說一遍，我是衛斯理，我，是從天上掉下來的，你明白了麼？」

史谷脫顯然不明白，他搖了搖頭，轉頭道：「先將他送回基地去再說。」

我閉上了眼睛，他既然不信，我也樂得先休息休息再說，這幾天來，我實在是太疲倦了。

直昇機起飛了，我聽得史谷脫不斷地發著命令，而攝影機轉動的聲音不絕，看來，他們是在一次例行的攝影飛行中發現我的。

我向下望去，一片銀白，望不到邊，抬頭向上看去，天上白雲飄浮，我知道其中的某一塊白雲，一定是傑弗生的空中平臺，但是我如果說了出來，又有誰會相信我的話呢？如今，甚至我是衛斯理，這一點都沒有人相信，還有甚麼別的可說呢？

我假寐了片刻，醒了之後，看到直昇機向前飛去，不一會，看到了一個冰中間鑿出來的湖，海水冰在當中，看來格外的藍。

在冰上，有著十來個帳蓬，我知道這便是史谷脫國際南極探險隊的基地了。

我又欠起身子來，向下指了指：「史谷脫隊長，這個冰中的湖，就是張堅看到有冰山冒起，冰中又凝結著會飛的潛艇的那一個麼？」

史谷脫隊長，這時正坐在駕駛員的旁邊，他一聽到我的話，身子猛地一震，轉了過來：「你，你是怎麼知道的？」

我嘆了一口氣：「我和你說過了，我是衛斯理，你不信，又有甚麼辦法？」

史谷脫厲聲道：「如果你是衛斯理，那麼和你同機的張堅呢？」

我又抬頭向天上看去：「他或者是在天上，我無法知道他究竟在何處。」

史谷脫瞪著眼睛望著我，他當然不會明白我這樣說法是甚麼意思，而我暫時也不準備向他解釋，他望了我片刻：「好，我相信你是衛斯理了，但是請問，你如何能在粉碎的飛機中爬出來，爬行七百里之遙？」

我苦笑道：「我說了你也不會明白，我不是和飛機一起跌下來的，我是從一張網上，向海中跳了下來的！」

史谷脫隊長和幾個探險隊員，不約而同地以手加額：「天啊，看他在胡言亂語些甚麼？」

我閉上了口，不再言語，我相信就算自頭至尾地向他們說一遍，他們也不會相信的，因爲只要一說到我們的飛機，被一種奇異的力量吸向高空之際，他們便已不會相信了。

直昇機落地，我又被人抬出了直昇機，向一個帳幕中走去，不久，有兩個看來像是醫生模樣的人，來對我作檢查，其中一個道：「可以給他食物。」

唉，我就是需要食物，這時，我如果吃飽了肚子，我可以壯健得如同一頭海象一樣！

接著，我便狼吞虎嚥送來給我吃的東西，直到我再也吃不下爲止。帳幕中只有我一個人，我像是被遺忘了一樣，半小時後，史谷脫走了進來。

他面上的神情，十分嚴肅，一進來，便道：「我們看到了你的證件，你的確是衛斯理。」

我鬆了一口氣，道：「謝天謝地，你總算明白了。」

史谷脫的神色更嚴肅：「這一來，事情可就十分嚴重了。」

我為之愕然：「為甚麼我是衛斯理便事情嚴重了？」史谷脫慢慢地道：「為甚麼你能平安無事，而張堅卻失蹤了？」

若不是我身上沒有衣服，我一定直跳起來了。

我大聲道：「怎麼，你這是甚麼意思？是我謀殺了他麼？」

史谷脫一點也不以為我是在開玩笑，他竟點了點頭：「正是，我們已經通知有關方面了，你必須在這裏受看管。」

我吸進了一口冰冷的空氣，一句話也說不出來！

張堅這時，一定還好端端地在空中平臺上，但是，我卻被人疑為謀殺他的兇手了。史谷脫隊長以冰冷的目光看著我，從他的面上，我看出他簡直已將我當作是一個走向電椅的人了。

本來，我還想將我和張堅兩人的遭遇，詳細向他說上一遍的，但這時，我卻打消了這個念頭。

因為史谷脫看來，絕不是一個能接納他所不知道的事實的人。

我也明白為甚麼張堅第一次見到那會飛的潛艇時，他會被迫休假了，那自然是因為史谷脫根本不相信會有這種事的緣故。

我苦笑了一下：「我的一切東西，請你給回我，包括我的證件在內。」

在我的許多證件中，有一份是國際警方所發的特別證件，那是萬萬不能遺失的，還有那一張自綠色怪人手中取下來的紙，上面有著奇形怪狀的文字，我也必須設法取回它。

我已經決定，如果史谷脫不答應的話，那我就將他制住，以強硬的手段得回我的東西。

史谷脫考慮了一下，就道：「可以的，我立即派人送給你。」

他說著，便退了出去，我跟出了一步，便看到一個探險隊員，拿著一支獵槍指著我，那是強力的雙筒獵槍，它的子彈可以穿進厚厚的海象皮，我當然不想去冒這個險。

我退回了帳蓬，不到五分鐘，有人將我的一切，全都送了回來，還給了我一套探險隊員所穿的皮衣皮褲，那種皮衣皮褲是極保暖的，我將之穿上，又躺了下來。

這一天，我變得全然無事可做。

當然，如果我要逃走的話，那個手持獵槍的探險隊員，是絕不會知道的，我可以從帳蓬後面，悄悄地溜走。

但問題就在於：我溜走了之後，又怎麼樣呢？仍然在冰原上流浪，去等另一次希望極微的救援麼？所以我只是躺著，聽著探險隊員出去工作，又歸隊回來的聲音。

在這裏，雖然沒有白天黑夜之分，但是探險隊員的工作和睡眠時間，還是有一定的規定的，我又聽到了帳蓬前，有人來接替看了我一天的那個人。

我合上眼睛，心中在盤算著，我究竟應該怎麼樣，我一點主意也沒有，慢慢地，我已進入了睡鄉，然後，便是有人在我的胸前，以一件硬物在撞擊著，我被那種撞擊痛醒，睜開眼來。

有一個身形高大的人，站在我的面前，正低頭看著我，在撞擊我胸口的，正是那人手中的獵槍，但是那人卻並不是看守我的探險隊員，而是傑弗生！

他咧著潔白的牙齒，對我笑著：「你好，衛先生，我想我首先該對你表示我的欽佩。」

我不理他，向外看去，只見一個守衛我的探險隊員，倒在帳蓬外的冰上，他顯然昏了過去，而在離帳蓬外十碼處，則停著一艘海龜般的飛船。

在飛船之旁，站著兩個身形矮小的人，頭上戴著銅面具，他們是機器人，因爲他們的背上，並沒有負著裝置壓縮氧氣的鋼筒。

傑弗生笑了一下：「衛先生，我親自來請你，你該跟我去了。」

我冷冷地回答他：「到甚麼地方去？」

傑弗生的態度傲然：「到地球上最偉大的地方去，那地方不但可以使你成爲地球上最偉大的幾個人之一，而且可以使你避免坐電椅。」

我強忍著心頭的怒氣，身子慢慢地站了起來，同時我的心中已經在盤算：如果我這時，出其不意地將傑弗生制住，那麼或者對我的處境會有利得多。至少，可以使史谷脫隊長明白，張堅和我的遭遇，並不是胡言亂語，白日作夢，而的確有其事的。

我站直了身子，懶懶地道：「你是說，要我到你的空中王國去作外交代表？」

傑弗生得意地笑了起來，他顯然十分欣賞我「空中王國」這個名詞，就在他仰著頭，得意地笑著的時候，我的拳頭已經陷進了他的肚子之中，接著，我的左掌掌緣，又趁著他的身子痛苦地彎了下來之際，切中了他的後頸。

這是十分清脆玲瓏的兩下子。論科學上的研究，我不及傑弗生的萬一，但是論打架，傑弗生不如我的萬一，他的身子立即軟癱下來。

我提住了他的衣領，將他的身子提起來。也就在這時，我只覺得有兩個人，以常人所不能達到的速度，向我衝了過來。

我剛一抬頭間，一個人已經「砰」地撞到我的身上，那一撞的力道極大，將我整個人，都拋進了帳幕之中，撞在帳幕的支柱上，「嘩啦」一聲，帳幕向我身上壓了下來。

探險隊所用的帳幕，是和蒙古包差不多的，全是厚的毛氈，重量自然十分驚人，整個帳幕壓在我的身上，我也要費一些時間，才能夠站得起來。

而當我鑽出了帳幕的時候，甚麼都沒有了：傑弗生、飛船、機器人，全都不見了，只有那個守衛我的探險隊員，還昏倒在地上！

而其他的帳幕中，卻已經傳來了人聲，那顯然是沈睡中的探險隊員，已經被我驚醒了！

我呆了一呆，立即想到，我的處境更不妙了！

史谷脫隊長會相信傑弗生來過這裏，和我發生過打鬥麼？不是一個剛愎自用的人，也可以在看到眼前的情形之後，作出結論：衛斯理爲了逃走，擊昏了守衛！

我如果再不趁機逃走，那等著我的不會是別的東西，定然是電椅！

我連忙一躍而起，飛奔出了幾步。這時，已經有人從帳幕中走了出來，我身子一隱，隱到了一個帳篷的旁邊，使人家看不見我。

我聽得在我原來所住的帳幕旁，傳來了驚呼之聲，我輕輕揭開了我隱身的那個帳篷，向外看去，只見帳蓬內全是一隻一隻的木箱。

那些木箱，或十隻，或八隻都被安放在雪橇上。我看明白箱子外漆的字，說明箱子中的是食物時，心中不禁爲之一喜。

箱子放在雪橇上的，我只要找兩條拉雪橇的狗，我便可以遠去了。

我決定這樣做，我先輕輕地推出了兩架雪橇，將之用繩索連在一起。然後我側耳細聽。由於從各個營帳中出來的人越來越多，狗隊中也發生了輕輕的騷動，我聽得左首，傳來了斷續的狗吠聲，而我原來的營帳，恰好在右首。

也就是說，如果我向左去，人們不容易發現我，何況我還穿著探險隊員的服裝。

我大著膽子，將那兩隻雪橇，推了出來，向前飛奔而去，一路上，有七八個人問我：「發生了甚麼事？發生甚麼事？」

我卻沈著聲回答他們：「你們自己去看，是一件大事。」

那些人在我的身邊經過，絕不懷疑我的身份，我一直來到了一個木欄圍出來的圈子之前，才停了下來。在圈子中，是三十幾頭大狗，那是人在南極的好朋友，到如今爲止，地球上的科學家還沒有造出比狗拉的雪橇更好的極地交通工具來。

狗的警覺比人靈敏得多，他們一見我接近，便突然狂吠了起來。

三十多頭訓練有素的狗，在突然之際，絕不存絲毫友善意味地狂吠，也是十分令人吃驚。我略呆了一呆，心中正在盤算著，該用甚麼方法，使這群狗鎮定下來之際，怪事也突然發生了。

這幾乎是在十分之一秒之間的事，突然間，所有的狗都不叫了，牠們都伏了下來，一隻緊接著一隻，緊緊地伏在地上，而喉間發出嗚嗚的聲音，在他們的眼睛中，流露出無比的驚懼和恐慌來。

我也不禁呆住了，如果你熟悉狗的話，你就可以知道，當狗的眼睛之中，流露出恐懼的神情來的時候，人是可以迅速地感到的。

而且，人和狗的交情，究竟已有幾萬年了，人是最容易被狗的那種驚惶的神情所感染的。我的心中，立時也起了一陣莫名的恐慌：甚麼事呢？究竟是發生了甚麼事呢？是有一大群猛獸正向前撲來麼？我連忙回頭看去，身後卻又連一個人也沒有，空蕩蕩地，更沒有甚麼值得狗群害怕的猛獸。

我又呆了一呆，想起了動物對於一些巨大的災禍的敏感反應，連老鼠和螞蟻都可以預知火災和水災，任何一個礦工，都可以告訴你，當礦坑要坍下的前一晚，坑中的老鼠是如何地驚惶奔竄。

那麼，如今將有甚麼巨大的災禍會降臨呢？

在那片刻之間，我忘了那其實是我逃走的最好的機會，我甚至向前奔去，想向史谷脫隊長說，有不可知的，巨大的災禍將要降臨了，我從狗群的奇異的舉動中看出了這一點。

然而，我只跨出了一步，事情就已經發生了。

首先，是一陣劇烈的震撼，我是在向前奔走著的，但是那陣劇烈的震撼，卻使得我整個人，猛地向上，彈了起來。

接著，我又被摔到了冰上，然後，我又被抛了起來。那情形，就像我在救火員用的救生帆布網上，當救生員將帆布網拉緊時，我便被網上的彈力，震向半空之中一樣。

狗群中所發出的叫聲，更加淒涼，我勉力想要固定身子，但是卻辦不到。

在我的身子，不斷地被那種劇烈的震撼抛上落下之際，我看到營地上所有的東西：人、物、帳蓬，全都像是墨西哥跳豆一樣，不斷地在迸跳著，那是一種難以想像的現象。

然後，大約在三五分鐘後（我無法在身子像壘球一樣被無形的大力所抛丟著的時候，去計算正確的時間），一下震得你耳朵幾乎聾去的碎裂之聲，在我的左側，傳了過來。

緊接著，在四十公尺之外，便湧起了海水柱，那海水柱以雷霆萬鈞之勢湧了出來。

當海水柱剛一出現的時候，是晶瑩的藍色，但是隨即變成碧綠色，又是一聲巨響過處，海水柱爆了開來，化成一場大雨！

雨點以極其急驟的力量，灑在我的身上，那時，雖然冰層的震撼已經停止，但是，當海水柱化成的雨點，灑到我的身上之際，我還是直跳了起來。

雨是熱的！

應該說，那雨點是滾燙的！

若不是海沸了，海水柱化成的雨點，怎會這樣熱？但是，海又怎樣會沸的呢？難道那個姓張名羽的小子又在煮海了麼？

我跳動了一下，本能地雙手抱住了頭，灼熱的雨點，大點大點地灑在我的手背上，前後不到五分鐘，我目力所可以及得到的地方，冰原之上，由於灼熱的雨點衝擊的緣故，現出了無數小洞。

這時候，除了雨點灑在冰上的聲音之外，可以說甚麼聲音也沒有。

而在冰層裂開的地方，大蓬綠色的濃煙，在向上冒起來，那種情形，實是使人相信：世界末日已經來臨了，地球將要毀滅了！

幾乎每一個人，都在電影上見過世界末日來臨的情形，那時候，照電影上的形容，幾乎是每個人都發出號叫聲，狼奔豕突，但如今我所面臨的事實，卻和電影中看到的大不相同。

我看到狗群伏在地上，一聲不出，我所看到的人，不是呆呆地站著，便是倒在地上，雙手緊緊地抱著頭，像是想使自己和世界隔絕。

沒有人出聲，沒有人奔跑！

人們都被眼前的景像嚇得呆了，連我在內，也像是雙足牢釘在冰上一樣，一動也不能動。

綠色的濃煙，在轉變著顏色，先是變成濃綠色，然後變成黑色，後來又變成灰色、白色、橙黃色、橘紅色……每一次顏色變換的時間，越縮越短，終於，我明白將要發生甚麼事了！

那一定是海嘯，突如其來的海嘯。

在冰層裂開的地方，四周圍的冰塊已一齊融化，隨著濃煙，海水湧了上來，海水熱得冒著氣，等到濃煙轉為橙紅色的時候，海水沸騰了，冰層迅速地融化，我看到兩個帳幕，已經因為冰層的融化而跌到了沸騰的海水中！

也就在這時，我聽到了急促的哨子聲，四架直昇機的機翼，軋軋轉動起來，本來看來像是石像一樣的人，也開始活動，向直昇機上奔去！

我當然也可以向直昇機奔去的，這可以說是脫險的最好方法，但是我卻另外有我的想法，我跳進了狗欄，拉出了四條狗，扣在雪橇上，狗掙扎著，狂叫著，但是我終於達到了目的。

我揮動長鞭，狗兒飛奔而去，冰橇在千瘡百孔的冰面之上，疾掠了出去，那速度之快，是未在冰面上坐過冰撬的人，所絕不能想像的。

在我估計我已馳出了兩公里左右的時候，背後傳來了「轟」地一聲巨響，整個冰層，像是突然向前傾斜了，冰層的斜面，使冰撬去勢更快，我回頭去看時，只見一股灼亮的火柱，已在沸騰的海水之中升起，那股火柱發出的聲響，使得我的耳朵，聽不到其他任何的聲音——即使是冰層破裂的那種尖銳的怪聲。

狗兒又停了下來，一任我揮動長鞭，也不肯再向前奔出一步。

我沒有辦法可想，只得也跟著停了下來，幸而我已經離得相當遠了，不怕會被波及。

我抬頭看去，看到探險隊的四架直昇機，迅速地向外飛去，而原來探險隊的營地，這時則已不復存在了，在火柱的四周圍的冰層，全皆融化，而成了沸騰的海水，那一個大圓圈的直徑，至少有一公里。

我離得雖遠，也可以感到那股火柱的熱力，烘逼得我在冒汗。

自海面上升起那樣的火柱，這可以說是人生難得一睹的奇景。

但是，我卻是第二次看到這樣的奇景了。

我第一次看到這樣的火柱，是在和張堅一起駕機飛赴營地的時候，我們看到了海中冒起火柱的奇景之後，飛機就被強磁力吸到傑弗生教授的空中平臺之上。

當時，傑弗生曾說我們闖進了他的「試驗區」，又說他握有毀滅地球的力量，我就知道他一定是指那海中冒起火柱的奇事而言。

如今，傑弗生教授才被我打發走，就發生了這樣的事，這難道可以說和傑弗生教授無關麼？但是傑弗生又是掌握了甚麼力量，才能夠使平靜的冰原，在短短的時間中，發生這種驚天動地的變化呢？

他所使用的是甚麼武器呢？

我心中不斷地想著，但是卻找不到答案。

我看到直昇機已經飛到了只剩下一個小黑點了，在南極的探險隊不止一個，他們當然可以到別的探險隊去求援的，成問題的就只是我一個人了。

我重又揮起長鞭，狗兒總算又肯奔走了，我又趕著冰撬，跑出了很遠，背後的轟隆聲已經停了，我回頭看去，火柱已經不見了，還有濃煙在冒出來，在冰層融化之處，海水已不再沸騰，碧藍的海水和冰面一樣齊，看來好像是一整塊白玉當中，鑲上了一塊藍寶石。

我檢查了一下冰撬上的東西，在冰層碎裂之前的劇烈震盪中，使我損失了一半以上的食物，但總算還可以供我一個人和四條狗多日之用。然而，我隨即知道，我這種檢查食物的多少的舉動，是完全多餘的。

因為我根本沒有機會享用我帶來的食物了。

那並不是說我要死了，而是在這時候，我聽到了一陣「嗚嗚」聲，響自頭頂。

那種聲音，幾乎和一隻蚊子在你頭頂飛過時所發出的聲音一樣。而當我抬頭看去時，我看到了三隻海龜形的飛船，已在我的頭頂盤旋。

那三艘飛船，在我的頭頂盤旋了一匝，便落了下來。飛船落下來的方式，是我從來也未曾見過的。它們就那樣直上直下地落到了冰上——從高空到冰上，至多不過一秒鐘，而且它所發出的聲音，始終如此低微。

這種飛船，當然也是那綠色怪人的傑作了，地球上的人是沒有能力作出如此精巧、靈活的東西的。

三隻飛船，停在我的周圍，在我左面的那隻，船門立被打開，一道金屬管子伸了出來，從管子的一端，一個人走了出來。

那是張堅！

我見了張堅，便不禁一呆，他張著雙臂，向我奔了過來，一面奔走，一面叫道：「這不過是意外，只不過是一場意外！」

我不明白他這樣叫著是甚麼意思，也不知道他何以會從飛船上下來。

在我還處於極度錯愕的情形中，張堅已奔到了我的身邊，一把拉住了我便走：「來，我來向你慢慢地解釋這件事。」

我被他拖出了幾步，才有機會問道：「你要向我解釋的是甚麼？」

張堅道：「就是剛才的那場意外？」

我仍是莫名其妙：「甚麼意外！」

張堅呆了一呆：「你剛才是睡著了，還是嚇得昏了過去？」

我已經知道他所指的是甚麼事情了，他所指的，一定是冰層碎裂，海水上湧，濃煙冒起，火柱突現的這件事情。

但是，這件事情，又怎會和張堅有關，要他來向我解釋呢？他說那是一件「意外」，這又是甚麼意思呢？我心中在想，卻發現已被拉到了飛船伸出來的那根管子面前。

我心中陡地一驚，喝道：「張堅，你幹甚麼？」

張堅道：「我帶你去應該去的地方。」

我頓時大怒，叱道：「張堅，你屈服了，還是他們用甚麼機器改變了你們的思想？」

# 第六部：科學怪傑的話

張堅猛地向我一推，我的身子一側，側向那管子的一端，還未及站定身子前，那管子的一端，便生出了一股極大的吸力，將我的身子，吸向管子之中！這一切的過程，快速到了極點，當我明白過來時，我的身子已經舒服地坐在一張椅上了，而我所在的地方，一望而知是那種飛船的內部。在駕駛位置上，坐著兩個矮小的機器人。

我猛地站起身來，但張堅突然在我的身邊出現，他是突如其來的，我只覺身子猛地向上升去，飛船是沒有窗子的，但是我從座前的電視銀幕上，卻可以看到我已經離地十分高了。

我並不轉過頭去，只是以十分憤怒的聲音道：「張堅，你這狗種。」

張堅的聲音，也絕不心平氣和，他道：「衛斯理，你這混蛋，你不弄清楚事實真相，便逞甚麼英雄好漢？」我冷笑了一聲：「我明白你，傑弗生許了你甚麼好處？」

在飛船的艙中，突然響起了傑弗生的聲音，道：「沒有許甚麼好處。」

我看到船艙之中，只有我和張堅兩個人，傑弗生的聲音陡然傳了過來，使我十分驚愕，我連忙回過頭去，霎時之間，我幾乎以爲傑弗生就在我的身後。

但是我立時知道不是，在我的座後，有一架高度色彩傳真，甚至看來有高度立體感的電視機，傑弗生就在電視螢光屏上出現。

看來，他是在另一艘飛船上，這時正以無線電傳真電話在講話。

我大聲道：「你又活過來了麼？我那一拳應該將你的內臟打出來！」

傑弗生的面上，現出了一種十分難看的面色來：「衛先生，我不以爲我可以成爲你的一個好朋友。」

我「哈哈」一聲：「好極，好極！我希望你和我成爲見面就要拚命，而不見面則每天都要將對方詛咒一千遍的仇人！」

傑弗生的形象，突然在電視上消失，不問可知，他是大怒而特怒了。在我如今這樣的處境之下，去激怒傑弗生，似乎是十分不智的事情。

但這時，我的心中十分憤怒，根本已不及去計算甚麼後果了。我認定了傑弗生是奸詐、卑鄙、無聊到了極點的一個人。

在國與國之間，一個國家的人，如果背叛了自己的國家，而去和與自己的祖國採敵對態度的國家服務，背叛了自己的祖國，那已是極度卑鄙的事情了。

而如今，傑弗生所做的尚不止此，他是一個地球人，但是他顯然是在爲那種來自別的星球的綠色怪人所利用，爲那些綠色怪人在服務！

中國人背叛中國的是漢奸，英國背叛祖國的是英奸；傑弗生這個地球人，他竟背叛了地球，那他是一個不折不扣的人奸！

我實在無法遏止自己對他的卑視，在他的形像，自電視螢光屏上消失之後，我仍然大聲叫道：「你那綠色的主人呢？或許你的祖先之中，也有一個是綠色的怪人，是有著章魚觸鬚的醜惡東西！」

那電視的螢光幕陡地一亮，傑弗生又出現了。

由於色彩高度傳真的緣故，我可以清晰地看到傑弗生的面色，變得青黃不定，十分難看。他以純正的英語，罵出了我意想不到的粗魯的話，我當然不替他做紀錄，他罵完了之後，才道：「你究竟是在放甚麼屁？」

我冷笑道：「你看看你的手指吧，可能每隻手是七隻，長達一尺，可以任意彎曲，如果不是由於遺傳，那一定是你背叛地球的結果了。」

傑弗生的面色更青，他幾乎是在高叫：「雜種，你究竟是在說些甚麼？」

我「哈哈」一笑：「你還不明白麼？還是你不想你真正的身份給人家知道？」

傑弗生失聲道：「我真正的身份是甚麼？」

我毫不客氣地回罵他：「雜種，你是一個真正的人類蟊賊！」

傑弗生的形像，又突然在電視螢光屏中消失，我「呸」地一聲：「你可是不敢再見我了麼？你綠色的主人，也教會你甚麼叫羞恥麼？」

張堅直到此時，才插了一句口：「甚麼叫綠色的主人？」

我大聲道：「你閉嘴，如果你還是我的朋友，你使飛船開到我要去的地方。」

張堅苦笑了一下：「我怎能？操縱飛船的是機器人，而機器人又受傑弗生操縱。」我冷冷地道：「那麼，你的地位，原來比機器人更不如麼？」

張堅漲紅了臉：「衛斯理，我第一次發現你是一個蠻不講理的人。」

我大聲道：「我很高興被你這個蠢材認為我是一個蠻不講理的人。」

張堅的面色更紅，他比我更大聲：「這完全是一件意外，意外、意外、意外，你聽清楚了沒有？」

我呆了一呆，道：「我當然聽清楚了，意外，但是，甚麼意外呢？」

張堅道：「就是岩漿自冰底噴出的那件事。」

我望著張堅：「你神智沒有甚麼毛病麼？」

張堅攤了攤手：「所以我說，你完全不明白！」

飛船在這時候，穿進了雲中，接著，便猝然地停了下來，我在電視螢光屏上，又看到了那幢六角形的奇異建築物。

我知道，我跳下南冰洋，在冰原中飄蕩了七天，死去活來，一切全都白費了，因爲到頭來，我仍然回到了空中平臺上！

我深深地嘆了一口氣，雙手抱住了頭，閉上了眼睛。老實說，我的一生，從來也未曾這樣沮喪過，我曾經對付過義大利的黑手黨、菲律賓的胡克黨，和七幫十八會的首腦作過對，更曾和日本的月神會起過激烈的衝突。每一次，在幾乎是絕境的情形下，我也未曾失望過，但如今卻不同了！

傑弗生所領導的，絕不是一個龐大的集團，他們只不過幾個人。

可是，他們這幾個人，不但有極其精密的科學頭腦，而且還有著地球上所絕對沒有的科學設備，更有著絕對聽從指揮，天知道「他們」能做出一些甚麼事情來的那些機器人！

他們還有在三萬五千呎高空的空中平臺——那是絕對無法逃跑的。他們可以將你困在一個大「肥皂泡」中，使你覺得自己像一隻小昆蟲，更要命的是他們還有來自不可知的星球的怪生物在作後台。

我，一個普通的地球人，怎能夠和這一切來作對呢？看來這次我是完了。

我閉著眼睛，捧著頭胡思亂想著，過不了多久，張堅便推我開：「快下飛船吧。」

我冷冷地道：「我看不出我下不下飛船有甚麼分別。」

張堅猛地在我的肩頭上搥了一拳：「你這頑固的駱駝，你難道看不出，傑弗生教授所從事的，是一件值得你參加的偉大的事業麼？」

我大聲地作嘔：「我所吃的生態肉全都要吐出來了，張堅，你甚麼時候學會了政治家的口吻了？」

張堅嘆了一口氣：「好，你仍是不明白。」

我望著他，也不禁嘆了一口氣，張堅是我所尊敬的一個朋友，我實在不想過份地非難他，我只是道：「張堅，不明白的是你，而不是我。你可知道這一切設備，是哪裏來的麼？」

張堅搖了搖頭：「我不知道。」

我聳了聳肩：「這就是了，傑弗生教授也未曾告訴你麼？」

張堅道：「我問過他，他說他也不知道。」

我冷笑一聲：「於是你便相信他了？」

張堅大聲道：「我沒有理由不相信他，因爲他是一個十分正直的人，他在從事的工作，正是挽救我們地球的偉大事業。」

我「哈哈」大笑了起來：「汪精衛可以在地下大嘆『吾道不孤』了，他提倡『曲線救國』，如今又有人在提倡『曲線救地球』了。」

張堅無可奈何地望著我：「你究竟下不下飛船？」我早已踏了出去，便冷冷地道：「我怕甚麼？」我站了起來，飛船的艙門打開，長梯自動伸出，我從長梯中滑下，已看到幾個人站在我們面前。他們是：傑弗生教授、藤清泉博士和羅勃・強脫。

傑弗生的面色，仍然十分難看。羅勃・強脫則仍是一副精力瀰漫的樣子。

藤清泉踏前一步：「歡迎，勇敢的年輕人。」

我心中猛地一動，趨向前去，以日語疾聲道：「博士，我可以和你作私人的談話麼？」

藤清泉道：「如果有人想要偷聽的話，那麼利用聲波微盪儀的話，即使在十公里以外，我們的耳語也可以被人聽到，但是我相信這裏是正人君子，沒有人會偷聽我們私下交談的。」我拉著他走開了三四步，才又低聲道：「博士，你可知道傑弗生是在爲甚麼人服務麼？」藤清泉滿是皺紋的面上，現出了奇訝的神色：「他爲甚麼人服務，這是甚麼意思？」我從袋中，取出了那張捲成一卷的相片來。這張相片，是我跌落冰縫，在那個冰洞中，兩個已死的怪人中的一個身上找到的。我一直將之帶在身邊。

我一將照片取了出來，遠在五步開外的傑弗生便失聲叫道：「你手中拿的是甚麼？」

我一抬頭，看傑弗生的情形，像是要衝了過來，我忙道：「羅勃，如果你是一個正直的人，請你攔住傑弗生，別讓他妨礙我和藤博士的談話。」

羅勃・強脫的面上，現出了一股疑惑的神色來，但是他還是挪了挪身子。

而傑弗生這時，面上的神色雖然十分焦急，他卻也站定了不動。

我將那張照片展了開來，照片上一片碧綠。

藤清泉的面上，現出了疑惑之極的神色來：「這算甚麼？」

我指著照片上那一大兩小兩個怪物：「你看清楚了沒有，這是三個不知來自哪一個星球的怪物，他們便是傑弗生的主人，傑弗生是爲他們服務的，目的自然是毀滅地球！」

藤清泉的面色漸漸凝重，他智慧的眼光，沈著地望著我：「年輕人，這是一項十分嚴重的指控，你的證據未免太欠缺了些。」

我忙道：「我自然還可以使傑弗生自己承認，問題要你們幫助我，你看到這張照片了沒有？這絕不是地球上所有的東西，就像這裏的一切一樣，藤博士，你在這裏已工作許久了，難道你沒有發現這裏的一切，都絕不是地球人所能設想的麼？」

藤清泉慢慢地點了點頭，他顯然被我說動了心。他低聲道：「不錯，我曾經幾次問過傑弗生，他說這所空中平臺中的一切，都是他偶然發現的。」

「偶然發現的？」我幾乎要忍不住大笑了起來。「他怎麼會編造出這樣的一個謊言來的？」

藤清泉道：「他的故事還不止此，現在我不能向你詳細說，我先去質問他！」

藤清泉一面說，一面已向前走去。

我心中很高興，因爲我本來是孤立的，但如今，藤清泉這個正直和倔強出名的老人，卻已經站在我的一邊了。我早已知道，傑弗生是絕不敢將真相告訴藤清泉的，他只敢騙他！

藤清泉來到了傑弗生的面前，傑弗生的面色，顯得十分尷尬。

他勉強地笑了一笑：「藤博士，那綠色的相片上的是甚麼東西？」

藤清泉開門見山：「是人——但不是地球人，而是別的星球上的人！」

傑弗生「啊」地一聲：「是麼？那麼我多年來的疑團可以得到解答了。」

藤清泉點頭道：「不錯，我多年來的疑團，也可以得到解答了，教授，你究竟對我們隱瞞些甚麼，你是在替別個星球的『人』服務，是不是？」

羅勃和張堅兩人的面色一樣，各自踏前了一步。

傑弗生一呆：「你這麼說法，是甚麼意思？」

藤清泉向我一指：「他這樣指控你，你是爲這張照片上的人服務的！」他攤開了那張相片，所有的人都可以看到那三個形像醜惡，但是智慧卻極高的別的星球人的怪人。羅勃首先抬起頭來，道：「教授，你可有合理的解釋麼？」

傑弗生大叫道：「荒唐，荒唐之極！」

我冷冷地道：「我絕不這樣想，你爲了要利用人，便不惜去謀殺飛機上其他的數十人，像你這樣的兇手，甚麼事情做不出來？」

傑弗生大叫道：「我不得不如此，我若不那樣，波士頓的數十萬人要喪生了。」

我攤開了雙手：「偉大的救世主啊！」

傑弗生道：「你是從哪裏得到這張相片的？」

我道：「這不關你事，總之，你的真面目已被揭露了。」

傑弗生怒不可遏，但是他像是知道發怒並沒有用處一樣，隨即冷靜了下來。

可是這時，衝動的羅勃，那美國人卻已向傑弗生的下頷，揮出了一拳，羅勃的那一拳，十分狠穩，「砰」地一聲，正擊中在傑弗生的下頷上。

傑弗生的身子向後一仰，跌倒在地上，羅勃還待再衝過去時，只見人影閃動，兩個機器人，以絕不是常人所能測度的速度，向羅勃衝了過來。

我雙足一蹬，身子向那兩個衝過來的機器人斜撞了過去，「蓬」地一聲，我撞中了其中的一個，我記得我曾一拳擊下過一個機器人的頭來的，所以儘管那一撞，令我腰背之間生痛，我還是立即一拳揮出，擊向那個機器人的頭——那銅面罩上。

果然，那機器人的頭，又落了下來，那機器人的胸前，發出「支支」的怪叫聲，向外奔了開去。

而當我回頭去看時，我不禁爲眼前的情景，嚇得大吃一驚。

只見一個機器人，雙手正握緊了羅勃的脖子，而張堅、藤清泉兩人，用力在抽著那個機器人的手臂，只不過卻難以扯得脫。

我連忙向剛掙扎著站了起來的傑弗生衝了過去，傑弗生向我發出了一聲大喝：「站住，你這天字第一號的蠢貨。」

我連忙站定了身子，我並不是由於他的大喝而停下來的，我是準備停下來，好好地給他一拳，以報答他對我的稱呼。

可是，我剛停下來，便聽到傑弗生道：「你看，你自己看看！」

我向他所指之處看去，只見那個機器人，已經鬆開了羅勃的脖子，站了起來，向傑弗生走了過來，到了傑弗生的身邊，身子突然轉了一轉，伸手向沒有人的地方一指，自他的指尖之上，突然射出了一道強光。

那這強光是如此之強烈，它一閃的時間雖然只有百分之一秒，但是卻令得我們幾個人，眼前足足有半分鐘看不到東西。

等到我們的視力恢復時，我們每個人都可以看到，在那機器人伸手指著的地方，原來是一個小花圃，有一叢灌木，和許多花草的，但如今卻已沒有了，連一點灰燼也未曾留下。

傑弗生大叫道：「看清楚了沒有？」

我愣了一愣：「那是甚麼玩意兒？」

傑弗生道：「這是地球人夢寐以求的死光武器，熱度達到攝氏六千度以上的光束，能使任何固體的東西，變成氣體！而這種裝置，在每一個機器人的身上都有，我要使你們變成氣體，是輕而易舉的事情！」

我的臉一定在發青，我吸了一口氣：「可是你仍嚇不倒我們。」

傑弗生道：「我不是要嚇你們，我是要使你們明白我沒有害人之心！」

我忙道：「和羅勃同機的人呢？」

傑弗生道：「那次的事情實在太緊急了，我對於這裏的一切東西，操縱得又不夠熟練，所以才出了差錯，但是那次我卻挽回了波士頓近十萬人的性命，如今我也不想害你們。」

我冷冷地道：「你想利用我們？」

傑弗生望著我，忽然無可奈何地搖了搖頭：「衛斯理，我生平未曾見過再比你固執的人，你簡直是殭屍腦袋的人！」

我笑了一下：「怎麼，要我甘心情願被你利用，才算是腦筋靈活麼？」

傑弗生攤了攤手：「張堅，你的朋友，實在太令我失望了。」

我立即道：「你可別岔開話題去，你老實地告訴我們，你對那些綠色的怪物，稱他們作甚麼，你是甚麼時候起為他們服務的？」

傑弗生道：「我從來也未曾見過他們，但是我知道有他們的存在，你可能詳細聽我解釋麼？我們可以不必站在這裏，我們可以進去，喝一杯茶，慢慢地談，像一個君子，不要像一個只懂揮拳的小流氓！」

羅勃一聲大叫，又待向前奔去，我連忙將他拉住：「聽聽他說些甚麼，我們跟他進去再說！」

剛才那種強烈的光束，使我對傑弗生十分忌憚，因為他的確是能夠使我們在百分之一秒鐘之內，化為氣體的，他不那樣做，我絕不相信他是有甚好意，但是我卻也不能促成他那樣做。

他的肚子上挨過我的一拳，下頷又被羅勃擊得紅腫，若是羅勃再在他身體任何地方加上一拳的話，可能他便會老羞成怒了。

藤博士顯然也不想再動武，忙道：「是，我們進去，將話說個明白。」

傑弗生氣呼呼地向前走去，我們四個人跟在他的後面，到了那座六角形的建築物之前，門便自動地打了開來，我們走進去，轉向右，到了一間寬大的房間之中，才停了下來。

那間房間是佈置得十分舒適的一間起居室，傑弗生並沒有令機器人進來，這又令得我放心了些。

我們坐了下來，傑弗生就坐在我的對面，他望著我，搖了搖頭：「衛斯理，你替我添了許多麻煩，但是你卻也幫了我的忙，我和你私人交情不會好是一件事，你對我們的事業有幫助，這又是另一回事。」

我冷冷地道：「別廢話了，你是甚麼時候受這種人收買，開始爲他們服務的？」

傑弗生教授並不理會我，轉向其他三個人：「我現在開始敘述我的遭遇，這是我從未向人說過的，在我說的時候，你們可以發問，但是不能惡意地打擾，你們可同意不？」

羅勃道：「不同意便怎樣？」

傑弗生道：「你們不同意的話，我就不說，將你們送回地面去！」

本來我所求的，就是能夠回到地面去。

照理說，他這樣說法，我應該求之不得了。

可是我卻在傑弗生平靜的聲音中，聽到了他的心中一定有著許多秘密——驚人的秘密，我同時地想到，我的推論，可能有錯誤的地方。

所以我決定聽一聽他的敘述。我第一個道：「好，我同意。」

其他三個人，也都點了點頭。

傑弗生的身子移了一移，改了一個比較舒服的姿勢：「這件事的開始，就是一件奇怪到近乎不可思議的，那是一個春天的早晨，我在床上醒來，懶洋洋地，心中正在想著，我還想多睡一會，但是卻不得不起床了，我想，要是有甚麼人發明了和真人幾乎相同的機器人，而又受真人思想的操縱，那該是多麼理想的一切，因爲若是那樣的話，那麼人們就可以讓機器人去做一切自己所不願做的事，而自己則可以盡情享樂了。」

我問道：「那是甚麼時候，甚麼地方的事？」

傑弗生道：「十二年前，在美國麻省工學院附近，教授的住宅區中，我一個人有一幢十分大的房子，最近的鄰居，也在五十公尺之外。」

我點頭道：「行了，你繼續說吧。」

傑弗生道：「我想著，想著，我實在不願意動，我只想有人將我的晨袍取來，好使我一起床就能披在身上，我不知道我在朦朧中想了多久，突然，我聽得院子裏有一下輕微的聲響。

「那一下輕微的聲響，像是有一個人從屋頂上跳到地下時所發出來一樣。我連忙睜開眼來，陽光射到我的眼上，我看到在窗外，停著一艘像是海龜一樣的飛船，從飛船中正有兩個人走出來，那兩個人，身形矮小，頭上戴著銅面罩。

「當時，我心中的驚駭，實是難以形容，我望著那兩個人，他們繞過了牆，推開了門——我的門是鎖著的，但是他們一推就開了，我看到鎖已經破裂到不復成形，我立即想到，那是別的星球的來客！

「我的身子撐起了一半，但因過度的驚恐，我便維持著那個姿勢，僵在床上。

「那兩個人推門而入之後，停了一停，其中的一個，拿起了掛在鉤上的晨袍，來到了我的面前。

「我當時一定是嚇昏了，我接過了那件晨袍，披在身上，道：『謝謝。』那兩個人發出了一種十分奇怪的聲音來，退了出去，走了。

「我損失了房門的鎖，但卻真的如我所願，有人遞了我的晨袍給我。

「我望向窗外，那兩個人進了飛船，飛船以驚人的速度升空而去，彷彿這兩人的到來，就是爲了替我拿那件晨袍一樣！

「我在床上呆了許久才起身，我的思想被一連串奇異的問題所佔據，以致我駕車赴校途中，幾乎失事，我整天神思恍惚，到了我回家的時候，我又不斷地想著，會不會那奇異的飛船，奇異的人，又在我家出現呢？

「我的心情很矛盾，我不希望他們再出現，這是作爲一個普通人的願望，來自太空的人，這究竟是一件十分恐怖的事情。但是作爲一個科學家，我卻又希望他們在我家中，再度出現。

「我離家越遠，便希望他們會在我的家中，當我將車子駛進車房的時候，我聽到了園子中傳來了一陣刈草機的聲音。我回頭看去，我又看到了那兩個怪人，他們正在熟練地使用我的刈草機，在替我的園子刈草，而他們的飛船，則停在一旁。

「是了，我想起來了，今天，我由於神思恍惚的關係，我強迫自己不去想一切引起疑問的事情，我曾化了許多時間去想一件最簡單的事情：我園子中的草長了，如何將之刈成一個好看的式樣。我曾經決定將草刈成中國的古錢圖案，而這時，那兩個怪人，正是將草刈成了中國古錢的圖案。

「我呆在車子中，出不了聲，這兩個人究竟是甚麼人？他們是阿拉丁神燈中的魔鬼麼？爲甚麼我想甚麼，他們便會知道，而代我做我所要做的事情呢？我可是從今能夠從心所欲了麼？

「我在車中呆了好久，才走了下來。那兩個人停止了工作。

「我沈聲問道：『你們是甚麼人？』我只問了一句，怪事又發生了，我聽不到他們的回答，但是我卻聽到，他們兩人，發出了和我一模一樣的聲音，講的也是同樣的話：你們是甚麼人。

「我嚇得後退了一步，又道：『如果你們沒有惡意，那請你們道出來歷。』那兩個人又以同樣的聲音，將我的話重複了一遍，像是我是在對著一具即錄即放的錄音機在講話一樣。

「我大著膽子，來到了他們兩人的面前，我是一個電子科學家，我一來到他們的近前，便立即看出他們不是真人，而是構造得精密之極的電子人，我透過他們的銅面罩，看到了裏面小得不能想像的電子管，有幾千個之多，在這些電子管中，一定充滿了比正常人更多記憶，但是我卻無法將之發掘出來。

「我試著命令他們去做事，但他們只是重覆我的話，並沒有行動。後來我明白，他們是接受我的控制的，但是卻不是接受我的言語的控制，而是接受我的思想的控制！」

傑弗生教授一口氣講到了這裏，才停了下來，取出了煙斗。

藤清泉博士道：「接受你思想的控制？這句話是甚麼意思？」

傑弗生道：「我想著，當我決定了要做一件事的時候，電子人便受到了感應，替我去做了！」

我和張堅兩人同聲叫道：「這太荒謬了！」

傑弗生教授向我們瞪了一眼，道：「每一個人的思想，都形成一種十分微弱的電波，那種電波，弱到幾乎等於不存在，科學家稱之爲腦電波。有許多人心靈相通，能夠相互感應，這都是腦電波在起著作用。每一個人的腦電波的頻率都是不同的。我，可以說幸運，也可以說不幸，當我的思想決定要做一件事，而使得腦電波的頻率加強之際，便能夠感應到電子人，使得他們由靜止而動作——他們所做的事，完全是根據我的思想去做的。」

羅勃・強脫大聲道：「你怎樣證明呢？」

傑弗生揚了揚手中的煙斗，道：「你們看，我坐在這裏，不碰到任何儀器，手也不作任何動作，我只是想著，要有人來替我點著煙斗，電子人接到了我腦電波的信號之後，就開始行動了。」

他將煙斗放在口中，將打火機放在沙發旁的一張方几之上。

他剛放好了打火機，門便被推了開來，一個電子人走了進來，取起打火機，燃著了傑弗生教授的煙斗，放好打火機，又退了出去。

傑弗生深深吸了一口煙：「你們看到了沒有，電子人完全受我的腦電波所控制，我可能是四十億地球人中，腦電波的頻率，恰好和這些電子人所能接收的思想電波相同的人。」

羅勃問道：「那麼，這許多電子人，爲甚麼不會一哄而至呢？」

傑弗生道：「這我剛才已經已說過了，這些電子人構造的精密，絕不是我們地球人所能想像的。當其中的一個，截到了電波之後，便會發出另一種訊號，通知其他的電子人，他已去執行命令了，其他的電子人，便不會再亂動了。這種電子人的精密，還不在此，他們的身上，還有著極其厲害的高熱光束發射設備，他們的記憶系統中，有著比愛因斯坦高明的學問，他們可以從事任何人所難以想像的工作，甚至利用他們記憶系統中的知識，去發明新的東西！」

我提醒他：「傑弗生教授，你只是宣揚電子人的厲害，卻還未提到他們的主人和你晤面的經過。」

傑弗生道：「你們聽我說下去。當天，我只是以思想指揮著電子人去做我所能想到的事情，我利用他們記憶系統中的知識，輕而易舉地解決了我研究中的難題，我可以包辦歷屆諾貝爾獎金中的化學獎物理學獎，到午夜時分，我想到了，我想到這兩個電子人必然不是地球人製造的，我想到他們有主人，我要去和他們的主人會面。」

「於是，電子人將我帶到了他們的飛船中，飛船急促上升。」

「飛船的速度之高，是我難以形容，在電視螢光屏上，我看到幾架噴射式飛機，它們的速度，慢得像臭蟲。」

「不到二十分鐘，我來到了這空中平臺。」

「當時，我的心情是狂熱的，因爲我完全可以肯定我所遇到的電子人，我所乘坐的飛船，我所到的那空中平臺，我所見到的建築，都絕不是地球人所能做得出來的，我可能是第一個和來自太空的高級生物接觸的人，我下了飛船，看到了二十四個電子人，但是卻見不到我所預期中的太空人。」

「我四周圍找著，空中平臺上的儀器，我只懂得極小的一部份，我就像是一個小學生在參觀一個最新科學成就的展覽會一樣。」

「我在空中平臺上住了七八天，我已經準備離去，我的心中只不過是自己在考慮，我是不是要將我的發現去報告政府。但是，一個突然的發現，卻使我留了下來，一個人留了九年之久，才找了藤博士來作伴。」

張堅問道：「你發現了甚麼？」

傑弗生敲了敲他的煙斗：「我發現了一具電腦，一具翻譯電腦。本來，在這裏的所有紙張上，全有著一種十分奇怪的符號。我明知那些符號是文字，可是我卻看不懂，但是我在無意之中，發現那具翻譯電腦可以將那種古怪的文字，譯成一切地球上的文字，我選擇了英文，我費了足足三個月功夫，將所有有文字的紙張，一齊翻譯了出來。」

「絕大多數仍是我看不懂的高深學問，於是我開始研究，那些電子人等於我的教授，他們的電子管記憶系統中，有著驚人的學識。」

「時間一年一年地過去，我沈浸在科學的深海之中，藉一種綠色固體東西維持著生命，因爲我通過翻譯電腦，譯出了這種東西的包裝紙上的文字是『耐久的食物』之意，那種食物，每一小塊，便可以使我經月不餓不渴，它們似乎能夠在人體之內，發生一種極其神妙的自生作用。」

「時間一點點地過去，我發現我翻譯出來的文件，全是有關地球的精密計算，那數字之精確，是令人難以想像的。」

「譬如說，美國首都華盛頓的地面有多厚，有誰知道？但是這裏便有著白宮園地到地心熔岩部份的深度測量紀錄！」

「當然，除了華盛頓之外，幾乎每一個城市，都有著同樣的紀錄，還有地殼變動的紀錄，和地心熔岩所發生的變化的詳細紀錄。」

「我不明白這一切紀錄、研究究竟有甚麼用途，由於我不是一個地質學家，但是我們地球上是有著傑出的地質學家的，那便是藤清泉博士，我於是在三年之前，便將他請到了這裏來，邀請他和我一齊研究這些資料，和這裏的一切設備。」

「這以後的事情，我想可以請藤清泉博士說下去了，因爲他是地質學家，是火山問題的權威。」

我們一齊望向藤清泉博士。

藤博士皺著雙眉，他臉上的皺紋，看來更多、更深。他沈思了好一會，才道：「這是十分奇怪的事情，這裏對於地球的研究資料，遠在地球人自己之上！看來地球人對於自己的星球，並不十分關心，地球人太好高騖遠了，地球人夢想征服太空，卻不想對自己居住的星球作進一步的瞭解。」

羅勃·強脫說道：「藤博士，這樣說法，未免過份一些了吧？」

藤清泉博士道：「一點也不過份，你想，因爲暴風，一年造成多大的損失？因爲地震，一年要喪失多少生命？因爲河水泛濫，一年有多少人流離失所？每一個國家，如果將研究向太空發展的人力、物力，轉投向研究自己的地球，我敢說，這種損失，將大大地減少！」

我點了點頭，藤博士的話是大有道理的。

# 第七部：外星人的一封信

人類就算登陸了火星，而仍然不能設法防止一場風暴的話，那等於是一個西服煌然的人，腹中因飢餓而在咕咕叫著一樣。

藤博士頓了一頓，見沒有人再反對他的話，才繼續道：「我到了這裏，立即致力研究，我發現這裏的資料，幾乎能夠準確地預測每一次地震將要發生的時間和地點！」

「而且，來自別的星球的人提出了一個理論，說地球遲早會毀滅的。」

藤博士的話，顯然連羅勃也未曾聽到過，因為他也睜大了眼睛。

藤博士續道：「地球最大的危機，本來是在於它的自轉速度會減慢，慣性力減去摩擦力和太陽吸力，使地球的自轉慣性消失，那就像是旋轉一隻球，球總會停下來一樣。

我插言道：「我知道，在最近兩千年中，地球自轉，每一轉慢了零點零零八秒，也就是千分之八秒，要使地球停頓，那要過上幾十萬年之久。」

藤博士道：「是的，可是另一個危機，可以說已迫在眉睫了。」

我們都不出聲。

藤博士的面色，變得十分嚴重。

他道：「熱漲冷縮的原理，是人人都知道的。地球本來是一團熔岩，後來，表面漸漸冷卻，形成了地面、岩石，而地心之中，還是熔岩。

「地層逐漸加厚，那是熔岩冷卻所形成的，同時，它也形成一種壓力，壓向地心的熔岩，地心熔岩受著強大的壓力，總有一天，它會受不住壓力，而作大規模噴發——到那時，地球就分裂了，變成無數個小的星球。我們的地球，可能也就是不知多久之前其星體在一次這樣的爆裂中產生出來的。」

我們都不出聲。

藤博士將一個十分深奧的問題說得十分淺顯，我們都可以聽得懂。

藤博士停了好一會，才沈聲道：「根據這裏的資料，這樣的大爆裂，會發生在二〇八三年。」

羅勃叫了起來：「二〇八三年，那只有一百多年的時間了，這不可能的。」

藤博士道：「不錯，地球上沒有一個人想得到這一點，但是我相信這裏的計算資料。」

我們都不出聲，這分明是一件誰也意料不到的事情。地球上的人，從來也未曾想過自己所住的地球是一個大禍胎，地球的毀滅，並不是來自其他星球的撞擊，而來自自我爆炸！

藤博士繼續道：「有一件事是十分奇怪的，那便是在這裏有一份報告書，是估計地球人科學進步的程度的，據這份報告書估計，到了二〇八〇年，人類便發現這個危機，而從那時起，人類便會傾全力防止這個危機，人類將可能達到目的。

「這份報告書未曾發出去，我們也不知道目的何在，我更不知道那在這裏建立空中平臺的太空人，這樣詳細的研究地球，目的何在。」

傑弗生教授插言道：「他們的目的，十分明顯，那是要在二〇八〇年人類明白這個危機之前，便使危機成爲事實。換句話說他們要在二〇八〇年之前，將地球爆成碎片，毀滅地球上的一切生物！」

我瞧著傑弗生，心中開始在想：難道我將傑弗生的爲人弄錯了麼？難道他並不是我想像中的那種壞蛋？他所講的一切，全是實話麼？

我的腦中，亂得可以。

傑弗生像是知道我的心中在想些甚麼一樣，直視著我：「我們在這裏研究了幾年，已經可以操縱其中的一些儀器，在許多儀器中，最重要的是一具可以產生出巨大力量的磁波儀，地殼加於地心的壓力，本來是以每平方公尺一千七百萬噸左右，但是在使用那具磁波儀之後，卻可以使壓力加大十倍！」

藤博士接著說下去：「如果再有別的儀器配合的話，這樣大的壓力，使地心熔岩隨時突破地殼，向外噴射出來，也就是說，可以由心所欲地毀滅地球上的任何角落，或是毀滅整個地球。」

我吸了一口氣：「那麼，這幾年來，你們所做的工作是甚麼呢？」

藤清泉道：「我們已初步掌握了那具加強壓力的磁波儀，但是我們略爲加強壓力的結果，總是在南極的海底，發生地震。這本來是十分理想的事情，讓地心的岩漿全部在南極的海底宣洩出來，那麼所謂危機，也就不復存在，地球也可得救了。」

傑弗生接了上去：「但是，不斷噴發的岩漿，將使南極的冰層融化，那時，地球的表面上，將要形成不堪設想的泛濫！」

我呆了片刻：「那你們在尋求甚麼呢？」

傑弗生道：「我們在找一個地心岩漿噴發的地點，並不需要地心所有的熔岩全都噴發出來，只要噴出極小的一部份，幾萬分之一。在地殼和地心熔岩之間，就有一個極小的空隙，那個小的空隙，又可以使地球安全幾百年，到那時，人類一定有辦法可以挽救自己的星球，或者乾脆放棄地球，遷移到別的星球上去居住了。」

張堅攤了攤手：「那你們還在等甚麼？」

傑弗生苦笑了一下：「根據藤博士的意見，地球上最適宜地心熔岩宣洩的地方，是在冰島附近，洩出的熔岩，可以在冰島的附近，形成一個新的島嶼，但我們卻沒有法子做到這一點，因爲我們不能由心控制地心熔岩噴發的方向，我們又不敢太加強磁波壓力，怕熔岩在別的地方噴射出來。」

傑弗生講到這裏，轉頭向羅勃望去：「羅勃是南極冰原研究的專家，我們在這裏的資料中，得知波士頓將發生一次大地震，我們想挽救這場地震，想將這場地震轉移到南極來，但是我們又不知道南極冰層的具體情形，我們只好在那樣緊急的情況下，將羅勃請了來。結果我們挽救了波士頓，而由於羅勃的幫助，南極的冰層，也未曾全面碎裂。」

他苦笑了一下：「只不過由於行事太急，使得和羅勃同機的人都罹難了。」

我心中暗想：看來我是不能不相信傑弗生的話了，因爲平心靜氣地來看，他的確不像是一個背叛地球的人，他關心地球的命運遠在我們之上！

傑弗生又道：「我本來一直以爲我們不能由心控制地心熔岩噴射的地點，一定是來自別的星球的人，沒有做這一項研究的緣故，但是如今我才知道了，一定是除了這空中平臺之外，另有一處地方，放置有別的儀器，而還未爲我們發現之故。」

我的心中，猛地一動，我想起了那個冰洞，和冰洞中的已死去的怪人。

我知道傑弗生的估計是對的。

但是我還是問道：「那麼，你是為甚麼忽然有了這樣的想法呢？」

傑弗生道：「那就是這場意外了。」

我問道：「甚麼意外？」

傑弗生道：「便是毀去了史谷脫探險隊基地的那場意外。」

這件事，張堅對我說過好多坎，我始終不明白是甚麼意思，直到如今，我仍然不明白。

傑弗生不等我開口發問，便道：「我在你的帳篷外，捱了你的打，我的心中自然極其懷恨，當我置身於飛船之際，我不斷地詛咒著要毀去整個基地，結果，事情真的發生了，地火熔岩穿破了冰層，噴發了出來，毀去了基地。」

我仍是不明白：「那是甚麼意思？」

傑弗生道：「很簡單，我的思想，變成腦電波，被電子人所接收，電子人接到了命令，他們之中的一個便去使用某一種儀器，使得地心的熔岩，在指定的地點，噴發出來，所以我說，這空中平臺以外，一定還有令一處地方，是和這裏相仿的。」

我道：「那並沒有意思，你可以用你的思想，命令電子人，將地心熔岩，在冰島附近噴發的。」

傑弗生笑了起來：「這本來是再簡單也沒有的事情了，但是你，朋友，卻困擾著我的思想，我必須先要你明白我的爲人。」

我聳了聳肩：「其實，一個人的品德是怎樣的，時間長了，自然可以弄清楚的。」

我這樣說法，無異是在說我以前對傑弗生的認識大有錯誤，傑弗生聽了，顯得十分高興：「我們不但可以使地球沒有毀滅的危機，而且還可以使人類獲得永久的和平。」

我懷疑地問道：「這怎能夠？」

傑弗生道：「如今，世界各國正拼命地製造殺人的武器，可是不論甚麼武器，能夠和地心熔岩的噴發力量相比擬麼？我們掌握了地心熔岩噴發的力量，便是最有力的武器，可以制裁好戰成性的侵略家！」

我吁了一口氣：「這就是你所說的用彈簧刀指嚇夜行人的政策麼？」

傑弗生笑了一下：「你的記性真好。」

我道：「好了，現在你的思想不受干擾了，你可以快些用你的思想來命令電子人行事了。」

傑弗生道：「快甚麼？我們有將近一百多年的時間哩。」

我道：「我們中國人有一句話，叫著夜長夢多——」

我才講到這裏，還未曾來得及解釋「夜長夢多」的意思，忽然聽得外面，傳來了一陣十分奇怪的聲音，那一陣聲音，極其難以形容。我連忙一躍而起，拉開了門，傑弗生也已躍到了門前。

我們一齊向門外看去，傑弗生面色蒼白，高叫道：「天啊，這是怎麼一回事？」沒有人能回答他，因爲沒有人知道那是怎麼一回事。只見到門外，橫七豎八地躺滿了電子人。

而在銅面罩之內，有連串的火花迸射，一種奇怪的，聽來如同金屬爆烈的聲音，正從電子人的身內發出來的。

我忙道：「傑弗生，你快令他們恢復正常。」

傑弗生連連搖著手：「不行，不行了，你看不見麼？所有的電子管都碎裂，成了廢物！」

等他這句話出了口，聲音、火花，都已經停止了。

羅勃在我和傑弗生之間，衝了出去，提起了一個電子人，銅面罩落了下來，飄出了一大蓬金屬碎屑，和一股焦臭的氣味來。

我望著傑弗生，道：「你可曾『思想』過要這些電子人毀滅麼？」

傑弗生一面搖著頭，一面連聲道：「我怎會？我怎會這樣做？」

我道：「那麼一定有外來的力量，使得這些電子人毀滅的了。」

張堅忽然叫了起來：「糟糕，駕駛飛船的是電子人，我們能夠離開這空中平臺麼？」

傑弗生苦笑了一下：「要離開空中平臺是十分容易的事情。但是還有誰有能力，使地心的熔岩，在冰島附近噴發呢？」

我看到傑弗生極度沮喪的神情，對他不禁十分同情，忙道：「不必灰心，我們可以努力。」

傑弗生揮著手：「那不是我們能力所及的事情，努力也是沒用的。」

我笑了一下：「譬如說，我知道那另一個控制的所在地呢？」

傑弗生望著我：「你這是甚麼意思？」

我將我跌在冰海，在冰原上掙扎，發現那個冰洞的經過，說了一遍。

傑弗生大叫了起來：「天，你在電視螢光屏上看到的，一定就是地心熔岩了！」

我呆了片刻，回想著當時的情形，當時我所看到的畫面，和聽到的聲音，那像是使我置身於一隻極大的洪爐之中！

地球上當然不會有那麼大的洪爐，要有的話，那就是地心。我真難以設想，那種綠色人是以甚麼方法攝取到地心熔岩，翻騰燃燒的情形的。

羅勃則帶著懷疑的眼光望著我：「你說他們，那兩人像綠色人，是呼吸氯氣的？」

我道：「我不能肯定是不是氯氣，但是那一種暗綠色的氣體，有著怪味，比空氣重。」

羅勃嘆了一口氣：「我們的見識實在太淺了，這兩個綠色人，來自何處？」

我又拿出了那張捲成一卷的相片來道：「他們自然是來自這個星球的，你看，幾乎一齊全是綠色的，除了綠色之外，便沒有別的顏色了。」

同時，我自貼身的衣袋中，取出了那張紙來：「這是我從那兩個怪人中的一個手上取下來的。那個人至死還握著這張紙，可見它一定十分重要，傑弗生教授，那上面的奇異文字，你看得懂麼？」

傑弗生教授接了過來：「我看不懂，在我看來完全是一樣的符號。到了電腦翻譯機中，譯出來的意思，是完全兩樣的，我們可以立即將這張紙上的怪文字翻譯出來的。」

他講到這裏，略停了一停，揚了揚那張紙，道：「根據我的經驗，這張紙上的文字，譯成英文之後，可能有一千字左右。他們是高度文明的生物，他們的文字也比地球人進步得多，一個符號，可以代表著許多許多的意思。」

張堅道：「那我們先將這張紙上的文字翻譯了出來再說，或許上面所寫的東西，有助於我們瞭解這些人也說不定的。」

張堅那時講這幾句話，當然只是一個臆測，但想不到他的話卻是真的，那張紙上所記載的一切，當真有助於我們對綠色人瞭解。

當時，我們跟著傑弗生，來到了另一間房間之中，那房間中，有一具中型電腦。

傑弗生按動了幾個掣，電腦上許多燈，便不斷地閃耀了起來。

傑弗生回過頭來，對我道：「這裏幾乎永不斷絕的電源，就是這個空中平臺，也是由一種來源不明的電力所支持著的。這種電力，是無線傳送的，來自海面，我懷疑綠色人在海中建有發電站，無線傳電的方法，地球上也知道，但還只是在實驗的階段。」

他一面說，一面將我的那張紙，塞進了一個十分狹小的孔中，那張紙立時被捲成了一卷，輸送了進去，各種排列著的電燈，閃耀得更是迅速，令人看得眼花繚亂。

不到兩分鐘，在另一端，已有紙條自動伸了出來，紙條上全是小孔。

那和我們常見的電腦文字一樣，將長紙條塞入電腦附設的電動打字機中，打字機的字鍵，不斷地跳動，英文字出現在紙上了。

我們幾個人，一齊湊到了打字機之旁，去看已譯成了的英文。

那是一封信。

因爲一開始，便是稱呼，稱呼是：人，地球人。

「或許你們永遠見不到這封信，或許你們能夠見到，我們也是人，但是來自一個十分遙遠的星球！——講出我們的星球的名稱，對你們是沒有意義的，因為地球人對地球之外的事，知道得太少了，銀河系已是你們天文知識的極限，而我們的星球，離銀河系的邊緣，還有七百萬光年的路程，你們難以想像吧！」

我們幾個人面面相覷，這的確是太難以想像了。

「我們星球的歷史遠較你們為久，因之我們的科學，已發達到了遠遠超過你們的程度，我們使用空間飛船，就和你們使用腳踏車一樣普遍，我們的生活過得很愉快，高度的文明，使我們幾乎想要甚麼就有甚麼，這種生活正是地球人所夢想的。」

「但是我們也有不安的地方，那是我們發現了在遙遠的地方，有一個星球，上面也有生物，而且這種生物的科學正在突飛猛進，總有一天，他們會像我們一樣，也會發現我們。使我們感到憂慮的便是你們，地球，和地球人。我們絕不嗜殺，但我們知道地球人是嗜殺的，所以我們只有先毀滅地球。

「我們兩個人，奉派前來地球，這是一項單獨執行的命令，即使是我們，也無法在那麼遙遠的空間中保持聯絡——我們的科學水平還未曾達到這一點。我們奉命在毀滅地球之後，再回到自己的星球去，我們是坐一隻極其龐大的飛船來的，在進入地球的大氣層後，我們將空中平臺自飛船中移出來，在平臺上，有著一切設備。

「我們利用地球上的磁性相抗相吸的原理，使空中平臺停留在磁性極強的南極上空，我們裝配好了電子人，開始搜集有關地球的資料。不久，我們便發現，要毀滅地球的最好方法，便是加強地殼的壓力，使得地球內部的熔岩受不住壓力而爆炸，那是最徹底乾淨毀滅地球的一個方法。

「我們兩個人，循著這條路走著，我們的工作進行得十分順利，我們已可以由心控制地心熔岩的噴發，我們第一個試驗地點，是美國的舊金山。

「這是我們第一次試驗，也是我們最後一次的試驗。我們的長程電視設備，使我們如同身歷其境地看到了舊金山大地震的慘狀，和地震發生之後，人們哀號痛哭的悲苦。

「我們是有高度文明的生物，在我們的一生之中，根本已沒有『殺生』這件事，我們在自己的星球上，互相之間，相敬相愛，快樂融融，享受著寧謐和藹的生活，但我們在地球上，卻製造死亡，這使得我們兩人，深受良心的譴責！」

我們看到了這裏，又不由自主抬起頭來，互望了一眼。高度文明的生物，一定有著高度的「良心感」，這是一定的事。

我們又繼續看著自動電腦打字機的捲轆上所升起來的紙張上的文字：

「如果我們停止這樣的行動，我們將無以對我們自己的星球，如果我們那樣做，那麼我們實在是不能做下去，我們絕對沒有法子再做下去，我們不能毀滅地球，因為在地球上的人，其實是和我們完全一樣的，地球人的嗜殺，可能是進化還未達到高度文明的階段，過上幾千年，你們有可能會覺得戰爭的愚昧和殘酷，有可能不再熱衷互相殘害。」

「我們於是有了決定：我們犧牲自己。我們結束了自己的生命。那樣，我們便可以不必繼續再殘害地球人，也不必愧對我們自己的星球了。」

當我們看到這裏的時候，傑弗生教授喃喃地道：「偉大偉大，這是何等偉大的人格！」藤博士沈聲道：「我相信他們兩個只不過是普通人，竟能有這樣高的操守，他們的確比我們進步！」

那封信還沒有完：

「根據我們的統計，地球本身，在二〇八三年，將有一個大危機，所以我們在自己結束自己的生命之際，將一切全都留了下來，希望地球人能夠發現我們留下的設備，來挽救地球。我們所留下的電子人可以接受極微弱的電波指揮，地球人中必有人的電波是會和這種微弱的電波頻率相適應的。

「如果有這樣的一個人，那麼他便能指揮電子人，但是我們也作了防範，那便是，當那個人腦中所想的，並不是挽救地球，而是為了他一己之私，想命令電子人去操縱地心熔漿的噴發時，那麼他的腦電波的頻率，便會起極微程度的改變。

「這種改變，使電子人接受了一次錯誤的命令之後，所有的電子管便全部爆裂而失效，但願這樣的情形不會出現，又願這樣的情形雖然出現，但是卻沒有人受到傷害。」

傑弗生教授突然嘆了一口氣，「衛斯理，我實在太慚愧了，當我捱了你的打，而心中暴怒之際，所想的只是要毀滅探險隊的基地，卻不料這樣一來，便毀了那些電子人了。」

我苦笑了一下：「根本是我不好，我打了你，能怪你發怒麼？」

傑弗生連連嘆息。

那封信已近尾聲了：

「人，地球人，祝你們好運，能夠逃過二〇八三年的那場劫運。我們星球派我們來毀滅地球，實在是多餘的，因為當地球人的文明，進步到能夠發現我們存在的時候，地球人的性格，一定變得和我們同樣的善良，絕不會進攻我們，而只會像添了一個兄弟那樣的高興！」

信末的署名，譯出來的只是沒有意義的拼音，那種拼音是十分難讀的，而且音節極多，我寫出來也沒有甚麼意思了。

我們讀完了這封信，每一個人的心頭都十分沈重，各自坐了下來，一聲不出。

我在冰縫深處的冰洞中所看到的那兩個看來如此醜惡可怖的怪人，卻原來是有著如此高貴品格的星球人。他們奉命來毀滅地球。但是他們的良心卻受到譴責，使他們自己結束了自己的生命。

不但如此，他們還留下了一切設備，使得地球人能夠挽救地球的大危機——因地殼的壓力增加而導致地心熔岩迸發的大危機。

他們更好心到了唯恐這些設備，陷入了野心家的手中，因此在傑弗生的腦電波因爲強烈的自私感和復仇感之下，頻率受到些微改變的時候，電子人便自動的損壞，變成了一堆廢物。

我們五個人，靜靜地坐著，只是互望對方，卻是誰也不開口。

# 第八部：置身在地心之中

因爲我們都覺得自己責任的重大。

如今，知道地球將在二〇八三年發生大危機的只有我們五個人——我們五個人確知這是事實。

如果我們將這個消息宣揚出去，那麼只有兩個可能。

一個可能是：根本沒有人相信，以爲我們五個人是瘋子在說瘋話。

第二個可能是：人類得悉地球的壽命，只有一百年的時候，便引起一場瘋狂的暴亂，世界末日的來臨，將使已積聚了一些文明的地球人，回復到原始人似地野蠻！

我們不能將這消息再傳播出去，我們也不能聽憑世界末日的來臨。

因之，我們只剩下了一條路：挽救這個危機。

要憑五個人的力量來挽救這樣的一個危機，幾乎是沒有可能的事。然而，有著那些設備，使我們五個人都有信心。

傑弗生教授說過，空中平臺上的設備，可以使地殼壓力增加，使地心的熔岩噴發出來。而我深信在那個冰洞之中，另有一套設備，是可以控制熔岩噴發的方向和地點的。

照藤清泉博士的意見，地心熔岩最好的宣洩地點，應該是在北極冰島附近的海底，那麼只要我們找到那個冰洞，學會了使用冰洞中的設備，我們的目的不是就可以達到了麼？

我們並不需要將地球內部的熔漿全部洩出來——事實上也決沒有這個可能——我們只消洩出極小部份，使得地殼的壓力，不直接加於熔漿之上，那就至少可以使地球又安然渡過幾百年了。

好一會，傑弗生才首先開口：「我相信，衛斯理你一定肯參加我們的工作了？」

這時，我對傑弗生的人格已不再懷疑，雖然當他這樣問的時候，我的心中想起過一些事，那些事便是我初和他見面時，他爲甚麼會給我如此惡劣印象的問題。

但其時，我正爲那兩個星球人的高貴行動所感動，覺得我們每個人也都應該有高貴的品格。同時，強烈的責任感壓在我的身上，使我對我所想到的一切，只不過略想了一想便拋開，沒有進一步去想。

我點了點頭：「是，我願意參加這項工作。」

傑弗生站了起來：「我們歡迎！」其餘三人，都鼓起掌來。這場面未免太戲劇化了，我連忙道：「行了，我們該如何進行？」

傑弗生轉向我：「我仍然是這件事的領導者，衛斯理，你不反對吧？」

我道：「我當然不反對，你分配工作好了。」

傑弗生道：「藤博士，羅勃，你們兩人留在空中平臺上，由藤博士掌管磁波壓力增強儀，羅勃則負責和我們聯絡，接受和傳達我的命令。」

藤博士和羅勃・強脫兩人，點了點頭。

傑弗生轉向我和張堅：「兩位朋友，我們去找那冰縫、那冰洞，找到了之後再說，你們可有甚麼意見麼？」

我和張堅同聲道：「當然沒有意見。」

傑弗生道：「好，那我們就該走了。」他領先走了出去，我們跟在後面，走到了屋子後面，那裏有好幾艘海龜形的飛船停著。

傑弗生和我們，一齊上了其中的一艘，傑弗生坐上了駕駛位，檢查了一下儀器和通話、電視設備，飛船便已騰空而起，迅速地飛去。

傑弗生一面駕駛著飛船，一面道：「衛斯理，我們先飛到你跳下海的地點，再貼地向前低飛，那樣就容易找到那冰縫了。」

我同意道：「你這辦法不錯。」

飛船飛行的速度，快得驚人，而攝影角度可以任意調整的電視攝影器，所攝到的東西，反映在電視螢光屏上，可以使我們清楚地看到四周圍和天上、地下一切的情形。

不一會，飛船便已慢了下來，我們可以看到下面蔚藍的海。我想起自己跌落海中的情形來，那時，我豈能想像總有一天，我會和傑弗生坐在同一艘飛船中，和平相處，同做著一件事？

飛船的速度不但慢了下來，而且已離海十分低，向前飛著，是順著海流向前飛出的，不多久，我們便已經在冰原上面了。

一望無際的冰原，看來是如此地單調，我絕對無法辨認出這裏是不是我上次登岸的所在，因爲冰原上有的只是冰和雪，而冰和雪看來都是一樣的，絕無記號可資辨認的。

飛船慢慢地向前飛，我和張堅都留心地注視著電視的螢光屏。

突然，張堅道：「轉左，這裏的積雪有著輕微的波紋，向左去，可能有冰縫。」

傑弗生連忙使飛船向左轉去。

幾乎是飛船才一轉過，我們就看到了那一道深不可測的大冰縫。

張堅當真不愧爲南極探險家，他在南極的光陰並不虛渡，他對南極冰原的深刻瞭解，便是旁人所萬萬不及的。傑弗生拉了一個槓桿，飛船便直上直下地向下，降落了下去。

那種高速度的下降，真使我擔心飛船在冰層上碰成碎片，但是飛船在停到了冰上之後，十分穩定，甚至沒有震動。我們三人一齊下了飛船，傑弗生急不及待地問道：「可就是這冰縫麼？」

傑弗生的問題，我沒有法子答得上。不錯，在我們面前的，是一道極深的冰壑，可能就是我上次掉下去的那一道，但也可能根本不是。因爲我上次跌進冰縫，是被旋風捲進來的。而且這道冰縫極長，就算是那一道，要找那個冰洞，也不是容易的事情。所以我呆了半晌，沒有回答。

傑弗生像是知道我的爲難一樣，他回到了飛船中，不一會，便帶著一具如同小型吸塵器也似的儀器，走了出來：「不要緊，我們可以用這具電波探測儀，沿著冰縫慢慢地走。如今所說，冰洞中的一切，包括那具電視機在內，性能既然都十分完好，那當然會有電波發出來的，儀器一有反應，我們便可以知道那個冰洞的正確地點，可沿索而下了。」

我們一齊沿著那道冰縫向前走著，我們是緊貼著冰縫的邊緣走著的，幾乎一失足，便有可能跌下去。我們不時向下望去。

冰縫的下面，閃著一陣陣奇異的青光，彷彿那下面便不是人世間。

事實上，冰原上的荒涼，單調，的確已不像人世了，而冰縫下面，更帶著詭異的氣氛。我們沿著冰縫，走出了很遠，傑弗生手中的儀器，發出了「嘟嘟嘟」的聲音來，他的面上現出了極度高興的神采：「這裏，一定是在這裏了。」

我伏了下來，我也看到了那股繩索，那股曾救過我性命的繩索，我也肯定地道：「是這裏了，你們看到那繩索沒有？」

我記得我由這條繩索攀上來的時候，繩索上所結的堅冰，被我弄碎了的，但如今，繩索上又滿是堅冰了。

傑弗生和張堅兩人，也都看到了那股繩索。我道：「我先下去，你們跟在我的後面，要小心，冰是滑得幾乎把握不住的，如果一跌下去，那就甚麼都完了。」

傑弗生道：「當然，你最先下去，也最危險，因爲任何一個人一失手，必然將你也帶了下去了。」

我吸了一口氣，慢慢地攀下冰縫，握住了那股滿是堅冰的繩索，在雙腳還未曾鬆開時，我道：「在迅速向下滑去的時候，不用怕，因爲在繩索的盡頭處，有一個大結，是足可以將我們的下滑之勢阻住的。」

他們兩人點著頭，而我話一說完，雙腳一鬆，雙手握住了冰繩，人已迅速地向下滑了下去，下降的速度，越來越快，冰縫的情形，和我上次落下的時候，並沒有甚麼分別。

可是我卻感到，這條繩索，好像不是我上次攀援的那一條！它比上次那條長得許多，這上下，我應該已在繩索盡頭的結上止住了下滑之勢了，但是如今的那條繩索，卻還未到盡頭。

我心中泛起了一股寒意，希望那是我的記憶有誤，我向下看著，我心中的懷疑，不消一分鐘，便已經有了確實的答案。

我的記憶力十分好——這正是不幸之極的事情：這根繩索，並不是我上次滑下的那根。這根繩的盡頭處，並沒有一個大結！

我如今的下滑之勢，幾乎是和從高空落下的勢子，沒有甚麼分別的，加速度的結果，使我下墜的速度快極。

當我看到那繩子的末端，並沒有那樣一個大結之時，我離繩子的盡端，大約還有二十公尺左右。我立即發出了一聲大叫。

我一聲大叫，在冰縫中，盪起了驚人的回聲。

我一叫之後，我離繩子的末端，已經只有十公尺了。

我身子猛地一屈，雙足用力在結滿了堅冰的繩子上一蹬，那是爬繩的技巧，雙足一蹬之後，繩子一曲，下落之勢子便可以止住了。

但是，這根繩子之上，卻是結滿了滑溜溜的堅冰的，我雙足在繩子上一蹬，並沒有能使繩曲起來，我的腳滑了開去。

這一來，我又向下落了五公尺。

那接下來不到一秒鐘的時間，是我的生死關頭，我實是沒有再多考慮的餘地，我猛地張口，向繩子咬了下去！

我自己也不知道我的一咬，竟可以如此有力！

繩子上的堅冰被我咬穿，我的下落勢子，也陡地停住，我的牙齒疼得難以忍受，當傑弗生的雙腳，踏到我頭頂的時候，我的牙齒，像是要離體而去一樣。

接著，張堅也滑下來了，他的雙腳，踏在傑弗生的頭上，我出不了聲，只是盡我的力量，取出了小刀來，刮去了繩上的冰，等我的雙手，牢牢地抓住了繩索之後，我才鬆了口。

我喘了幾口氣，張堅和傑弗生也用和我同樣的方法，穩住了身子。

我們三個人，像是一串魚也似地呆在繩上。

我回答他：「我們找錯地方了，這條繩的末端沒有結，我們差一點全跌下去了。」

傑弗生補充道：「衛斯理在千鈞一髮之際，咬住了繩子，救了我們。」

這時候，我才感到滿口鹹味，原來我口中，全被冰割破了。我苦笑了一下，道：「我們快設法上去吧。」

張堅道：「可是，探測儀卻證明這下面有著電波發出，探測儀會騙人麼？」

我向下面望去。

剛才，當我滑到繩子盡頭的時候，我的全副心神，都放在如何止住下滑的勢子這一點上，並未曾注意列冰縫再向下去，是甚麼樣的情形。

這時我才低頭向下看去，我可以看到冰塊的反光，在我們腳下，竟已是冰縫的底部了。而冰縫向前延展出去，在前面不遠處，好像有燈光在透出來。就算不是燈光，那一定也是某種會發光的東西，目前光芒反映在冰上，現出奇幻的色彩來。

我們這時鬆手落下去，那是不會受傷的，但如果剛才以那麼快的勢子滑跌下去，卻一樣會沒有命。我道：「我們下去看看。」

張堅首先點了點頭：「好，我攀下過不少冰縫，但到冰縫之底的，卻還是第一次。」

我屈起了身子，手一鬆，我的身子，便落了下去，由於我早已屈起了雙腿，所以使我的身子變得有彈力，落地之後，立時一躍而起，張堅和傑弗生兩人，也落了下來。

我們向著那有光發出的地方走去，冰上十分滑，我們都各自滑跌了好幾次。

那種感覺是十分奇妙的，試想想，置身在數百公尺厚的冰層之下，四周圍全是閃耀奇麗光采，水晶也似的堅冰，這豈不是奇妙之極。

當我們還未看到發光的究竟是甚麼東西之際，我們已看到了那個冰洞。

那冰洞比我比上次到過的冰洞還要大些，但是卻空空洞洞的。而且，在冰洞的中心，另一個深不可測的地洞，通向下面去。

在那個地洞之旁，放著一艘小型的飛船。

傑弗生攀在飛船的艙口看了看，轉過頭來：「這艘飛船是完全可以用的，我們可以坐這艘飛船，飛出冰縫去。」

我望著那個深不可測的地洞：「我們何不坐這飛船，沈到地洞之下去看看？」

張堅立即贊成我的提議，我們三個人，擁進了飛船，由傑弗生駕駛，飛船的性能果然十分好，它在向上騰起了幾尺之後，立即從地洞中降了下去。

我們的眼前，立即一片漆黑，傑弗生一調節著電視裝置，使電視能見度調整到最遠。

可是電視的螢光屏上，卻仍是一片漆黑！

我們一直向下降著，飛船中有著記錄下降深度的儀器的。但我們卻看不懂，所以我們不知道究竟已降到甚麼深度了。

過了幾分鐘，傑弗生轉過頭來：「根據我的估計，我們至少已下降七萬公尺以上了。」

我吃了一驚：「那麼，我們豈不是要直降到地心中去？」

我本是無意識說的，但傑弗生卻大聲道：「對了，這個地洞，一定是直通地心的！」

張堅緊張得有些口吃起來：「這……怎麼可能？地心是熔漿，不會噴出來的麼？」

傑弗生道：「我也不知道，但是我卻覺得，我們繼續的下沈，一定會到地心。」

我也覺得有些不可思議：「你是說，我們可能到達熔漿中心？」

傑弗生苦笑道：「請原諒我，這世上沒有人到過地心，我也沒有法子想像，當我們到達地心的時候，究竟是甚麼模樣的？」

張堅嘆了一口氣：「我在南極那麼多年，只知道南極唯一的活火山，是埃律勃斯山，如果能通向地心的話，想來也應該從埃律勃斯山的噴火口下去，卻不料竟在這裏！」

傑弗生一面駕駛著飛船，一面在許多鈕掣上移動著他的手指。

我吃了一驚：「教授，如果你不明白這些鈕掣是甚麼用的話，最好不要亂按。」

傑弗生道：「我想，這艘飛船應該有燈光可以發出的，如果飛船能發出燈光的話，我們就可以看清楚我們是置身在甚麼地方了。」

我忙道：「那當然，但如果你按錯了掣——」

我才說到這裏，傑弗生教授已向著一個白色的掣，按了下去。

我和張堅在旋地一怔之後，我們都呆住了！

本來是漆黑的電視螢光屏上，這時，突然之間，出現了奇妙之極的顏色來。我實在難以形容那麼多，那麼絢麗的顏色，那使我們如同置身在一隻巨大無比的萬花筒之中。

每一種顏色，都閃耀著光芒，而紅的、綠的、黃的、紫的……許多許多光芒在一起閃耀，那種感覺之奇妙，實足以令得任何人瞠目結舌。

我們呆了並沒有多久，傑弗生先生才首先驚嘆道：「天啊，這……全是寶石，全是結晶體最完整的寶石，全是最純精的寶石！」

的確，那裏全是最純精的寶石，從飛船下降的速度來估計，這樣的寶石層，至少有一公里那樣厚，接著，寶石層過去了，我們在電視螢光屏看到的，是赭紅色的岩石，赭色很深，像是乾了的豬血。

赭紅岩石層更厚，在那種岩石層中，間或有大顆大顆深藍色的寶石。

突然，岩石的紅色在增加，赭色在消退，直到岩石變成了完全的紅色，從電視螢光屏出現的那種紅色，將我們三個人的面都映得紅了。

越向下去，紅色便越淡，岩石層的顏色在轉變，起先是變成橙紅色，後來是橙色，再後來，是金黃色、金色，金色之中更帶有白色，到後來，是一片白色，我們的眼睛已不能逼視螢光屏了。

傑弗生教授喃喃地道：「那是接近熔化鋁的所發出來的光芒，我敢打賭，那一定是鋁！」

鋁本來是地球上蘊藏量最豐富的金屬，在接近地心部份，大量的鋁蘊藏著，倒也不是不能想像的事。

但是，鋁的熔點極高，如果那種灼白的光芒，是鋁近熔化時所發出來的，那麼我們飛船之外的溫度，至少超過攝氏一千度了。而我們在飛船之內，卻又並不覺得如何之熱。

再接著，眼前突然又黑了下來。同時，我們也聽到了一種異樣的聲音，傳了上來。

那種聲音，實是十分難以形容，乍一傳入耳中的時候，像是有一頭老虎在遠處吼著，漸漸地，在怒吼著的猛虎，不止是一頭，而變成了十頭、百頭、千頭、萬頭……等到我們的心神，全皆爲那種震吼聲所驚懾，而變得目瞪口呆之際，虎吼聲已經絕對不足以形容那聲響了。

我記起了我在那冰洞中，當電視上出現如熔爐中心般的烈火之際時我聽到的聲音。

我們的確是在通向地心，的確是的。

我忍不住叫了起來，可是不論我叫得多麼大聲，我都無法聽到我自己的聲音。

因爲那種轟轟發發的聲音，已經掩蓋了一切，使得所有的聲音，全都掩沒了。

我向下指著，做作手勢，但傑弗生和張堅兩人，顯然是緊張過度了，他們甚至看不到我在做手勢。

接著，電視螢光屏上，便出現了灼亮的一點。

那一點極小，在螢光屏上看，只如一個針尖。但是它小如針尖，它亮的程度，卻使人睜不開眼來。

那一點灼亮的點，在漸漸變大。

而電視螢光屏上可見的其他地方，也在漸漸地變亮，那是一種紫紅色，像是一塊鐵被燒紅了之後，慢慢地冷卻時的顏色。

越向下去，紅的顏色也越是顯著，而小型的物體，看來也已不像是固體，而是膠狀的物事，我們還發現，在洞壁處，像是有很厚的一層透明的東西擋著。

因爲我們已看到，在顏色越來越紅之後，洞壁上的物體在流動，但是卻並不向外溢出來，那當然是有東西在擋著這些膠狀的熔岩了。

我們三個人都知道，我們是將接近地心了，如今我們可以說已在地心之中通行。這個洞，無疑是綠色星球上的人開出來的。

那艘飛船，當然也是用可以耐高熱的物質所鑄成的，因爲這時，我們處身之處的溫度，可能高至攝氏幾十度，但我們卻仍然不覺得熱。又過了五分鐘，四周圍已漸漸地成了一片灼白，我們之中，沒有人可以睜得開眼來逼視，到後來，電視螢光屏下發出來的光芒，使我們閉上了眼睛。

我雙手亂摸著，摸到了一塊玻璃片，那是一塊黑玻璃片，我將之放在眼前，再睜開眼來，我眼前是一片奇異的，翻騰著的火！

雖然隔著一塊玻璃片，我的眼睛，在一分鐘之內，仍然感到刺痛。

我將玻璃片交給了張堅和傑弗生，他們兩人輪流著看了一會，我向傑弗生做了一個手勢，示意他飛上去。

因爲我們這時，可以說已經置身於地心之中了！

地心像是一隻碩大無朋的洪爐，我們的飛船雖或可以在這個熔爐中自由飛行，但是總是冒著許多危險的，而且，那種灼亮的光芒，使我們沒有可能進一步看清地心的情形。

在這樣的情況之下，我們再在地心中耽下去，也沒有多大的意思了。

傑弗生遲疑了一下，點了點頭。

也就在這時，我們看到了一根如同壘球棒也似的東西，懸浮在空中。

那根像是壘球棒也似的東西，分明是一支電視攝像管，那當然也是我在那個冰洞中之所以能夠看到地心情形的原因。

我們又看到，在那根電視攝影管之下，是一塊深藍色的大結晶，我們仍可以看到下面翻流著的熔岩。

那一大塊結晶，將熔岩擋住，使它們不會噴發出來。

這時，我們對人類的無知，和那綠色星球上「人」科學之進步，不禁生出了無限的感嘆來。那個綠色星球，只派來了兩個「人」，便能夠將地球像麵粉團似地由心擺弄。旁的都不去說它，單是這一個直通地心的深洞，地球人不知要過多少年才能夠做得到，而那塊藍色的透明結晶，究竟是甚麼東西，地球人在短時間內，只怕也絕難研究得出來。

我們使飛船停在那一塊結晶上，調整著電視的畫面，使我們更能夠看清地心熔岩在地心滾翻的情形。身臨其境，更感到這的確是地球的大禍胎，實難想像當地球地殼的壓力增加，地心熔岩受不住壓力，而全部噴發出來之際，會是甚麼樣的可怕情形！

那當然是真正的世界末日了！

我們並沒有停了多久，傑弗生教授拉起一條操縱桿，飛船向上升了上去，我們經過了下來時的各地層，又到了寶石層中。我當時的估計，寶石層約有一公里厚，但這時飛船向上飛去，寶石層的厚度，大約在三公里左右，過了寶石層，便是各種隕石結成的岩層，再是以十公里計的橄欖石、花崗岩層，以及各種岩石所構成的地殼。這些岩石層，我們在下去的時候並未看到，因為那時我們未曾亮著飛船四周圍的照明燈。

等到在電視螢光屏上，又出現青森森的冰層之際，我們知道，我們又在冰縫中了。我們三個人都不由自主地鬆了一口氣。冰層雖然陰冷可怖，不像人世，但當我們經歷過接近地心邊緣，面對著那種發出驚心動魄的聲音之後，冰冷的冰層，看來便顯得十分親切了。

我們出了冰層，在冰原上停了下來。另一艘飛船，仍靜靜地停在一旁。

我們出了那艘小飛船，舒了舒手足，傑弗生到那艘大飛船上去了一會，我和張堅則在冰原上徘徊著。

不到兩分鐘，傑弗生的聲音，便傳了過來：「衛斯理，你到過的冰洞，距離這裏，約有十七公里。」

我們看到傑弗生話一說完，便出了飛船，忙同聲問道：「你怎麼知道？」

傑弗生笑嘻嘻地道：「那是我剛才看到那枝電視攝像管之後產生的靈感。你說那冰洞中的電視接收機還是完好可用的，那麼，在攝像管和接收機之間，必然有著極微弱的電磁波聯絡，我已經利用探測儀，找到了那個冰洞的準確位置了。」

張堅忙道：「希望真的正確，若是再跌下冰縫去——」傑弗生走了過來，在張堅的肩頭上，用力一推，冰地上十分滑，那一推，推得仰天跌在地上。

如果不是張堅長期在南極生活，懂得怎樣跌在冰上，才不致於受傷的話，這一跤可能已跌斷了他的手足了。可是傑弗生卻並不去將張堅扶起來，他只是「哈哈」地笑著，情形很有些反常。

我呆了一呆，走過去將張堅扶了起來，張堅望著在狂笑的傑弗生，面上也露出大惑不解的神色來，搖了搖頭道：「他太高興了！」

傑弗生當然是太高興了，才會這樣失常態的。

但是，我不禁在心中自己問自己：他究竟是爲了甚麼而高興成那樣的呢？

傑弗生笑了好一會，才道：「我們有了這艘小飛船，連地心都到過了，還怕會跌下冰縫去嗎？」

張堅道：「那你也不用將我推得跌在冰上的！」

傑弗生又大笑起來，道：「來吧，我們快到那冰洞上去吧。」

# 第九部：權力使人瘋狂

我和張堅先進了那小飛船，仍由傑弗生駕駛，飛船貼著冰原，向前疾飛了出去，十七公里的路程，若是要在冰原上步行，一天的時間，未必能走得到，但是小飛船卻只用了兩分鐘，便將我們載到了那一道大冰縫之前，飛船開始下降，我們看到了那條繩索，上面的冰是給我用小刀刮去過的。

在繩子的近頭處，便是那個大冰洞。飛船直到進了洞，才停了下來。

我們一齊出了飛船，冰洞中的情形，和我上次來的時候一樣，只是少了那兩個綠色人而已。

傑弗生教授帶著狂喜的神情，奔向那具電腦之前，他略看了一看，便發出了一陣歡嘯，手舞足蹈了起來。我忙問道：「怎麼樣？」

傑弗生一拍額角：「解決了，甚麼問題都解決了！」張堅喜道：「你是說，我們已可以使地心熔岩，在任何地方宣洩出來？」

傑弗生道：「嚴格地來說，並不是任何地方，我以前的估計有錯，你看！」

他伸手一按電腦裝置上的一個掣，有一公尺見方的一塊毛玻璃也似的裝置，亮了起來，可以看到裏面有一隻球，在緩緩地轉動。

那隻球上的陰影和幻影，使人一看便知道那是一隻地球的模型。在那隻地球模型上，有著許多密佈的小紅點，在閃著亮光。

那些小紅點，在中國的西北部、蘇聯的烏拉爾山區、西伯利亞一帶，沿太平洋的一長條地區、從庫頁島起，一直到夏威夷，以及南斯拉夫、希臘、義大利、和北美洲、中美洲的某些地區，特別濃密。在南美洲智利、阿根廷一帶，則不是紅點，而是接連的一大片紅色。在冰島附近，有看來特別明亮的一個紅圈。

整個看來，那好像是表示人口密度，每一點代表若干人的統計圖。但那些紅點，當然不是表示人口密度的，誰都可以知道庫頁島沒有多少人，但是那種紅點在庫頁島下卻是極多！

傑弗生注視著那像是「走馬燈」似地在轉動著的地球模型，良久，他才發出了一下感嘆之聲，道：「藤博士真了不起。」

我和張堅都不明白他是甚麼意思，但不等我們發問，他已經說道：「你看，這裏的紅點，是代表著地殼最容易發生變動的地方，也就是說，當我熟悉了操縱這具電腦之後，我就可以使地心的熔岩，在這些紅點之中任何一點噴發出去。」

我聽出傑弗生的話，語氣已經和以前有些不同了。

以前，他總是稱「我們」的，將我們在進行著的事稱為「我們共同的偉大事業」。但如今，在提到可以使地心熔岩隨意噴發的時候，他卻改稱「我」了。

那當然只是極其微小的改變，可能只是口誤，不留心是不會覺察到的。然而，傑弗生面上的那種近乎狂熱的神情，卻使我覺察到了這一點。

我知道，當一個人多說「我們」的時候，他往往是一個偉大的人。而開口閉口，只是一個「我」字的話，那麼就成問題了。

我吸了一口氣：「那麼，藤博士又如何了不起呢？」傑弗生指著那在緩緩轉動的地球模型，道：「你看到了沒有？在冰島附近的海面上，那符號是與眾不同的。藤博士曾說過，理想的熔岩宣洩地點，是在冰島附近的海域中，他的見解，和綠色星球上的人，見解是一致的，他不是極了不起麼？」

我道：「那我們該和他聯絡了，你可要召他下來，和你一齊研究如何操縱電腦麼？」

傑弗生一聽，立即張開了雙手，作出一個攔阻他人，不讓他人接近電腦的姿勢來：「不，這工作歸我一個人來做！」

我和張堅兩人，互望了一眼。

這時，不僅是我，連張堅也看出傑弗生的態度在起著變化了。

我連忙問道：「為甚麼你一個人來做？為甚麼你不要助手和你一齊做？」

傑弗生揚起頭來，他的神氣，看來有一些像是紀念塔上的一尊像，他的面色，紅得異樣，他更以一種近乎夢囈也似的聲音道：「因為我要只有我一個人有這種權力。」

我和張堅兩人同聲問道：「權力？」

傑弗生「哈哈」大笑起來：「不錯，權力，你們難道想不到麼？我所握有的，將是世界上最高的權力！有的人以為可以指揮百萬軍隊，便是握有至高無上的權力了，可是你們想想，一百萬軍隊和我所握的權力相比較，將是何等渺小？」

我耐著性子等他講完，才沈聲道：「傑弗生，你面上的假面具終於撕下來了。」

傑弗生在聽到我的話之後，陡地一呆。

他這一呆，足足持續了半分鐘之久，我不知道他在這半分鐘之內想些甚麼？

但是我卻可以肯定，傑弗生以前和我講的一切，那就是，當他在發現這具控制電腦之前，他的確是一心要為地球解決劫難的。

可是，當他一旦發覺了這具控制電腦，發現他自己將可掌握的，乃是世界上至高無上的權力的時候，他在剎那間改變了主意！

這實在是人的本性，這世界上，最吸引人的，就是權力，為了爭權力，多少人已經喪失了生命，多少人還在拚命！

自古之今，沒有人能對權力看得開！

我望著傑弗生，在傑弗生的面上，又現出那種狂熱的神情之際，我猛地踏前了一步，舉起那張沈重的金屬椅子來。

傑弗生吃了一驚：「衛斯理，你想作甚麼？」

我高舉著椅子：「傑弗生，如果你還不改變你的念頭的話，我就將這具電腦毀去。」

傑弗生大叫道：「你在說些甚麼？你毀去了這具電腦，就等於要使地球在一百年之內爆裂，你是已知道，若不是有一次大規模的宣洩，地心熔岩是再也受不住地殼的壓力的了！」

我冷冷地道：「那也比世上出現一個有著這樣權力的人好。」

傑弗生怪聲笑了起來：「這又是甚麼話？如果不是我，地球將沒有救了，我是地球的救主，我可以在地球人的身上得到我所要的東西，這是我應有的權利，我是救主！」

我實在不能再聽下去了，在這世上，自認救主的人，太多了。這些自認「人類救星」的人，正在做著卑鄙的事情。

我雙臂發力，手中的椅子向前拋了出去。

然而也在這時，「碎」地一聲響，傑弗生不知在甚麼時候，已握住了槍，而且向我發射。

那一槍，正射中我的右肩，使我的身子，猛地向右，側了一側，那張沈重的椅子，也變得沒有擊中那一具電腦。

我低頭看我肩頭的傷口，鮮血滴了下來，滴在冰上，立時凝成了一粒一粒的冰珠子，張堅站在我的身旁，傑弗生教授則狂笑著：「沒有人可以阻止我，沒有人能違背我的意思，所有的人都將服從我，我是這世界的主宰，是這世界的再創者！」

傑弗生叫得有些聲嘶力竭，張堅趁機回過頭來望我：「你不要緊麼？」

我道：「我沒有甚麼，我們要設法奪下他的手槍來。」傑弗生繼續高叫：「我的話便是真理，因爲我掌握著至高無上的權力，誰違逆我的，誰就要徹底滅亡！」我撕破了上衣的衣袖，將肩上的傷口緊緊地紮了起來，疼痛才稍爲減輕了些。

張堅向著傑弗生慢慢地走了過去，傑弗生仍然近乎發狂地高叫，張堅走到了他的面前，突然大聲叫道：「傑弗生！」

傑弗生猛地一呆，張堅的拳頭，已重重地向他的下頷揮去，那一拳擊在傑弗生的下頷上，發出了極其清脆的聲音來。

而傑弗生的身子，猛地向後退去，我連忙叫道：「張堅！奪槍！」

張堅連忙向前跨了出去。

但張堅的行動，一定是太匆忙了。他在向前跨出一步之際，身子一個站不穩，竟向前跌了出去，跌在冰上。傑弗生想向他放槍，但他是被張堅擊得向後跌出去的，冰面極滑，他一時也穩不住身形。

他雙臂揮動，想要平衡身子，但是他的身子，卻仍然不斷向後退去，在那樣的情形下，他當然沒有法子向張堅瞄準發射的。

當時的情勢，可以說是緊張到了極點，傑弗生的心理，已生變態，而他的手中有槍，他是絕不在乎殺死我們兩人的。

只要他一穩住了身子，我們兩個人的命運，便要見分曉了。

我當然不會甘心死在這樣一個近乎發狂的人之手，我已經蓄定了勢子，準備向前，疾撲了過去。但是也就在這時，傑弗生的身子，猛地向後一仰，他向那具電腦，跌了下去。

他的左手伸向後面，拉住了一個操縱桿，將那個操縱桿拉得下沈。而他的身子，則剛好壓在一排按鈕之上，將幾個按鈕，壓了下去。

傑弗生並不是有意去拉動操縱桿和壓下那些按鈕的，他只不過想要藉此穩住身子而已。

我見事情再不能延遲，連忙一撲向前，張堅也在冰上滾了過去，抱住了傑弗生的雙腿，我們三個人，幾乎是一齊滾到在地上。

傑弗生一槍又一槍地放射著，但是因爲他的手臂被我緊緊地壓著，所以他一槍也射不中我們，子彈呼嘯著嵌入了冰中，等他射了六槍之後，我知道他的槍中，已沒有了子彈了。

我放鬆了他的手背，站了起來。

肩頭上的劇痛，使我在站了起來之後，身子一個搖晃，站立不穩，我連忙伸手向最近可以按手的地方按去，等到我按下去時，我才發現那地方是兩排按鈕，給我按下去了幾個。

也就在這時候，整具電腦，突然發出了一種如蜜蜂飛行時一樣的「嗡嗡」聲來，大部分的燈，都開始連續的明滅不定。即使是我這樣，對電子科學完全外行的人，也可以看出這具電腦在開始工作了。

傑弗生和張堅兩人，也都站了起來。

我們三個人都呆住了，我甚至連肩頭上的疼痛也忘記了。

這是一具極之複雜的電腦，即使像傑弗生那樣，地球上首屈一指的電子學專家，電腦的權威，要學會使用這具電腦，弄明白這具電腦各個按鈕的作用，只怕也不是三五日之內所能夠做得到的事。

可是，這時候，電腦卻在工作了。

電腦由靜止而工作，當然是因爲剛才傑弗生拉動了那個操縱桿，按下了幾個按鈕，和我也按下了幾個按鈕所造成的。

天知道這具電腦將會做出一些甚麼事來！

由於我們至少知道，這具電腦，是和增加地殼加於地心熔岩上的壓力有關的，而且，還是可以使壓力的增加不均勻，使得熔岩在加壓力較少的地區噴發，造成地震或是火山噴發的巨大災害的！

更有可能，由於我們胡亂按動鈕按的結果，而使得壓力增大，不能控制，使得整個地球，就此毀滅在我們兩人之手。

我們三個人站著，一動也不動，心中充滿了莫名的震駭。

我們不知道將發生甚麼災禍，我們也無法去防止它，因爲我們絕不知道如何去使用那具電腦！

從那種「嗡嗡」聲和電子管閃亮的情形來看，這具電腦正在不斷地發出磁性電波——那當然是指揮一些在別的地方儀器進行工作的。

我們看到，那具電視，陡然亮了起來，和我上次所見到、聽到的一樣，烈燄翻騰，驚人的聲音，立時充滿了整個冰洞。

我們一齊轉向那具電視看去，只見出現在電視螢光屏上的熔岩，翻騰得異乎尋常，那種情形，足足維持了有一小時之久，突然地，一切又靜了下來。

電腦的「嗡嗡」聲也停止了，我們慢慢轉動著幾乎已僵硬了的脖子。

張堅是我們三個人中最先出聲的一個人，他突然伸手向那個地球模型一指：「看！」那地球模型仍在轉動，但和以前有所不同，在中心部分，有一股紅線，指向地面，所指的地方，看來像是中東。

在張堅指給我們看的時候，那股紅線已經十分淡了，接著，紅線便失去了蹤跡。

張堅又叫道：「發生了甚麼？剛才究竟發生了些甚麼事？」

傑弗生吸了一口氣，冷靜地道：「剛才我和衛斯理，發動了一場大地震。」

我連忙叱道：「胡說！」

傑弗生冷冷地道：「剛才，我按動了一些按鈕，你也按動了一些按鈕，接著事情發生了，是不是？」

我的呼吸十分濃重，道：「你何以知道一定是發生了一場地震？」

傑弗生道：「我知道，這是我下意識的作用，今天是——」他揚起手腕來，道：「九月一日，你記住這個日子好了。」

我當時不出聲，如今我在寫這篇東西的時候，我也不出聲，讀者如果有興趣的話，去查一查近幾年來，九月一日曾經發生過甚麼大事，就可以知道我爲甚麼不寫出來的理由了。

當然，我和傑弗生絕不是有意造成這樣一件事的，而且，在我的請求下，藤清泉博士作了長時期的研究，證明即使不是我和傑弗生誤按鈕掣的話，事情一樣要發生的，因爲地殼包住地心的岩漿，情形頗有些像破布包一包漿汁，總有地方要裂出來的，但我仍是內心不安，直至今日。

張堅忙問道：「甚麼事，傑弗生，你說究竟發生了甚麼事？」

傑弗生的面色突然一沈：「如今不必多說了，我能拯救地球，我當然也有權取得拯救地球的代價，我們五個人，仍可以很好合作的——以我爲首。」

我肩頭上陣陣的劇痛，使我只要倚著冰壁而立，張堅望著我，他顯然已沒有了主意。

我又長長地吸進了一口冰冷的空氣，等到呼出來的時候，凝成了一道白色的帶，像是噴射機噴出來的白煙一樣。

我道：「傑弗生，我以爲先待我的傷好了之後，再作決定。」

傑弗生現出了一個近乎猙獰的笑容來：「不，衛斯理，最難對付的是你，如今你正受傷，那就是對付你的好機會，你必須答應下來。」

我苦笑道：「這算是甚麼，威脅我麼？」

傑弗生道：「可以那麼說，我將要展開一連串的威脅行動，如果我不能使你就範的話，那麼，我怎能使各國首腦就範呢？」

我迅速地轉念著，我裝出十分衰弱的樣子，身子沿著冰壁，慢慢地滑了下去，終於坐在冰上：「那麼你的計劃怎樣？」

傑弗生「哈哈」地笑了起來：「我們五個人，組成一個集團，你將是我們政策的執行者和宣佈者，你是我們的巡迴大使。我先發公函給各國政府，先在指定的時間內，在指定的地點，造成一場海嘯、地震或是火山爆發，使各國政府知道我們已經掌握了這種超人的、無可比擬的破壞力量！」

我苦笑了一下：「然後怎樣？」

傑弗生道：「然後，我們就提出需索了，不論我們要甚麼，沒有國家會拒絕的，因爲我們所掌握的破壞力量，是無可抗拒的！」

他倏地轉身，指向那地球模型。

他的手指不斷地指著，嚷道：「這裏是華盛頓，這裏是東京，這裏是柏林，這裏是倫敦，我可以在舉手之間，令這些城市，完全變成廢墟！」

我這時已坐到了冰上，我裝成十分衰弱的樣子，目的是要傑弗生認爲我在受傷之後，已不能再有力量對付他了。可是這時，我聽得傑弗生教授講出了這樣的幾句話來，我真的坐在冰上發呆起來。

我是在那片刻之間，忽發奇想，想到如果我們幾個人，真的組成這樣一個集團的話，那我們大可利用我們所掌握的力量，來使得世界上所有國家停止核競賽，不再作戕害人類，遺禍極鉅的核試驗，消滅一切武器，確保世界和平！

這是不是可行的呢？

我相信，如果我們的通牒一送出，那就算最頑固，最迷信核力量的國家，都要鄭重考慮我們的威脅的。

然而，我又立即想起，毀滅性的核武器，分別掌握在幾個國家手中，則起著相互間牽制阻嚇的作用，誰也不敢輕易使用。

而我們這幾個，若是掌握了隨時可以毀滅一個國家、一個城市的力量的話，那我們是否會變成狂人呢？那是絕對可能的，人的天性是秉承著一切動物天性而來的，而一切動物，即使是最合群的，也有著排他心。權力，謀取自己永久的神聖的地位，這幾乎是一切動物的本能，而人則更甚。傑弗生教授的本意，我相信也是十分好的，但當他一旦發現自己掌握了這樣大的力量時，他就成爲了力量的犧牲者，不是他在操縱力量，而是力量操縱了他，使他成了一個狂人！

我低著頭想著，我迅速地得出了結論：這具電腦，和與這具電腦聯繫著的地心壓力增加儀器，必須被毀去。

可是，事情卻不是那麼簡單。

因爲若是就這樣毀去了這具電腦之後，地心熔岩將無法在冰島附近的海底宣洩，地球在不到一百年間，就會毀滅了。

眼前的問題是——首先要學會使用這具電腦，然後才將之毀去，不使它落人任何人的掌握之中。

而迫在眉睫的問題，則是如何對付傑弗生。

我想我一定已想了許久，因爲傑弗生已連續地在催我答覆了。

我忍著肩頭上的疼痛，抬起頭來，說了一句含糊的話。

傑弗生當然未曾聽清楚，因爲連我自己也不知道在說些甚麼，我是故意令他聽不懂的。

他向前踏了一步：「你說甚麼？」

我又將那句話喃喃地重複了一遍，傑弗生又向前走來，並且俯下了身子，湊近來聽。

他這時所擺出來的姿勢，等於是送上來挨揍一樣，我絕不猶豫地掄起了拳頭，拳頭碰在傑弗生的下頷上，發出了極其可怕的聲音來。

我還怕傑弗生不昏過去，再伸足一勾，傑弗生的身子像木頭也似地向下倒去。後腦撞在冰上，又發出了一下可怕的聲音來。

我立即站了起來，血從傑弗生的口角流出，凝成了紅色的冰條，我還未曾出聲，張堅已將傑弗生扶了起來，將他塞進那艘小飛船中，他回過頭來問我，道：「怎麼樣？我們怎麼辦？你可要找一個醫生麼？」

我咬著牙，當然我迫切需要一個醫生，但即使沒有醫生，我自己也可以將肩頭上的子彈取出來的。但如今卻有著更要緊的事情要做。

我忙道：「你將傑弗生看住，他的身體很強壯，立即會醒來的，他醒過來之後，你不能讓他有自由活動的機會，你要——」

當我講話的時候，張堅人站在小飛船的門口，拉著門上的把手，卻回過頭看著我。

我講到「你要」這兩個字的時候，突然看到傑弗生的身子，在飛船之內，動了一動，連忙叫道：「張堅，小心！」

可是，我的警告，卻已經退了一步。

只見傑弗生的身形暴起，張堅的身子一晃，顯然他已吃了一拳，張堅的手一鬆，人已跌了下來。

而當張堅在冰中滾著，想要站起身來之際，飛船發出嗡嗡的聲音，已經騰空而起，「刷」地出了冰洞，「嗡嗡」的聲音，立即遠去，轉眼之間，冰洞之中，便已恢復了極度的寂靜。

張堅從冰上站起來，道：「糟糕，我或者還可以沿著那根繩索爬出來，你肩頭上的傷勢很重，怎能夠爬出冰縫？」

我嘆了一口氣道：「張堅，你別太樂觀了，你以為傑弗生會將那根繩索留給我們麼？」

張堅陡地一呆，向冰洞口衝去，當他仰頭上望時，他背影那種僵直的情形，使我連問都不必問，便知道我所料的一定是事實了。

隔了足有兩分鐘，張堅才叫道：「它不見了，那繩子不見了！」

# 第十部：一切的毀滅

我苦笑道：「那是意料中的事情，但是你放心，傑弗生必將再來，他絕不會放棄他那種『權力』的。」

張堅轉過身來道：「他大可以等上三四天，來收我們的屍體，根本不必三天，在零下四十度的情形下，沒有一個人可以不增加身體的熱量而支持二十四小時的。」

我反對道：「那你未免說得過份了，我曾在冰原上流浪了七天，身上只披著一張白熊的反。」

張堅「哼」地一聲道：「可是你能捕捉海豹、企鵝，喝牠們的血，吃牠們的肉，如今我們在這個冰洞之中，你能指望些甚麼？希望企鵝坐著飛船來拜訪你麼？」

我心中不禁十分生氣道：「張堅，你是不是在怪我未曾答允傑弗生？」

張堅呆了一呆：「當然不是，但我們如今怎麼辦？你還受了傷，我們難道就在這裏等死麼？」

我扶著冰壁，向前走著，到了洞口，向上看去，藍色的天，只是一線。

而想要攀上那樣的冰壁，那幾乎是沒有可能的事情，就算有著最完善的攀冰工具，都難以達到目的，因爲冰山多少總有一些傾斜，而這個冰縫，卻是直上直下的。

我站在洞口，發出了好一會呆，才陡地想起，我們是不致於陷於絕境的！

上一次，我來到這個冰洞的時候，曾經發現過一個紙盒，盒內全是如同朱古力糖也似的綠色狀塊物，那是綠色行星上人的食糧。當時我忍著肚餓，不敢去碰它們。可是我卻記得，傑弗生曾說，他在那空中平臺上，也是仗著這種食物過日子的。

我知道有著這包食物，那我們至少可以在這個冰洞中活下去。我來到了那張平桌面前，找到了那包食物，抛了一塊給張堅。

張堅接在手中，道：「這是甚麼東西？」

我道：「是食物，你嘗嘗，味道可能不錯，它能使我們在這裏長期地生活下去。」我一面說，一面已將這樣的一塊東西放進了口中。

才一入口，便覺出一陣難聞的草腥味，幾乎要令人吐了出來，但是我卻硬著頭皮，將它吞了下去。因爲無論如何，總比生啃熊肉來得好些。而且，如今在冰洞之中，求生熊肉也不可得啦！

我吞下了那食物之後，看到張堅也在愁眉苦臉地硬吞，我裝出微笑地望著他，我口中的草腥味，這時也漸漸褪去，而代之以一種十分甘香的味道了。

同時，我覺得精神為之一振，像是對未來的一切，充滿了信心一樣。

張堅面上的沮喪的神色，也在漸漸減少。我立即明白：那一定是這種食物的神奇作用！這種食物不但能解決飢餓，而且能夠使人精神飽滿，勇於進取，面對著任何困難的環境都不失望。

我向前走出了一步，張堅也向我走出一步，我們兩人，會心地握了握手，我甚至覺得肩頭上的疼痛，也減輕了不少。

張堅道：「我們該設法和藤清泉與羅勃聯絡，我相信這裏和空中平臺，一定有著直接的聯繫的。」

我點了點頭，傑弗生大怒而去，他當然是回那空中平臺去了，我們必須先他一步，而將他的變態，講給藤清泉和羅勃兩人聽。

我來到那具電腦之旁，一具看來像是無線電話機的儀器旁邊，察看了一會，拿起了一隻聽筒，突然，一幅鋁片向旁滑開，現出了電視螢光屏來。

螢光屏上開始是跳動的亮點，不到半分鐘，我就看到了空中平臺的一間房間，藤清泉正在翻閱著資料，而羅勃則在來回踱步。

我對著那圓筒叫道：「藤博士，藤博士！」

我才叫了一聲，藤博士和羅勃兩人便一齊到了一具和我如今使用著的儀器似的機械面前，而我同時也聽到了他們的聲音。

我知道他們也看到我們了。羅勃濃重美國南部口音的聲音傳了過來，「衛斯理，你們如今就在那個冰洞中麼？」

我立即道：「羅勃、藤博士，你們聽我說，傑弗生已回來了，他已成了一個狂人。」

羅勃的聲音充滿了疑惑：「狂人？這是甚麼意思？」我忙道：「我很難向你解釋，但是他一定——」

我才講到這裏，便呆住了。因爲我看到傑弗生鐵青著臉，已經闖了進來！

藤博士和羅勃兩人，陡地轉過身去。

在傑弗生的手中，又多了一柄手槍，他幾乎一停也不停，便扣動了槍機。

我和張堅兩人所在的冰洞，和傑弗生他們所在的空中平臺，不知相隔得多遠，但由於電視得直接互傳設備，我可以清晰地聽到子彈的呼嘯聲。

羅勃胸口中槍，他的面上，立時現出了一個十分滑稽的情形來，手按在他身旁的一張桌子上，站了約莫十秒鐘，才向下滑倒下去。

在他倒地之後，他面上仍然帶著那種滑稽的神情，像是因爲一件絕不可能發生的事，竟然發生，有點意外的驚險一樣。

羅勃當然是立即死去，他中槍的部位正在心臟，我默祝他死得毫無痛苦。藤清泉站了起來，指著傑弗生，手在發抖。

傑弗生向前踏出了一步：「藤博士，我還是需要你的，我們可以合作。」

藤清泉仍是伸手指著傑弗生，他並沒有開口，可是他臉上的神情，卻使他根本不必開口，別人也知道他是想說些甚麼。

傑弗生大聲道：「藤博士，你想拒絕我麼?我可以使你成爲日本天皇，你太不識趣了！」

藤清泉指著傑弗生的手，垂了下來：「我明白了，你已經找到了可以加強壓力，使地心熔岩在指定的地點噴發出來的辦法了，是不是？」

傑弗生走了過去，雙手按在藤清泉的肩頭。

和傑弗生高大的身子相比，藤清泉更是乾癟、瘦小。但是藤清泉面上那種堅毅清高的神情，和傑弗生面上出油，充滿了慾念的神情相比，卻又使人覺得藤清泉不知比傑弗生偉大了多少。

傑弗生道：「是的，我已找到那辦法了，藤博士，你可看出這能給我們帶來多大的財富，多大的權力麼？」

藤清泉冷冷地道：「或許我是老了，我看不出來。」

傑弗生後退了一步，我無法到那地方去救藤清泉，因為一切雖歷歷在目，但事實上，我們雙方面，卻隔得極遠。

我只得大聲叫道：「傑弗生，你若是想殺害藤博士，我就毀了這具電腦。」

傑弗生轉過頭來，他一定是對著看電視攝像管在獰笑，因為我可以清楚地看到他面上在跳動的每一根肌肉。他失聲道：「你不會的，你也不敢，你毀了那具電腦，地球在一百年中，就要完蛋。」

我冷笑道：「我有甚麼不敢？地球或許將在一百年中毀滅，但也可能在最後一年，由地球上自己的科學家出力來挽救地球。」

傑弗生的面色，變得鐵也似青：「你敢碰那具電腦，我立時用槍柄打死這老狗！」

傑弗生顯然已狂到不可救藥的地步了，他竟稱藤清泉這樣第一流的科學家，值得尊敬的學者為「老狗」，我真恨不得再狠狠地打他幾拳！

藤清泉坐了下來，苦笑了一下：「教授，我們拯救地球的工作已停止進行了麼？」

傑弗生揮舞著手：「當然不，但是我不要白白的工作，我要取得代價。」

我忙搭腔道：「傑弗生，我們完成了壯舉之後，將這件事情公佈出去，全世界所有的榮譽，一定集中在你的身上。」

傑弗生叫道：「放屁，榮譽可以換來甚麼？」

藤清泉望了望傑弗生好一會，像是一切事情根本沒有發生過一樣，又埋首去研讀文件了。

傑弗生狠狠地瞪了他一眼，又踢了羅勃的屍體一腳，悻悻然走了出去。

我忙叫道：「藤博士，藤博士。」

藤清泉抬起頭來。我道：「藤博士，你看有甚麼法子可以阻止他？」

藤清泉默然地搖了搖頭，他面上那種難過之極的神情，叫人看了，也不禁心酸。

藤清泉是最傑出的學者，地震學的權威，他將畢生精力，放在研究地震、預測地震、甚至防止地震的研究工作上，以造福人群。

但是如今卻有人要利用地震來為個人增加地位，增加權力，這怎不令他傷心？

我嘆了一口氣，勸慰藤清泉道：「藤博士，你放心，我們一定設法阻止傑弗生的狂行，並按照原來的計劃，使地心熔岩在冰島附近的海底噴發。」

藤清泉呆了半晌，又低下頭去，去翻閱他面前的資料。

我也知道我的勸慰是發生不了甚麼作用。

因為這時，傑弗生一定再度到冰洞來了，他有武器，我們只是赤手空拳。他已經殺了羅勃，絕不在乎再多殺幾個人。

他會駕駛飛船，操縱一切複雜難懂的儀器，他的確可以成為有著操縱世界命運力量的魔王，我們有甚麼法子和他來對抗呢！我們還算是幸運的，因為那些電子人已經自我毀滅了。如果那些電手人還在的話，我們早已沒有命了！

我想了一會，才轉過頭來：「張堅，傑弗生又要回來了。」

張堅道：「怎麼辦？他擁有一切別的星球上的科學成就，我們與他相比，等於一個原始人遇到了一輛坦克車一樣。」

我迅速地向洞口走去，向下看了看：「我們可以設法向冰層下面攀去，不讓他發現我們。」

張堅也來到了洞口：「我們能攀下去麼？」

我苦笑道：「極度危險，但是傑弗生一來，我們就一定要死了，還是值得冒險的。我們帶上食物，免得餓死在冰縫中。」

張堅取了那盒食物，我們兩人，沿著冰縫上凸出只有三數寸的冰條，向前走去。

這行動的困難，是可想而知的：腳下是冰，一不小心就可以滑下去，而身旁也是冰，絕對沒有可供抓手的地方。

另一面則是空的，一跌下去，連屍骨也不知要到甚麼地方去了。

我們幾乎是一寸一寸地向前移動著。

當我們移出七八尺的時候，我們已經聽到了飛船的「嗡嗡」聲。我和張堅兩人，面面相覷。我們如今存身之處，剛好有一塊凸出的冰，將我們和冰洞的洞口隔開。

若是傑弗生駕著飛船，直飛達冰洞的話，他可能發現不了我們。

但如果我們被他發現了的話，那我們的處境，真比甕中鱉還要糟糕，因爲，我們是絕對無法逃避傑弗生的襲擊的。

我們都停了下來，我們看到飛船下降，進了那個冰洞之中。

張堅低聲道：「想想辦法，想想辦法！」

我四面看看，我有甚麼辦法好想？四周圍全是冰，要想辦法，也只有在冰上著眼，可是在冰上，有甚麼逃生的辦法？

我低聲回答：「沈住氣，傑弗生不一定發現我們。」我的手撫在背後的冰壁上，我的背部也緊緊地靠在冰上，我只覺得一陣陣徹骨的寒意，自背部陣陣地透了過來，令我牙齒打震。

不到兩分鐘，已聽得傑弗生近乎咆哮的聲音，自冰洞口傳了出來，大聲叫道：「你們以爲可以逃得脫麼？你們以爲可以溜走麼？」

我和張堅兩人，都可以透過那塊大冰，看到他的身影在洞口雙臂飛舞。同時，我們也可以看到他的手中，執著一件十分奇形怪狀的東西，看來有點像是理髮師的吹風筒，我還未曾想出那是甚麼東西之際，陡地聽得一聲巨響，自冰洞洞口傳了出來。

那一下巨響，我和張堅兩人，心頭雖然大受震動，但是還可以忍受得住。然而，因爲那一下巨響所造成的音波震盪，卻在冰縫中形成了一股巨大力道！

那股力道是撞在我們對面的冰壁之上，但是立即反彈了過來，撞向我們的身上！

我們當時的處境，是能夠勉強保身體的平衡，不跌下去，已經是上上大吉的事了。不要說有一股強大的力道突然撞了過來，就算只有一隻黃蜂在我們的面前飛過，我們也可能因爲身子略動一動而站不穩的！

那股力道以排山倒海之勢壓了過來，我們只覺得陡地一窒，身子先是向冰壁緊緊地一靠，接著，那股向我們撞來的力道，便變成了一股極大的吸引力，我們兩人，不約而同嚇出了一聲怪叫，向下跌了下去！

在我和張堅兩人向下跌去的時候，我們還可以聽得到傑弗生的怪笑聲。

我和張堅幾乎是靠在一起跌下去，我立即握住了他的手臂。當然，這是無補於事的，我是爲甚麼握住他手臂的，我也說不上來，或許是爲了兩個人一起跌死好一點，或許是爲了我心中害怕。

我一抓住了張堅，張堅也立即抓住了我的手臂，我們兩人幾乎是同時跌去的。冰冷的，攝氏零下三十度的冷空氣，在我們的面上以極高的速度掠過，使得我們的臉上，像是被無數利刃在刺割著一樣。

我們的視力幾乎已經消失了，看不到任何東西。張堅的喉間，不斷地發出一種怪聲來，我自己只怕也好不了多少。我並不是怕死的人，但是在如今這樣，連要死在何處，如何死法都不知道的情形下，心中實是沒法不駭然。

是我首先看到在我們的下面，有兩團陰影在浮游。看來，像是兩個幽靈。

那的確像是兩個幽靈，我在第一眼見到那兩個幽靈的時候，心中所想的竟以爲那兩個陰影，是我和張堅兩人的身子！

我以爲我們已經死了，身子在繼續下落，而靈魂則還在冰縫中飄蕩，找尋歸宿。

但是，當我們迅速地向那兩團陰影接近的時候，我的心中，陡地生出了一線希望來。

我已經看出，那兩團陰影，事實上是兩個人，浮游在冰縫中的兩個人，那兩個人，我可以說並不是第一次見到他們了。

那兩個人之所以會在冰縫中，那還是我將他們推了下來的。說得明白些，那兩個浮在冰縫中的人，就是死在那冰洞中，被我推下冰縫去的那兩個綠色人。

我不知道何以那兩個已死的綠色人的身子，竟會不一落到底，而浮在空中。

但是我卻立即想到，「他們」的身子，既然有著浮空的力量，我們不也可以有救了麼？我猛地一堆張堅，將張堅推開了些。

或許是由於我們急驟的下落使得冰縫中的空氣，形成了一個漩渦，所以浮在空中的那兩個綠色人，向我們移近，我用盡了氣力，叫道：「抓——」我只講出了一個字，便無法再講下去。大蓬冷空氣湧進了口中，我的舌頭立時僵硬了。

但我雖然只講出一個字，張堅也已經明白了我的意思，他雙臂伸出，已經抓住了一個綠色人的身子。而我也在同時，抓到了那兩個綠色人的一個。

當我才一抓住那綠色人的身子之際，我仍然在向下沈去，但是又沈下了一些之後，勢子便緩慢了下來。

終於，我們下跌的勢子止住了。

張堅喘著氣，他噴出的氣，在冰冷的空氣中，凝成一陣又一陣的冰花，他被凍僵了的臉上，現出極度駭異的神情來：「這……是怎麼一回事？」

聽他的話，看他的神情，像是他根本不相信在如今這樣的情形下，我們居然還能獲救一樣！

我也和他有相同的感覺，我想回答他，可是我卻沒有法子講話，因爲我的舌頭還凍得和石頭一樣，就如同口中含著一塊冰，我只好搖了搖頭。

這時，我們兩個人移動著身子，幾乎和騎在那兩個綠色人身上，沒有甚麼分別。

我的視覺漸漸恢復，我向那綠色人身上察看，只見在他們背上所負的氯氣筒之下，有著一圈腰帶，那圈腰帶上，有著一排手指大小的噴氣管。

當我的手，放到這排噴氣管之前的時候，只覺得有一股極弱的力道，從那些噴氣管中，噴了出來。而在「腰帶」的另一方面，則是一個密封的金屬盒子。

我開始明白了，那個「腰帶」，一定是一種個人飛行器。「個人飛行器」對地球人來說，也不是甚麼秘密了，早在幾年前，美國軍方便已經製造成功，利用作用等於反作用的原理，人在負上了「個人飛行器」之後，便能夠離地飛行。

當然，地球上的飛行器，和如今在綠色人身上的，是無法比擬的，我如今所看到的，不但小巧，而且它的燃料，分明是密封在那金屬盒子之中的。

甚麼東西能夠體積那麼小，發出的力量那麼大，而又能維持如此之久？實是無法想像。

張堅浮在我的身邊，他也發現了那圍在綠色人腰際的「個人飛行器」，並且去扳動了其中的一個掣，他的人後退，又撞向右面的冰壁，好在這次的去勢並不急，他雖然撞了一下，卻也不覺疼痛。

他喜極而呼：「這是可以操縱的。」

我點了點頭，我的舌頭已略可以轉動了，它發出了我自己也認不出來的聲音，生硬地道：「試……試……向上……飛去。」

張堅又去轉動另一隻掣，他人陡地向下沈了下去，但是立即，他人又向上浮了起來，他笑了起來，他眉毛上的冰花，簌簌地掉了下來，叫著：「奇妙，十分奇妙！」

我道：「我們設法將這飛行器裝到我們的身上來。」張堅道：「那我們先要找一個地方立足。」

我四面看了一看，前面似乎有一塊冰凸出來，那麼小的地方，只能容一個人立足，張堅先飛了過去，在冰上站定，將那綠色人身上的飛行器除了下來，圍在自己的腰際。

那綠色人的身子，立即向下直落了下去，而張堅則浮在空中，如同浮在水中一樣。

那飛行器所產生的力量，恰好使得地心對我們的吸力消失，我們的人變得一點重量也沒有了，那簡直是夢中的境界。

我也圍上了那飛行器，張堅忽然道：「衛斯理，從來也沒有一個人，深入南極的冰縫，到我們如今所在的這麼深的，可是我們卻還沒有到底——」

我明白張堅的意思，他才逃得性命，便又想起了他的探險了。

我時時說探險是他的第二生命，可以說一點也沒有說錯。我搖頭道：「不，我們先上去對付傑弗生。」張堅向下面望去：「衛斯理，這是難得的機會，我們先下去，再上來，比上去了再下來，不是可以省去許多時候麼？」

我對於南極的冰縫之下，究竟是甚麼情形這一點，可以說一點興趣也沒有，所以我便道：「你下去，我則上去找傑弗生，你別忘了我肩上的傷還需要治療！」

張堅忙道：「那我和你一齊上去，我照顧你。」

我笑了笑：「我還不致於要人照顧，你管你自己下去吧！」

張堅的面上，頗有抱歉之色，他手按在腰際的一個掣上，人便迅速地向下沈去，而我則向上升起，我使上升的速度保持適中，約莫在十分鐘後，我已經到了那個冰洞的旁邊。

我停在洞口，向洞內看去。

只見傑弗生正在那具電腦之前，忙碌地工作著，絕未發覺我已到了他的背後。

他不停地察看著儀表，操縱著按鈕。我向前跨出了一步，腳踏在冰上，穩住了身子。

我輕輕地轉動一個按鈕，那七個噴氣管中所噴出的力道已經消失，我慢慢地向前走著，盡量不發出聲音來，直到我來到傑弗生背後，我才站定了身子，輕輕叫道：「傑弗生教授，你好。」

傑弗生正在忙碌之際，在突然之際，停了下來。

可是他卻並沒有轉過身來，只是用力地搖了搖頭，便又開始工作了。

他一定以爲剛才聽到我的聲音只不過是耳朵出了毛病而已。

我將聲音放大了些，又道：「傑弗生教授，你可好麼？」這一次，傑弗生又是一呆，但是卻立即轉過身子來，他瞪著我，面色青白，似乎當我是一個魔鬼一樣。我則向他笑著。

他猛地跨出了一步，伸手向那件發出巨大的聲響，令得我和張堅摔下冰縫去的武器抓去。但是我卻先他一步，我伸掌向他的手腕劈去，令得他怪聲嗥叫了起來，我將那件武器搶到了手中，立即向外拋去。

那東西跌在冰上，又在冰上向前迅速地滑出，滑出了洞口，跌了下去。

傑弗生捧著手腕，道：「你……你……你……」

我冷冷地道：「人在冰縫中，是不會下沈的。」

傑弗生道：「沒有……這個可能。」

我道：「你若是不信的話，可以去試一試。」我一伸手，向他抓去，他身子向後退，我連忙伸手一撥，將他撥出了一步，令得他跌倒在冰上。

我是怕他身子倒退之後，又撞在那些按鈕上，再度引起浩劫。

傑弗生倒在冰上喘著氣，我向他一步一步逼近：「你已經懂得掌握這電腦了麼？」

傑弗生道：「我懂了，我已經懂了。」

我問道：「它是怎樣操縱的？」傑弗生遲疑了一下，我又大聲喝道：「它是如何操縱的？」

傑弗生道：「橫的一排按鈕是代表地球緯線，縱的一排是經線，各按一下，交叉點就是壓力的缺口，就是地心岩漿宣洩的所在。」

我轉過頭去看那具電腦，心中的那種奇異的感覺是難以形容的。

試想，我們居住的地球，居然能憑按鈕而任意毀滅，這種感覺，誰能不覺得奇妙。

霎時之間，我感到我可以說是地球上最偉大的人，我操縱著地球上所有人的生和死、存在和滅亡，只要我的手指輕輕地一按，成千上萬的人，便會在地球上消失，再偉大的建築物，也要變成廢墟。

我望著那兩排按鈕，似乎覺得我的身子在膨脹、膨脹，大到了好像連這個冰洞容不下我的身子一樣，我又忽然產生了一種想大笑而特笑的衝動，我怎能不笑呢？試想想，古今往來，能有甚麼人和我相比？

亞歷山大大帝、成吉思汗、拿破崙、希特勒，這一些曾經做過征服世界的美夢，也確曾統治過半個世界的人，和如今的我相比，又算得了甚麼？

我心底深處，還知道我若是笑了出來，那等於我成了傑弗生第二了。

可是，我還是抑壓不住，而怪聲大笑了起來，我得意的忘了形，也就在這時，我的腦後，陡地受了重重的一擊，那一擊，使我的身子一個旋轉，看到了站在我面前的傑弗生。

我在迷糊之中，只看到傑弗生高舉著雙臂，接著，我的前額，又受了一下重擊，我的身子又向後一仰，便倒在冰上了。

當我的面頰碰到堅冰時，我還感到一陣冰涼的刺痛，但隨即我便昏了過去。

傑弗生是趁我對著那具控制電腦，所想的越來越遠，覺得自己的權力越來越大，而野心也自然地增長之際，將我擊昏的。

等我漸漸地醒過來的時候，我睜開眼來，我的手足都被皮帶縛著，而傑弗生則站在我的面前，手叉著腰，站著看我。

我猛地一挺身，躍了起來，傑弗生揮拳向我擊來，我身子一側，避開了他的這一拳。但是因爲我的雙足被皮帶縛在一起，所以我身子在一側之間，便站立不穩，又倒在冰上。

我在冰上滾了一滾，又倚著冰壁，搖擺著身子，站了起來。

傑弗生獰笑著：「衛斯理，我現在不需要你們的幫助了，我可以另外去招募手下，我甚至可以一個人來完成這偉大的事業！」

他慢慢地揚起手中的槍，對準我，顯然他要欣賞我臨死前的表情，所以他的動作十分慢。或者，他還希望我在冰上跳來跳去，逃避著他的子彈，但是卻終於死在他的槍彈下！

我竭力維持鎮定，我是可以逃生的，只要能夠開動圍在我腰際那「飛行帶」的掣就行了。我的雙手被反縛在背後，我只得側轉身，在冰壁上挨擦著，冰壁並不是平整，而是有稜角的，我挨擦了幾下，已經碰到了「飛行帶」上的一個鈕掣，我整個人，陡外騰空而起，斜斜地向洞口，射了出去。

那一下變化，顯然是傑弗生所萬料不到的。

他雖然在那空中平臺上住了許多年，得知了許多地球上的人類所不能想像的奇蹟，但是他卻始終未曾見過那兩個綠色人，當然也不知道有著飛行帶那樣神奇的東西。

他睜大了眼上望著我，直到我已飛出了冰洞，他才放槍，我的身子出了冰洞之後，仍是斜飛出去，以致撞在冰縫的冰壁上。

撞到了冰壁之後，便貼著冰壁，向上升去，轉眼之間，便已經出了冰縫。

出了冰縫之後，飛行帶的作用，仍然不減，我的身子繼續向上升著，這時候，我也聽到冰縫中，響起了「嗡嗡」的聲音。

傑弗生一定已經明白那是怎麼一回事，駕著飛船來追趕我了。

我雙臂用力地掙扎著，傑弗生將我的雙手縛得十分緊，但我是受過嚴格的中國武術訓練的人，我懂得如何先縮起雙手，使皮帶變鬆，然後再陡地用力一掙。

我掙了幾下，便已經掙開了雙手，我也顧不得手腕的紅腫疼痛，連忙按下了飛行帶上的一個掣，我整個人幾乎像流星一樣地向下落去。

那急驟的下降之勢，使我深深地埋入雪中。

而那正是我所要的。

因爲我雖然圍著飛行帶，但是卻仍然無法和駕駛飛船的傑弗生相抗的，這是再顯淺也不過的道理了，所以我要隱伏在雪中。

我扒開了一些雪，向上望去，飛船已經在半空之中，迅速地盤旋著、搜尋著了。我看到從飛船的四周圍，噴出一連串耀目的火花來，那顯然是一種十分厲害的光波武器。

因爲我看到，當那種灼亮的光線，射在冰雪上的時候，所碰到的冰雪，立時化爲烏有，而升起一股白裊裊的蒸氣來，冰原之上，平添了許多深洞。

飛船在空盤旋了一會，向高空升去，傑弗生可能以為我已向上飛去了。我仍然伏在雪中不動，沒有多久，飛船又以極其快疾的勢子，落了下來。飛船降落的地方，距離我躲藏之處，只不過十三四步遠近！

我看到傑弗生從飛船中走了出來，執著武器，不可一世地站在雪地上，四面看著。

我考慮著由雪中爬過去襲擊他，但是還不等我有甚麼行動，傑弗生又進了飛船，向那冰縫中沈了下去。

我從雪中鑽了出來，心中暗叫一聲好險。

我仍呆呆站在雪中，我是在想我剛才面對著那具控制電腦時心情上的變化。如果不是傑弗生一下將我擊昏了過去的話，我繼續想下去，會想到甚麼呢？這實在是太過可怕了！

我極可能和傑弗生走到同一條路上去，人是有著共通的弱點，而我也只是一個普通人，實是沒有法子抵受如此巨大的引誘的。

那具控制電腦必須被毀去，我已經下定了決心，問題只是在於如何在毀去這具控制電腦之前，先使地心岩漿在冰島附近的海面宣洩出來。

我想了一會，低飛到了那道大冰縫之旁，又向下沈去，我並不是想在這時再去襲擊傑弗生，我只是想和張堅會合之後再一齊想辦法。

當我在冰縫中，向下慢慢沈去之際，我突然看到外面，有著一片我前所未見的紫色光幕。我吃了一驚，使下沈的勢子減慢。

我看到，那一片紫色的光幕，是從停在冰洞口子上的飛船頂上發射出來的。那柔和的紫光向上射去，遇到了冰，又倒折了回去，恰好將整個冰洞射住。

我還看到，在冰洞上面，紫光照射的地方，堅冰在開始融化，已有幾根巨大粗壯的冰柱出現。

我不知道那紫光是甚麼玩意兒，但是我知道那一定是一種輻射光，傑弗生用來封住了冰洞的洞口，不讓別人再進去。

我繼續向下沈著，越過了冰洞，我還未曾發現張堅，我不禁開始擔心起來，我加快了下沈的速度，不一會，我已經超過了我和張堅分手之處，我的心中也越來越急，張堅究竟到甚麼地方去了呢？

由於冰層的折光作用，向下望去，並不見得如何黑暗，不知下沈多深，我看到了藍得像液態空氣也似的海水，我也看到了張堅。

張堅正在離海水上面兩三尺之處飛浮著，他面上的神情如同著了魔一樣，一看到了我，便叫道：「你看，海水是溫的！」

我伸手去摸了摸海水，果然感到十分溫暖。

事實上，海水可能接近攝氏零度，但因爲冰縫之中，溫度實在太低，所以反而覺得海水十分溫暖了。

張堅使身子上升了些：「衛斯理，我又發現了地球的另一個危機。」

我望著他，不明他意何所指。張堅道：「你看，深達千百呎的冰層底下是海水，衛斯理，這說明甚麼?這說明整個南極洲冰原，是浮在海面上的一塊巨大無比的冰塊。這冰塊是在融化的，總有化盡的一天，那時，地球上的陸地，十分之九，將被淹沒，人類還有生路麼?」

我聳了聳肩，張堅的理論可能正確，但這一定是許多許多年之後的事情了。到時，人類或許根本已放棄了陸地，而在空中建立城市了，南極冰原融化，又怕什麼?

我道：「張堅，別管這些了，我幾乎已擊倒了傑弗生，但卻又被他反敗爲勝，如今，他用一種十分怪異的紫光封住了那冰洞洞口，使我們難以進去，你說我們該如何?」

張堅想了一想，道：「我們找藤博士一齊商量。」

我苦笑道：「你說得容易，那空中平臺在三萬五千呎的高空，我們如何上得去?」

張堅道：「我們先到冰縫上面去再說。」

我們一齊升上去，在經過冰洞的時候，我們透過那一層紫色的光幕，看到傑弗生在電腦前忙碌的工作。

張堅似乎不信那層紫色的光幕可以阻止他，他伸出手指來，去探了一探。

可憐的張堅，我想阻止他，已經來不及了。

他的手指，才一接觸那種看來十分之柔和的紫色光線，便突然消失了，一點也不錯，是突然消失了，沒有聲音，也沒有冒起一股白煙，更沒有甚麼難聞的氣味發出來。

我連忙一拉他的手臂，我們兩人在那片刻之間，又上升了些，張堅瞪著他失去了食指的右手，面上露出了一種十分滑稽的神情來。這的確是令人難以相信，一隻手指，竟在剎那間不見了。

而且，看張堅的神情，也不像是有甚麼特別的痛苦。我低聲問他：「你覺得怎樣？」

他尚剩的四隻手指，可笑地伸屈著，口吃地道：「我的食指呢？我的食指呢？」

我苦笑了一下：「剛才，你用食指去試探那種紫色的光芒，你的食指消失了。」

張堅搖了搖頭：「我怎麼一點不覺得痛？這是可能的麼？這會是事實麼？」

我嘆了一口氣：「唉，張堅，這當然是事實，你要知道，目前傑弗生在利用的一切科學設備，都是來自另一個星球的高級生物的科學結晶，是來自另一個星體，我們地球人所從來不知道的另一星體的，我們實在是沒有法子去想像，去瞭解它們的，在這樣的情形下，甚麼不可能的事，全變成可能的了。」

張堅的臉上，仍然維持著那種可笑的神情：「那麼，我的食指是不會再生出來的了。」

我看他食指「斷去」的部分，皮膚組織仍然十分完整，一點傷痕也沒有，像是他這一生，右手根本就沒有食指一樣。

我心知那紫色的光芒，一定對我們地球人的人體細胞，有著徹底的毀滅作用，或者，它能使人體細胞在千分之一秒的時間內萎縮——體積縮小了幾十萬倍，那看來便等於不存在了。我無法解釋出原因來，因爲我也是地球人，對另一個星體的東西，是無法瞭解，無法想像的。

我們兩人，迅速地上升，不一會就出了冰縫，張堅仍是不停地注視著他缺了食指的右手，我勸了他幾句，他抬起頭來：「衛斯理，我不是感到難過，失去一隻手指，對我今後的一生沒有多大的影響，我又不是提琴家或鋼琴家，我只是奇怪！」

我道：「那你就想得穿了，如今，傑弗生已經將那冰洞封了起來，我們還有甚麼辦法對付他呢？」

張堅道：「辦法是有的，但是卻已不是你我兩人的力量所能做得到的了。」

我遲疑道：「你的意思是——」

張堅道：「去找我的探險隊，我的探險隊，是受十四個先進國家支持的，我們可以要求這些國家的政府，派軍隊、武器，來對付傑弗生。」

我攤了攤手，道：「只怕這十四個國家的武裝力量還沒有出發，它們的首都，便都見毀於地震了，你知道，傑弗生如今要造成一場地震，是多麼容易？」

張堅望著我，他顯然還不知道我這樣說法是甚麼意思，我便將我藉著飛行帶的幫助，到那冰洞之中，和傑弗生相見的經過說了一遍。

張堅呆了半晌，才道：「那麼你說，他如今是在做些甚麼工作？」

我道：「誰知道，或許他正在撰寫致各國元首的最後通牒。但不論如何，他是一定會製造幾場由他事先指定的地震，來證明他是掌握著這種權力的。」

張堅大聲道：「衛斯理，我們難道沒有法子阻得住他麼？他簡直是瘋了。」

我想起了我自己站在那具電腦控制器前，思想上所發生的變化，我搖了搖頭：「當一個人被巨大的權力迷惑住的時候，是沒有甚麼力量能夠勸得醒他，除非有一種比他所掌握的權力更大的力量，將他毀滅。」

張堅無可奈何地道：「我們上哪裏去找那個能以毀滅傑弗生的巨大力量？」

我無話可說。

因為我的確想不到，地球上還有甚麼人，有比傑弗生有具有更大力量。

要有力量阻止傑弗生瘋狂的行動，那除非是那個遠在銀河系之外的星球上的綠色人，再來地球，但這是可能的麼？

我想到了這一點，張堅也顯然想到了這一點，因爲我們兩人，不約而同，一齊抬頭向天上望去。

那時，我們離地約十來尺，正在向前飛行，就在我們抬頭向上望去的時候，在我們的前方，天上突然出現了一團奇妙之極的光華。

那一團異光，在才一開始的時候，是耀目的白色。南極冰原上，本來就是白色，但天空卻是異常的蔚藍，所以，當那一大團白色，突然出現之際，像是天地忽然倒轉了一樣。

我和張堅兩人，陡地一驚。

張堅立即失聲道：「不好，反常的極光，磁性風暴將來了！」

張堅的話才一出口，那一大口白色的光芒，便已經開始轉變爲淺黃色，接著便是橙色、紅色、便是濃紫色。張堅又道：「這不是極光。」

他一句話剛出口，只聽得一下驚天動地的巨響，自空中傳了下來。

那一下巨響的力量之大，令得我和張堅兩人，從空中跌了下來。

而當我們跌到在冰雪上面之後，我們只覺得整個冰原都在蠕動著，像是整個南極冰原，正被一種極大的力量在篩動著一樣。

我心中有一個所想到的念頭，便是傑弗生已經在行使他所握有的權力了。

我勉強抬頭向上望去，只見在一聲巨響之後，天上又出現了奇景。

在剛才出現一大團光芒的地方，這時，各種各樣的光芒，正如煙花一樣，四下迸濺。

世界上沒有那樣多色彩的煙花，也沒有那麼巨大的煙花，更沒有發出如此大的震撼力的煙花，那當然不是煙花。

因爲，本來是平整的積雪，這時竟然因爲震動，而變得具有波浪紋了！由此可見那一下震動力量，是何等巨大！

我們都被高空中那種絢麗耀目的光彩懾住了。我已經看出，天空中的那許多四下飛射的光彩，全是許多碎成了片片的金屬，帶著高熱在四下飛濺。那和煙花其實是一樣，煙花便是利用各種金屬粉末造成的。

但是，在那麼高的高空之中，爲甚麼會突然有那麼多的金屬碎片呢？

我陡地想到了那空中平臺。

那是非常可笑的事情，我之所以突然想到了那空中平臺，也是由於煙花的緣故。

煙花是利用各種金屬粉末在高熱中燃燒而構成各種奪目的色彩的。煙花的顏色很多，但它所發出的顏色，都是我們所熟悉的。

但這時，在高空中所發出的那種帶光的色彩，卻是近乎夢幻的，是我從來也未曾聽見過，難以形容，甚至難以回憶的色彩！

我立即想到，這種前所未見的色彩，一定是由一種不知名的、地球上所沒有的金屬，在燃燒中所發出來的，我由是想到了空中平臺。

我陡地站了起來，失聲道：「那空中平臺爆炸了，那空中平臺毀了！」

張堅也站了起來，他神情失措：「那怎麼會，好端端地怎麼會？」

我想起了藤清泉博士來。

留在空中平臺的兩個人，羅勃・強脫已經死在傑弗生的槍下了，只有藤清泉一個人在，這倔強、高貴的老學者是知道已經發生了甚麼事，和將要發生一些甚麼事的了。他當然不會對傑弗生屈服的，但他也想到難以和傑弗生抗衡。

那麼，在他而言，最好是做甚麼呢？易地以處，我也會將那座空中平臺毀去的。

我又失聲道：「快留意，看是不是有飛船飛下來！」張堅以手遮額，向前看著，奪目的光彩漸漸消失，空中仍是一片澄藍，甚麼也沒有留下。

我按動飛行帶上的掣，想要向上飛去，可是我雙足仍停在雪上，無法拔起。

張堅也在按動他的飛行帶，但是他的飛行帶也失靈了。我們相顧苦笑，我呆了片刻，才道：「如果我的估計不錯，那是藤清泉毀去了空中平臺，不知道此舉是否能制止傑弗生的狂行，我們需要作最壞打算，所以我們仍要將這件事告訴世人，我們去找南極的探險隊，將這消息傳出去！」

張堅點了點頭：「好，反正我們有的是糧食！」他所指的糧食，便是自那冰洞中取到的那盒綠色的朱古力也似的物事，我們已經吃過，並且也知道這種東西，不但可以充飢，而且可以使人充滿活力。

我和張堅兩人，開始在南極冰原上步行，我們只求遇到任何一個探險隊，但是整個南極冰原，縱橫卻有近四千公里，在那麼大的面積上，要找十來個探險的據點，和大海撈針，也就差不多了。

但這次在冰原中的流浪，卻並不狼狽，因爲我們有著那種食物在維持著體力，直到這種食物吃完，我們又吃了兩天企鵝肉，我們才被直升機發現，那竟恰好是史谷脫的探險隊。張堅的歸來，使得舉隊歡欣若狂。我們不知在冰原上漂流了多久，因爲在南極永恆的白天中，是沒有法子計算日子的。

當我和張堅，談起「前幾天空中的異光」時，才知道並不是「前幾天」，探險隊中有著精細的記載，那是在五十四天之前。

我和張堅兩人，向史谷脫隊長和探險隊員敘述了我們的遭遇，可是卻被他們目為狂人，我們取出了飛行帶作證，可是拆開飛行帶一看，我以為放著超級燃料的地方，原來是十分普通的無線電波接收儀。我知道為甚麼當空中平臺爆炸的時候，我們的飛行帶便失效了，原來飛行帶的動力，也是來自空中平臺的。

我們被史沙爾爵士下令休息，張堅既然回來，我謀殺張堅的罪名當然也不成立了。我們無法說服眾人，心中感到異常焦急。第二天，遲到的報紙送到了探險隊的基地，我們在報紙中看到一則並不為人注意的新聞：在北極附近，冰島近處的海底下，發生了地震，一座山從海面升起，形成一個新的海島，那是挪威捕鯨船首先發現的。我和張堅兩人，都知道這是怎麼一回事。

但我們卻難以知道這是怎麼會發生的，我想到當我們離開那冰縫時，曾看到那封洞的光芒，正在溶化著堅冰。或許當傑弗生察覺時，洞口的堅冰已經化開，而將他封在洞內了！

傑弗生當然是無法出來，所以才終於天良發現，將地心熔岩在適當的地點宣洩出來的。

然而，那只是我的猜想，事實的真相，究竟是不是那樣，那卻是沒有法子知道的了。

（完）

# 消失

消失

消失

# 第一部：新娘突然不見了

世界上有很多不可思議的消失，有的是一個人，有的是一群人，甚至有整個帝國的消失，更奇的是，死人也會突然消失。

在所有消失的例子中，最著名的，自然是大魔術家侯甸尼的消失。侯甸尼是在一次「解脫」表演中消失的。他是「解脫」表演的專家。

所謂「解脫」表演，就是將表演者的手、腳都鎖住，放入大鐵箱中，埋在地底，或沈入海中，而表演者能在指定的時間內安然脫身的一種魔術。

侯甸尼就是在那樣的表演中消失的，他超過了預定的時間，還沒有出現，參觀者以爲他出了意外，連忙打開箱子，可是他人卻不在箱中，從此之後，他再也沒有出現，消失了，像是泡沫消失在空氣中一樣。

加拿大北部的一個獵人，在經過一個愛斯基摩村落之際，發現所有的狗都死了，而居民全部不知所蹤，一切應用的東西全部留著，只是人不見了。加拿大騎警隊的檔案中對這件事有詳細的紀錄，大規模的搜索，持續了兩個月之久，一點也沒有發現。

在非洲，一個男子被控謀殺，判處死刑，他力稱冤枉，在絞殺之後，被埋葬了，後來發現真凶，將被冤枉的人遷葬，卻發現屍體消失了。

印加帝國曾有過全盛時期，留下爛燦輝煌的遺跡，但這個帝國何以突然消失了，歷史學家迄今未有定論，航海者在海上發現一艘船在飄流，登上艇上，咖啡還是熱的，一隻蘋果吃了一半，還未曾完全變色，可是船上卻一個人也沒有，消失了……

這種奇異的消失例子，單是有紀錄可稽的，隨便要舉出來，就可以有超過一百件。這些怪事的性質全是相同的，人會忽然消失，到哪裡去了呢？沒有人知道，是什麼力量使他們消失的呢？沒有人知道。

這是一個謎，至今未有人明白的謎。

現在，來說一個與我有關的「消失」的故事。

余全祥是一個自學成功的典型，他從來也不未曾受過小學和中學的教育，但是卻是一間世界著名的大學的工程學博士。

當他還未曾大學畢業時，他幾篇在工程學上有獨特見解的文章，已使人對他另眼相看，幾個規模龐大的工程公司，已頻頻派人去和他接頭，希望他在學業完成之後，能夠加入公司服務，爭相聘請他的大公司，一共有四家之多。

我之所以要從頭講起，是想說明一個事實，那事實便是，一個人在有所選擇之際，他一剎那的決定，足以影響他今後的一生。

那四家公司之中，有一家是在美國展開業務的，另一家則在加拿大，一家在亞洲，一家在阿拉斯加。

在美國的那家條件最好，而且余全祥是在美國求學的，而在亞洲有龐大業務的那家也不錯，因爲他究竟是一個東方人。

加拿大的那家，也有著充分的吸引力，因爲那家公司的聲譽隆，資格老，而且對余全祥十分優待，甚至允許他還在求學時期，就可以支取高薪。

然而，余全祥卻偏偏揀了那家主要業務在阿拉斯加的那家公司。

當他將他決定了將來服務地點的消息告訴我時，我忍不住笑他：「阿拉斯加，你對阿拉斯加知道多少？除了知道那是一個冰天雪地的地方，和當年俄國人只以五十萬元賣給美國的之外，你還知道什麼？」

在這裏，自然要補充一下我與余全祥的關係。

余全祥是一個孤兒，但他卻有顯赫的家世，他的父親曾經統領過數萬雄兵，他的兩個叔叔，也全是軍人，南征北戰，戰績彪炳。但是，他的父親卻也像大多數的軍人一樣，死在沙場上。當他流落在這個城市來的時候，是被他父親的一個勤務兵帶來的。

而那個勤務兵，和我們家的老僕人老蔡是同鄉，時時帶著他來找老蔡，我曾經看出他從小就十分好學，幾次要勉勵他上學去，但是他卻不肯。

他不肯上學的理由很特別，他說，現在的小學和中學教育，可以稱爲白癡教育，從小學到中學，要化上十年到十二年的時間，用這些時間去教育一個白癡才差不多，普通人，實在是太浪費時間。

他說那番話的時候，還只是適合讀初中的年齡，當時我覺得余全祥這小子，有點狂妄，所以才沒有再繼續和他談下去。

我還是時時見他，知道他在自修，不到三年，他就到美國去了，當他漸漸出名之際，我再想起他所說的那番話，覺得多少有點道理。

現在的中、小學教育，就算不像他所說的那樣偏激，是白癡教育，也至少是不適合有特別才能的人，十年到十二年的時間，實在是太長了。

余全祥在長途電話中，將他選擇職業的決定告訴我，當時，他在聽了我的話之後，笑著：「是的，我不瞭解阿拉斯加，而且，我想我也不會喜歡這個冰天雪地的地方。」

我忙問道：「你是說，你有別的理由？」

「是的，」余全祥立即回答：「別的理由，你再也想不到的，我愛上這家公司總裁的女兒，所以我才不得不作那樣的選擇。」

我聽了之後，不禁大笑了起來。

在我的笑聲中，他又道：「你知道，我沒有親人，所以，當我結婚的時候，我希望你能來參加，作爲我唯一的中國朋友。」

我幾乎連考慮也沒有考慮，就答應了下來：「好的，什麼時候？」

「大約在半年後，我先得畢了業再說，到時，我再告訴你。」

「好，一言爲定。」我回答他。

那是我和他的一次通話，自那次通話之後，足有半年，只是在一些通訊中，或是一些雜誌上，看到他的消息。

而他在結婚前一個星期，他才在長途電話中告訴我，我應該啓程了。

五天之後，我步出機場，踏足在舊金山的機場上，我看到了余全祥，和他在一起的，是一個十分動人的紅髮女郎，那自然就是他的新娘了。

那紅髮女郎叫作雲妮，和余全祥親熱得一直手拉著手，在他們兩人的臉上，都洋溢著幸福的笑容，我看到過不少幸福的伴侶，他們這一對，可以稱得上其中的代表。

余全祥已有了他自己的屋子，公司還撥了一架飛機給他，好讓他將來在阿拉斯加工作時，隨時飛回來，我笑著問雲妮：「將來他到阿拉斯加去，你去不去？」

「我當然去，他到哪裡，我就到哪裡，我也是一個工程師，我們的工作是一樣的！」雲妮毫不猶豫地回答我，當然，她仍然握著余全祥的手。

余全祥的房子很精美，客廳中已堆滿了禮物，我雖然是余全祥的客人，但是余全祥卻完全沒有時間來陪我，除非我對選擇新娘禮服等等瑣碎的事情也有興趣。因爲余全祥每一分鐘，都和雲妮在一起。

終於，到了婚禮舉行的日子，余全祥和雲妮，手拉著手，在一片紙花飛舞之中，奔出了教堂，鑽進了汽車，直駛了開去。

他們的蜜月地點很近，就在雲妮父親的一幢海邊別墅之中，那地方我沒有去過，但是據雲妮的描述，那簡直就是天堂，在那屋子的五哩之內，沒有任何房子，除了海濤聲之外，聽不到任何聲音，而他們兩個人，就準備在那屋子裏渡過他們新婚後第一個月，而且，他們計畫全然不和外人接觸。

這自然是一個十分富於詩意的安排，尤其對於他們這一對感情如此之濃的新婚夫婦而言，這一個月甜蜜的日子，他們一定終生難忘。

在他們的汽車駛走之後，我回到了余全祥自己的房子中，準備明天回家，我坐在游泳池旁，望著池水，陽光很暖和，我換上了泳裝，在水中沈浮了一小時，才離開了泳池，調了一杯酒，聽著音樂。

我在想，既然到美國來了，可有什麼人想見的，在明天登機之前，可以先見一見他們。但是我由於疲倦，想著想著，就睡著了。

我是被電話鈴吵醒的，我揉了揉眼睛，電話鈴聲在不斷響著。

那自然是來找余全祥的，而且那打電話來的人，也不會和余全祥太熟，不然，不會不知道余全祥已經去度蜜月了。

所以，我並不打算聽那電話，可是電話鈴卻響了又響，一直不停，我有點不耐煩了，走過去，想將電話的插梢拉出來，可是在我走過去的時候，身子在几上碰了一下，將電話聽筒碰跌了下來，我立即聽到了輕微的余全祥的聲音，他叫道：「天，爲什麼那麼久才來接電話！」我呆了一呆，忙拿起了電話來：「是你，我還以爲有人打電話來找你，正準備將插梢拔掉啦！」

余全祥喘著氣，他的聲音十分急迫：「你快來，快來，我完全沒有辦法了！」

我用力搖著頭，想弄明白我是還睡著，還是已經醒了過來。

當我弄清楚我已經醒了，並不是在做夢之際，余全祥的聲音更焦急，他叫道：「你快駕車來，越快越好，一轉進海傍公路，就向北駛，你會見到一幢深棕色的房子，在山上，你快來！」

我根本連問他究竟發生了什麼事的機會也沒有，他就已經放下了電話。

我呆了大約半分鐘，我知道一定發生了極度嚴重的意外，但是我卻無法設想那究竟是什麼意外。

我立時駕著他的一輛跑車，以極高的速度，向前駛去，在轉進了海傍公路之後，我駛得更快，幾乎超越了所有在我前面的車子。

不多久，我就看到了那幢在山上，面臨著懸崖的深棕色的房子，我也找到了通向那幢房子去的路，跑車吼叫著，衝上了山路。

不多久，車子已停在那幢房子之前，我從車中，跳了出來，奔到門口，門打開著，我一直走進去，叫著余全祥的名字。

我穿過了佈置得極其舒服的客廳，來到了臥室的門前，臥室的門也打開著。

我看到了余全祥。

余全祥站在浴室的門前，臥室中一片凌亂，好像什麼都經過翻轉一樣。

我又大叫了一聲：「全祥！」

余全祥有點僵硬，我慢慢地轉過身來，我一看到他的臉容，便嚇了老大一跳，幾小時前，我才和他在教堂之前分手，他容光煥發，喜氣洋洋；可是現在，他的臉容是死灰色的，他的額上，滿是汗珠，他那種痛苦之極的神情，是我一世也不能忘記的。

我忙道：「發生了什麼事？什麼事？」

余全祥指著浴室，在他的喉間，發出了一陣「咯咯」的怪聲來，他的手在抖著，整個人也在發著抖，可是卻一句話也講不出來。

我實在給他的神情嚇呆了，我立時衝向浴室，我以爲在浴室之中，一定發生了極其可怕的事。

但是，當我進了浴室之後，我不禁一呆。那是一間十分華麗的浴室，全鋪著花紋美妙的大理石，那是一間十分正常的浴室，並沒有什麼意外發生。

我又轉過身來，看到余全祥雙手掩著臉，正在失聲痛哭！

我又奔到了他的身邊，將他掩住臉的手，拉了下來：「究竟是什麼事？你怎麼不說話？」

余全祥仍然沒有回答我，而在那一剎間，我也覺得不很對頭了。

因爲自從我進屋子來之後，我只見到余全祥一個人，但是，他是不應該一個人在這裏的，他的新娘呢？在什麼地方？

我忙問道：「全祥，你的新娘呢？」

余全祥直到這裏，才「哇」地一聲，怪叫了起來，他那一下叫聲，實在比任何哭聲更難聽，所以我稱之爲「怪叫」，接著，他才道：「她不見了，她……突然不見了，她不見了！」

余全祥一連說了三遍「她不見了」，他的聲音之淒厲，令得我遍體生寒，毛髮直豎，我忙搖著他的身子：「你在說什麼？」

余全祥的身子，在我搖動之下，軟倒下去，我忙扶住了他，讓他坐在床上，他道：「你……你可以看得到，她不見了。」

我仍然無法明白，究竟是怎麼一回事，但是有一點，可以肯定，那便是他的新娘，一定不在這屋子之中！

我先讓他坐著，然後出去，拿一瓶酒進來，倒了半杯給他，他接過酒杯，一飲而盡，酒順著他的口角，向下淌來，他嗆咳著。

然後我才道：「你慢慢說，她是怎樣不見的。」

余全祥道：「我們到了這裏，先跳著舞，後來進了臥室，她到浴室中去，我躺在床上……」

他講到這裏，連連喘了幾口氣。

我並沒有出聲催他，他又道：「我聽到她在放水進浴缸的聲音，她還在哼著歌，我從床上躍起，推開浴室的門要去看她，當我將門推開一半的時候，我聽到她突然叫了一聲。」

我全神貫注地聽著，余全祥又急促地喘起氣來。

他呆了片刻，才又道：「我那時，笑著，說：『親愛的，我們已經結婚了，你還怕什麼？』我略停了一停，未曾聽到她再發出叫聲，於是，我就推開浴室的門，可是浴室中卻沒有人，她不見了！」

我身上那股莫名其妙的寒意更甚，因為那實在是不可能的事！

我吸了一口氣：「或者她是躲了起來，和你開一個玩笑？」

「自然，當時我也那樣想，可是，浴室中卻並沒有可以藏得一個人的地方，窗子開著，窗外是懸崖，我找過了，她是突然不見了，所以我才打電話給你的，我全找過了，她不在屋中！」

我忙道：「會不會她跨出了窗子，卻不幸跌下了懸崖去？那也有可能的！」

「不會，」他搖著頭：「窗子從裏面拴著，而且，時間實在太短促了，我在浴室的門口，聽她發出了一下呼叫聲，只不過停了一秒鐘，當我將門完全推開時，她已經不見了。」

我皺著眉：「這不可能！」

余全祥像是根本未曾聽到我的話一樣，他只是握住了我的手：「我怎麼辦？你一定要幫助我！我絕對不能失去她的！」

我拍著他的手臂，安慰著他：「你先鎮定一下，那實在是沒有可能的事。」

「你別只管說不可能，它已經發生了！」

我深深地吸了一口氣：「事已經發生了，我們得想辦法把她找回來，你只找我一個人幫忙是不夠的，你應該報警！」

余全祥抓著他本來已十分淩亂的頭髮：「報警？你以為警方會相信我的話麼？你想，警方會如何想？他們一定想，是我令得她失蹤的！」

老實說，我提出「報警」這個辦法來，也是因為懷疑到了這一點。

余全祥所說的經過，是沒有人會相信的，連我，就算深知余全祥極愛他的新娘，決不會做出對他的新娘不利的事來，但我的心中就不免有懷疑，有可能余全祥患有一種罕見的突發顛狂症，在一刹之間，會失去理智，所以我才要警方來調查。

可是，余全祥自己卻講出了這一點來！

他接著道：「我只能請求你幫助，只有你才能夠幫助我！」

我苦笑著，道：「那麼，你總不能夠不通知警方，如果我們不能將她找回來的話！」

余全祥的雙手捧住了頭，身子不住在發抖，沒有說什麼，我呆望了他一會，又走進浴室之中。

浴室中實在沒有什麼異樣之處，浴缸中放了半缸水，我心中一動：「全祥，是誰關掉了水龍頭的？」

余全祥抬起頭來：「我沒有關過。」

如果余全祥的回答說「是我」，那麼我對他的懷疑，一定增加，因爲他在發現他的新娘失蹤之後，還有足夠的理智，將水龍頭關上，那是不可想像的事。

他沒有關掉水龍頭，那麼，是誰做的？

我走到浴缸旁邊，想扭開水龍頭，但是我立即想到，那可能是一個重要的關鍵，開關上可能留有指紋，所以我沒有再去碰它。

除此之外，浴室中實在沒有任何可疑之處了。

我站在浴缸邊上，想像著一個人在什麼樣的情形下，會突然不見，可是我卻無法想像！

# 第二部：新郎也失蹤了

我查看著浴室的窗子，並且將窗子推了開來，窗外有一重鐵欄，鐵欄相當疏，如果一個人要硬擠出去，也可以辦到。

但是照余全祥的說法，也是不可能的，因爲任何人都不能在一秒鐘時間內從窗中鑽出去。我向前看去，一片漆黑，什麼也看不到，我佇立得久了些，才隱約可以看到，窗口離峭壁，很遠，峭壁之下，便是海洋。

在這浴室中，我實在找不到任何線索，我想回到房間中再和余全祥商量，就在我將要轉過身去的那一剎那間，我突然看到在峭壁的一個凸出的岩石上，有一團綠色的亮光，閃了一閃。

那種綠色的光芒，看來十分異特，它好像是一團火，而並不是什麼燈光，因爲它的光芒，是閃動的，不穩定的，而且那種異乎尋常的碧綠，也十分罕見。

我連忙叫道：「全祥，你快來看！」

余全祥奔進了浴室，這時，那團綠色的光芒已不見了，我指著那地方：「那裏好像有一塊大石凸出來，石上有什麼東西？」

余全祥的神情，沮喪已極，他甚至聽不到我在問他什麼，一直到我問到了第三遍，他才道

「哦」地一聲，道：「是的，那是一塊大石，石上沒有什麼。」

「可是剛才我看到了一團綠光！」

「綠光？大約是你眼花——」

余全祥才講到這裏，那團綠光，又閃亮了起來，這一次，那種碧綠色的光芒，閃耀得更強烈，連附近的山岩，也都成了一片碧綠。

而更令我和余全祥兩人，血脈幾乎爲之凝結的，是在那綠光一閃之間，我們都看到，在那塊凸出峭壁的大石口，有一個人！

那綠光的閃耀，時間決不會比一次閃電更長，但即使只是十分之一秒的時間，我們也可以看到那個人——或者說，那條人影。

那毫無疑問，是一個女人，她筆直地站著，長髮在迎風飄蕩。

我立時叫道：「大石上有人！」

余全祥則更是尖聲叫了起來：「雲妮！」

雲妮就是余全祥的新娘，我是知道的，余全祥既然那樣叫了出來，那麼，可以肯定，站在大石上的那個女人，不是別人，正是雲妮了。

雲妮如何會到那塊大石上去的，她爲什麼要筆直地站在那大石上，那兩次閃亮的綠光，又是什麼？

這一連串的疑問同時在我和余全祥的心中升起。

但是我們也都沒有時間去想這些問題，現在，先將雲妮找回來要緊。

我和余全祥，都以極高的速度，奔出了屋子，奔出了屋子後面的峭壁上，余全祥不斷叫著雲妮的名字，當我們來到峭壁邊緣，余全祥考慮也不考慮，就由陡直的峭壁上落下去，我連忙也跟著攀下去，那塊大石，離峭壁的頂，約有十碼，而那塊大石，則足有三百平方尺。

可是，當我們兩人，先後落到了那塊大石時，大石上卻一個人也沒有。

余全祥幾乎像是瘋了一樣，身子一聳，就陡向大石外撲了下去，我嚇了一大跳，連忙伸手將他拉住，喝道：「你想做什麼？」

余全祥像是一個小孩子一樣地哭了起來：「雲妮剛才在這裏，她剛才還在這裏的！」

我一面拉住了余全祥，一面道：「是的，她剛才還在這裏，看來她好像是患有夢遊病一樣——」

我講到這裏，便沒有再向下講去。

因爲，如果雲妮是患有夢遊症的話，那麼她這時不在大石上，唯一的可能就是她已經跌下懸崖去了！

余全祥顯然也料到了這一點，是以他才不顧一切，要向峭壁撲去的。

我認為余全祥再留在這塊大石上，是很不安全的事。是以我拉著他，來到了靠近峭壁的地方。我用十分沈重的聲音道：「全祥，你快攀上去，去報警，或許雲妮受了傷，正急切需要救護，我留在石上，看看可有什麼線索，你快去報警！」

余全祥傻瓜也似地站著，我話講完了，他仍然呆立著不動。

我用力在他的臉上，摑了一下，叫道：「快去報警，請警方派出搜索隊伍，來尋找雲妮！」

我呆立在大石上，回想著剛才看到的情形。

雲妮的確是在那塊大石上，但是，我們奔出來的勢子如此之快，雲妮一定是在極短的時間內，離開了這塊平整的大石的。

她不可能是攀上了峭壁，也不可能再向下攀落去，要在那麼短的時間內離開大石，唯一的可能，就是跌了下去！

我慢慢地來到了大石的邊緣，向下看去，下面的峭壁，至少有兩百高，海水的浪頭，衝在峭壁上，濺起老高的浪花來！

我的心中不禁苦笑著，因為照這樣的情形看來，雲妮生還的希望，微之又微，但是我的心中，仍不免有疑惑，雲妮是從這塊大石上跌下去，那看來是最好的解釋，可是，又如何解釋那兩次突然亮起的綠色光芒呢？

我轉過身來，那種綠色的光芒，閃了兩次，我記得好像完全是在靠近峭壁處亮起來的。

所以我轉過身之後，便向峭壁走去，近峭壁處，有很多矮樹和野草，我一走到了近前，就發現有一大片野草，十分淩亂

從那種情形看來，好像是有人在草叢中打過架，而且，那一定還是不久以前的事，因為有一些斷折了的草莖上，還有白色的漿汁滲出來。

在離開那堆淩亂的野草不遠處，有兩株灌木，斷折在岩石之旁，我俯身下去，仔細察看著那兩株折斷了的灌木，也就在我的臉離大石十分近之時，我嗅到了一股十分異樣的氣味。

那種氣味，勉強要形容的話，可以將之說成是一股很濃的焦味。

那焦味從石頭上散發出來的，但是當我的身子，略略移動了一下，離開了斷樹時，那種氣味就沒有了。我再來到野草叢前，俯身聞了一聞，斷草叢的地上，也有著同樣的氣味。

我站直了身子，心中亂成一片。

那種怪氣味，自然不是天然從岩石中發出來的，石頭絕不可能有那樣的氣味。

那麼，它應該是由某一種東西留下來的，那種不知是什麼的東西，應該一共是兩個，當它

們停留的時候，一個壓倒了一大片草，而一個壓斷了兩株樹，可知它們十分沈重。

然而，它們的體積，卻不會太大，如果只是圓形的，至多兩三呎直徑而已。

我甚至還可以推想得到，那東西能發出那種奇異的綠色的光芒來。

這是我已得到的線索，但我也無法想像，那兩個東西和雲妮的失蹤之間的關係。

正當我在呆呆想著的時候，余全祥已在峭壁上大聲叫道：「搜索隊伍很快就到，你發現了什麼？」

我抬起頭：「我發現這裏曾有兩個不知是什麼的東西停留過，它們壓斷了樹，而且，還留下了一種十分怪異的氣味。」

余全祥已攀著峭壁落下來，當他來到了我的身邊之後，我將那兩處地方，指給他看，並且叫他，去聞一聞那怪異的味道。

余全祥站起身來時，他的臉上，現出了疑惑之極的神色來，他道：「這……說明了什麼？」

「有兩個物體，在這裏停留過！」

「那……是什麼東西？」

我緩緩地道：「全祥，宇宙是無際的，我相信你一定明白，宇宙中億萬顆星球中，不會是只有地球上才有生物的吧！」

「星球人！」余全祥叫了起來，但是他仍然搖著頭：「那是電視片集中的玩意兒，雲妮……你是想說，雲妮是被星球人擄走的？」

「那只不過是一個可能！」

「不會的，照這裏的情形來看，停留的物體，體積很小，根本載不下一個人！」

我點頭道：「這一點，倒是實情，我們不妨多一點假設，對事情總是有幫助的。」

這時，一架直升機已然發出震耳欲聾的聲響，經過了我們的頭頂。

接著，警車也來了，有兩輛警車，直駛到懸崖邊上，著亮了強烈的燈光。

燈光直射向下，將那塊凸出的岩石，照射得十分明亮，不少警員都攀了下來，兩個高級警官，不斷向余全祥和我，提出種種問題。

余全祥因爲實在太沮喪了，是以他反而說得不多，倒是我，將經過的情形，詳細向那兩位警官敘述著。在我們談話期間，搜索工作已經開始進行了。

我已經看到水警輪在水面上巡弋著，強烈的燈光，不住地在平靜的海面上，掃來掃去。

一個警官將我所說的話，詳細地記錄下來，我特別向他強調指出，大石上似乎有什麼東西停留過，壓倒了的草，和壓斷了的灌木，都可以証明這一點。

那兩個警官也細心地察看了我指給他們看的所在，他們的臉上，都現出一種十分奇異的神色來，其中一個直起了身子來之後，問我道：「你以爲那是什麼東西所造成的？」

我搖了搖頭：「如果我知道，那就好了。」

那警官道：「如果你們真的曾看到余夫人曾在這裏出現，那麼，這可能是她曾坐在這裏！」

我呆了一呆，我事先未曾想到這一點。一個人的體重，自然可以將草壓倒，也可以將灌木壓斷，那警官這樣的推測，可以說是十分有理的。

而且，我也找不出其他的理由駁斥他。只不過，我總感到，那是不可能的，至於爲什麼不可能，我卻也說不上來。

我呆了片刻，才道：「警官先生，你的說法，或者有理，但是那種綠色的閃光呢？我和余先生都曾清清楚楚地看過那種綠色的閃光，那究竟是什麼東西，你可有解釋麼？」

那警官搖著頭：「我沒有解釋，如果你們堅持見過那綠色的閃光，那麼，我會報告上去，請有關部門來作進一步調查。」

我忙道：「我確實見到過，不是那種綠色的閃光，我們根本無法在黑暗之中，看到有人站在岩石上！」

那警官點著頭：「好，我已經記錄下來，請你們兩位回到屋子去。」

余全祥一直默不作聲，直到這時，他才大聲叫了起來：「她在哪裡？她究竟到哪裡去了？」

我扶住了他：「警方正在尋找，你鎮定些，我們應該回到屋中去，等候警方的搜索結果。」

我一面說，一面扶著他走向懸崖，他任由我扶著向前走去，並沒有反抗，可是他卻哭了起來，他道：「我看不到她了，再也看不到她了，我推開浴室的門，不見她之後，我就有了那樣的感覺。」

我還想勸他幾句，但是我卻不知道如何啓齒才好，因爲這件失蹤案，實在太神秘了。

如果不是在峭壁凸起的大石上，曾出現那樣綠色的閃光，如果不是在閃光之中，看到了人影的話，那麼，或許我還會有別的推測。

但是，我是的而且確，看到她站在那塊大石上的！

她是如何出了浴室，爲什麼要出浴室，現在去了何處，這一切，都成了難解之謎，在一片謎團之前，我想勸慰余全祥幾句，也感到難以開口！

我們來到懸崖邊上，警員已從上面懸下了繩梯來，我扶著余全祥向上攀去，那兩個警官也攀了上來，我們一起來到了屋子之中。

那兩個警官，又領著警員，詳細的檢查著屋子的每一部份，我們坐在客廳中，余全祥一直用手托著頭，一句話也不說。

一直忙到了天亮，警員已開始收隊了。

那兩個警官來到了余全祥的身前，余全祥抬起頭來，在白天看來，他的神色，更是憔悴的駭人。

那兩個警員抱歉的道：「余先生，搜索沒有結果，我們還在繼續在海面尋找她的。」

余全祥像是夢囈也似，喃喃地道：「你們找不到她了，再也找不到她了！」

那兩個警員，都伸出手來，拍著余全祥的肩頭：「我們會儘量努力的，余先生。」

接著，一個警官到了我的身邊，低聲道：「衛先生，我們想和你單獨談談。」

我站了起來，和那兩個警官，一起走出了屋子，來到了屋前的草地上，早上的太陽，照在身上，很暖和，可是我的心頭，卻是感到一陣陣的寒冷。

那兩個警官猶豫了片刻，才道：「衛先生，我們已從上級那裏，知道了你的特殊身份，我們可以相信你，是不是？」

我苦笑了一下：「是的。」

一個警員來回踱了幾步：「衛先生，這不是一個普通的失蹤案，其中有很多疑點，我們認爲余先生的話不可靠。」

我呆了片刻：「對於一個傷心欲絕的新郎而言，你的結論，未免殘酷。」

那警官聳了聳肩：「沒有辦法，我是一個警官，對每一件案子，我重視的是事實和証據，我無法照顧到每一個當事人的情緒。」

「你認爲可疑的地方在哪裡？」我問。

「余夫人不可能和余先生所說那樣離開浴室，她一定是在另一種情形之下，離開浴室的。」警官說：「而余先生沒有說真話。」

我立時搖頭道，「我不認爲你的說法是對的，你的結論，只是通常的結論，但是任何人都可以看得出，那是一件非常的失蹤案。」

我的直言，多少使那位警官有點尷尬，他道：「或者是，世界上有許多我們完全不明白的事，然而，作爲一個警務人員，總不能憑空想像，我們要一步一步，找出事實來，所以，我首先要明白，余夫人如何離開那間浴室！」

我望著他：「你認爲怎樣？」

「我認爲，她是在不知什麼情形下，走出浴室去的，她離開浴室的真實情形，只有余先生一人知道，因爲當時屋子之中，只有他們兩個人。」

我用足尖踢著草地：「你大可不必轉彎抹角，我明白你的意思，你是說，余先生是在說謊，隱瞞了他太太離開浴室的情形。」

那警官點著頭：「是的，不妨告訴你，我們甚至進一步懷疑他的行爲。」

我苦笑了起來，作爲一個警務人員而論，那警官的懷疑可以說是天經地義，我也曾那樣懷疑過，但是後來我在岩石上，看到了新娘。

我道：「警官先生，如果你要聽我的意見，那麼我的意見是勸你放棄對余全祥的懷疑。」

兩位警官點著頭：「好的，那我們只好再繼續調查，我們要回警局去了。」

我心中暗嘆了一聲，回到了屋子，當我走進客廳時，余全祥不在。

我離開時，他坐在一張有羽毛墊子沙發上，是以我走進客廳時，第一眼，便是向那張沙發上望去，我看到那張沙發的墊子，正在慢慢向上漲起來。

那表示余全祥才起身離開，可能還只是半秒鐘之前的事情。

我想，他可能到臥室去了，是以我叫了一聲：「全祥！」

我沒有得到回答，我走進臥室中，他不在，我怔了一怔，又提高了聲音，叫道：「全祥！」

我叫得十分大聲，余全祥是應該回答我的，可是我卻仍然得不到回答，而也就在那一剎間，我聽到浴室之中，傳來了一種奇異的聲音。

同時，在浴室的門縫中，傳出了一種閃光來。

那是一種綠色的閃光，在近門縫處的象牙白色的地毯，在那剎間，也變了綠色。

我幾乎是撲向浴室門的，我撞開了浴室的門，浴室之中是空的。我自己也不明白，何以在剎那間，我的反應來得如此之快。

我立時翻身奔出了門口，那兩個警官，剛來到警車的旁邊，還未曾登上車子，我立時揮著雙手，大聲叫道：「停一停，停一停！」

那兩個警官，立時轉過身，向我奔了過來，我喘著氣，一時之間，講不出話來。

那兩個警官連聲問：「什麼事？什麼？」

我直到他們問了幾遍，才道：「他……不見了！」

兩位警官突然一呆，道：「什麼？」

「余全祥，」我道：「我敢說，他已不在屋子中了，他不見了。」

他們互望了一眼，在那剎間，我想他們一定以爲我的神經有多少不正常，我拉著他們的手，將他們拉進了屋子：「我進來時，他離開那張沙發，一定不過半秒鐘，因爲我看到沙發的墊子正在漲起來，可是，他卻不見了，而且，我還看到浴室中，有那種綠色閃光，他不見了。」

那兩位警官的神色，登時緊張了起來。

他們立時奔到了窗口，大聲叫嚷著，已登上了警車的警員，紛紛奔了下來，立時展開了對屋子的嚴密搜索，二十分鐘之後，証明我的說法對了。

余全祥失蹤了！

在光天化日之下，他消失了，消失得如此無影無蹤，唯一的線索，就是那綠色的閃光！

兩位警官的臉色，和我一樣蒼白，他們不住地道：「他不可能離開這屋子的！」

我苦笑道：「這只說明一個問題，余夫人的確在那種不可能的情形下失蹤，余全祥沒有說謊！」

一個警官，走出屋子，我看到他奔到了警車上，用無線電話在講著話。

我和幾個警員，呆立在客廳中，因爲一件不可能的事已發生了，我們大家都親身經歷。我們所受的教育，我們的知識範疇，都告訴我們：那是不可能的，余全祥是不可能離開這間屋子的。

但是，事實卻是：余全祥不見了！

子。」

那警官在不久之後，就走了回來，他宣佈道：「我已向上級請示，上面的命令是封閉這房子。」

我忙道：「那有什麼用，余全祥人已經不見了，我們應該去找他！」

那警官苦笑著：「衛先生，這樣的失蹤案，你認為該怎樣去找？」

我的情緒也變得極其激動，我大聲叫道：「那是你們的事情！」

那警官道：「根據你的報告，政府的一個特別部門，會派人來作進一步的檢查。」

「什麼特別部門？」

「那是一個專對付神秘不可思議的部門——」

不等他講完，我就道：「我認識那部門的主管，我曾經和他合作過。」

「那部門的主管渡假去了，他的一位助手，很快就會來到，我向他提起你，他希望你能留下來，幫助他，和他一起調查。」

「我當然會留下來。」我立即說。

我們一起離開了那屋子，來到了草地上，警員團團地將屋子圍了起來，我們坐在草地上，不一會，有更多的警員趕到，還有一個便衣人員，看來是高級警務人員。

到下午，一輛車子，載著許多儀器，和一個中年人，也到了屋前，那中年人和我握著手，道：「衛先生，我們的主管，時時提起你，我叫賓納，請你協助我。」

我點頭道：「那不成問題，你帶了什麼來？」

「一些儀器，我聽說有一種奇異的綠色閃光，所以我需要檢查一下。」

「你的儀器能檢查什麼？」

「過量的輻射，以及記錄熱量等等，」賓納回答：「我們先到出事的房中去看看。」

賓納從車中抬下了一具儀器來，推過了草地，推進了屋子之中，才一進屋子，他便吃了一驚，道：「每一個人都離開，這裏的輻射能，已幾乎達到損害人體的程度了，天，這裏曾經發生過什麼事？」

我就在他的身後：「有兩個人在這裏莫名奇妙地消失。」

「這我知道，除此之外，還有什麼事？」

我搖著頭：「那我也不知道了，不過，我建議你到浴室中檢查一下。」

賓納向浴室走去，當他走進浴室之後，他又叫了起來：「每一個人都離開！」

一個警官道：「又怎麼了？」

# 第三部：我也失蹤了

「我不知道怎麼了，但是最好每一個人都離開這屋子，」他轉過頭來，臉上充滿了疑惑的神色，望著我們：「你們敢肯定這屋子中，沒有發生過什麼意外，例如猛烈的爆炸？」

警官已在指揮著警員離開屋子，我仍然不走，因爲我想要在賓納的檢查中，得到結論。

可是當我聽得賓納那樣問的時候，我心中實是好氣，又好笑，我道：「你看這裏，像是經過猛烈爆炸麼？這裏的每一件東西都是完整的。」

賓納四面看著，他苦笑著，退了出來，一直來到了草地上，我一直跟著他。

賓納嘆了一聲：「在我這部門工作，我接觸過許多不可解釋的事，但是以這次最是奇特，除非是儀器失靈了，否則，我認爲在這裏，曾經有過一次強烈的原子分裂反應，十分強烈。」

我呆了一呆，立時想起那塊大石上的痕跡，和那股奇異的氣味來。

當時，我曾認爲有什麼東西，降落過在那大石上，我還曾對佘全祥說及在億萬的星球中，一定有著高級生物。

在那時，我心中已經想及，可能曾有星球人的飛行體降落在那塊大石上。

是以我忙道：「賓納先生，你認爲是不是有可能，那是一種奇異的燃料，譬如說，來自其他星球的飛行器起飛時所造成的?」

賓納的眉十分稀疏，是以當他皺起時候，樣子看來很可笑。

當然我不曾笑出來，賓納搖著頭：「沒有個可能，那是一次原子反應留下的輻射，而且，那是一次極奇異的原子反應，我全然說不上來那是什麼，甚至無法加以想像!」

我又道：「那麼，你還應該到懸崖上的那塊大石上去檢查一下，或許會有更令人驚訝的情形出現。」

賓納揹著儀器，和我一起來到了屋裏，繩梯仍然在，我們爬了下去，賓納繼續使用他的儀器，他喃喃地道：「情形一樣，這裏曾發生過一種變化，一種我們所不瞭解的變化!」

他向我苦笑了一下：「在我們的檔案之中，又要多一件奇異事件的記錄了?」

我冷冷地道：「在你來說，只是多一宗記錄，但是對我來說，卻是兩個人不見了，而且其中一個，還是我的好朋友。」

賓納翻了翻眼睛：「那是沒有辦法的事，我們找不出其中的原因來，如果像你所說，其他星球有生物來，試問，我們有什麼抵抗的餘地，那情形，就像蒙古騎兵衝進中國平原一樣!」

我厭惡地望了他一眼，自顧自爬上了懸崖。

當我向上爬去的時候，我已經有了決定。

雲妮是第一個莫名其妙失蹤的人，余全祥是第二個。雲妮後來，雖然還曾在岩石上現過一現，但是她總是在那浴室中消失的。我猜想余全祥也是在浴室中消失的，當我和警官講完了話，回到屋子中的時候，他一定才走進臥室，進入浴室之中，要不然，那沙發墊子不會正在漲起。

我曾叫他，那時，他應刻聽到我的叫聲，我猜想他的消失，是在那綠色的光芒一閃間所發生的事，那麼，在我叫他時，他應該聽到。

可是我卻沒有得到他的回答，他是沒有理由不回答我的，除非那時，他已經遇到了異乎尋常的意外，是以他才顧不得回答我了。

那時，他可能已經不在浴室。

一切全是那浴室中發生的，我的決定便是，我在那浴室中等著，等著一切的出現。已經有了兩個消失者之後，我就有可能成爲第三個消失者。

只有當我成爲第三個消失者之後，我才能明白整件事情的真相。

當然，我未曾將我的決定告訴賓納，我上懸崖，警員圍守著屋子，我駕車離去，可是在半途，我將車駛進了草坪之中。

然後，我下了車，循著一條小路，攀上去，然後，在接近屋的一處地方，在一大叢灌木的掩遮之下，我躺了下來，好好睡了一覺。

一夜未睡，我已然很疲勞了，而且，我還要應付根本不知道有什麼奇異的遭遇。

我自然不是睡得十分好，但是在傍晚時分，我醒過來時，精神卻好了許多，我只是覺得口渴得厲害。

我向前看去，屋子的附近，仍然有兩三名警員在守衛著，大隊警員已然撤退了。要避過那兩個警員，進入屋子，是十分容易的事。

我輕易地翻了欄柵，避過了守衛警員的注意，進入了屋子之中。

屋中更黑，而且靜得十分可怕。

我穿過了客廳，推開了臥室的門，在那剎間，我的心中泛起了一個十分奇異的念頭：要一種什麼樣的力量，才能令我消失呢？

我經過了臥室，來到了浴室的門口，我握住了門柄，吸了一口氣，推開了浴室門，我立了片刻，才能在黑暗中看到浴室中的情形。

似乎一切都很正常，浴室中沒有人，也沒有我想像中的星球人的飛行體。

我的口更渴，我來到了浴缸之前，俯下身，仰起頭，扭開了水龍頭，讓清涼的水，流進我的口中，我連喝了幾口水，站起身來。

當我站起來的那一剎間，水仍然從水龍頭中，嘩嘩地向外流著。

可是，我才抹了抹口，水流停止了。

我絕沒有關上水掣，水應該繼續流出來的，但是，水流卻停止了。

在那一剎間，我突然想起，我曾問過余全祥，當雲妮失蹤的時候是誰關上了水龍頭的，余全祥說並不是他，當時我只是心中存疑。

但是現在，水流卻自動停止了！

我幾乎立即意識到，會有什麼不平常的事情要發生了，在剎那間，一股難以名狀的恐懼之感，像電流一樣在百萬之一秒時間通過我的全身！

我也立即想到：我會消失了！

那是生與死之間的一剎間，我呆望著水龍頭，突然，一片綠光閃起。

我無法說出那片綠光是從何處而來的，在水流突然停止之時，也根本未曾看到什麼別的東西，然而，綠光突然閃了起來。

綠光只是閃了一閃，我全然無法形容，在綠光一閃之後，又發生了一些什麼事，因爲只看到那種碧綠的光芒，閃了一下，接著，便什麼也不知道了。說什麼也不知道，也不怎麼恰當，只是覺得感覺，好像「淡」了許多，還可以想到一些事，但那只是一點點事，譬如說，想起了一個英文字母的讀音，不知道自己的身子在什麼地方。

再接著，又突然「醒」了過來，眼前一片黑暗。

我只覺得自己在冒冷汗，想伸手抹去我頭上的冷汗，然而不能移動手，手上並沒有什麼束縛，可以肯定這一點，然而不能移動，我只好睜大著眼，望著黑暗。

我根本不知道自己是來了什麼地方，心中反倒不怎麼恐懼，奇怪的是那時腦中所想的，是一些十分可笑的事。

我想到封神榜和西遊記中的那種「法寶」。這種「法寶」，大多數是一個葫蘆，一拔開塞子，「颼」地一聲，就可以將人吸了進去之類。

在這時想起了那些事來，因為頗有被吸進了那種葫蘆之中的感覺。

我盡量將雙眼睜得大，想看清楚眼前的情形，但是一點也看不見，手可以碰到一個很平滑的表面，顯然我還活著，不但有呼吸，而且吸進的空氣，還很清新，好像是森林中清晨的空氣一樣。我沒有別的辦法可想，因為一動也不能動，我知道，我已經「消失」了，在突然之間，從浴室中，到了另一個地方。

不知道我是如何被移出浴室的，但是余全祥和雲妮的遭遇，一定和我一樣。

當我想到這一點的時候，我立即想到，余全祥和雲妮，可能也在黑暗之中。如果他們也在黑暗中，那麼，我或者可以試試和他們講話，於是，我努力在喉嚨，發出一陣伊啞聲來。

我聽得我自己發出聲音，十分怪異，像是人在八百呎以下的深海中所發出來的聲音一樣，聽來有點像鴨子叫，雖然我的呼吸很暢順，但是由於我無法運動我的嘴唇，同時舌頭也無法靈活運轉，是以我始終未曾講了一句完整的話來。

發著「伊伊啞啞」的聲音，大約有兩分鐘之久，才停了下來。

當我停止發聲之後，四周圍仍然是一片黑暗，和無比寂靜。

我失望了，但是並不絕望，因爲我想，就算是我聽到了在黑暗中突然有一陣那樣的「伊啞」聲發出來，也決想不到那樣的黑暗中，另外有一個人的，我所要做的，是講出一句話來。

於是，我又深深地吸了一口氣，然後，用力彎捲舌頭，盡量使雙唇張開來，那實在是一種在夢中才會出現的情形，用盡了氣力，總算從口中，迸出了半句話來，那只是四個字：「全祥，你在——」

我本來是想問「全祥，你在麼」的，可是在講了四個字之後，卻再也沒有法子講出第五個字來了。

只覺得心口突然傳來了一股十分沈重的壓力，實無法明白究竟是在什麼樣的情形之下，才會出現那樣的情形的。

因為實在可以清清楚楚地感到身上，沒有任何束縛，可是就是一動也不能動。

我深呼吸著，以清除胸口的那種重壓之感，那種感覺，幾乎令我昏了過去。我可以聽到我在深呼吸時所發出的「哧哧」聲，接著，就聽到了另一個聲音。

那是一種像鴨子叫一樣的聲音。

在剎那，我心中的高興難以形容，可以肯定，那是另一個人發出聲音！

我不知道那聲音是什麼人發出來的，可能是余全祥，可能是雲妮，但是可能是一個完全不相干的人，但那不重要，重要的是，我知道，那是一個人，是人所發出來的聲音。

因為我自己曾努力發過聲，我發出來的聲音，就是那樣子的。

我高興得張大了口，在那樣的情形下，聽到了另一個人發出來的聲音，都足以使人感到無比的興奮，想大聲歡呼！

但是，我卻未能發出聲音來，我竭力想著，我該如何來表示我已聽到了那人的聲音？

就在那時候，我又聽到了一定是經過了竭力掙扎，才發出來的聲音，那只是兩個字：「是……誰？」

而這個字的聲音很尖厲，根本辯認不出是誰發出來的，但那當然是另一個人在講話，那是更沒有疑問的事了，我在那一剎間，竟然發出了一下尖叫聲，而且，接著講出了一句十分流利的話：「我是衛斯理，你是誰？」

在那句話之後，我突然感到了一下極其劇烈的震盪，那一下震盪，令得我的身子，忽然向上彈了起來，然後又重重跌了下來。

在感覺上而言，好像是我在一個封閉的容器之中，而那容器，又猛烈地撞在什麼東西上一樣。

當我的身子彈起又跌下之際，我本能地縮了縮身子，而就在那一剎間，我覺出，我的身子能動了，我立時一挺身，站了起來。

雖然我仍然在黑漆一樣的黑暗之中，但是我已經可以自由活動，那股無形的壓力，已經消失！

我也立即想到，我既然能夠一躍而起，那麼，我就一定能夠出聲講話了，我大叫了一聲，又道：「我是衛斯理，你是誰？」

我的那一句話，聲音也立時恢復了正常。

而我也立即聽到了余全祥的聲音。

他在叫著：「天，我們在什麼地方？」

又接著，我又聽到了雲妮的聲音，她急促地叫著余全祥的名字：「我們在哪裡，發生了什麼事？」

我連忙向前走去，可是腳下十分滑，我起步起得太急了，以致才走出了一步，便跌了一跤。

我連忙又爬起身來，就在我站起身來之後，我的眼前，突然亮起了一片柔和的光芒！人是喜歡光亮的，再沒有比長期在膠漆一樣的黑暗之中以後，再見到光芒那樣令人舒暢的事了！

而且，那種光芒十分柔和，它使我立時能看到眼前的一切情形！

我看到了余全祥，也看到了雲妮！

他們兩人，自然也看到了我。他們呆立著，然後，他們兩人，互相向對方奔去，可是腳下實在太滑，他們兩人的身子才向前一傾，便跌了一跤。

他們爬著，互相接近，終於相擁在一起。

而我則在那時，站立著不動，仔細打量著我們所在的地方。

我只能說，我們是在一隻方形的大盒子之中，因爲那是一個封閉的容器，它的三面牆壁，都是乳白色的，光滑無比，根本不知道那是什麼。

它的每一邊大約是二十呎長，那是相當大的一個空間，在那麼大的空間之中，就是我、余全祥和雲妮三個人，除了我們三個人之外，什麼也沒有。

光線從一面牆壁之外透進來。

我敢肯定說，決沒有任何發光的東西。在我們的觀念中，可以透過光線的東西，總應該是透明的，但是那輻射，看來卻是一個實體。

我小心地，慢慢地向那幅有光線透進來的「牆」走去，來到了「牆」前，我用手撫摸著。那是一種異樣的光滑，我立即自身邊，取出了隨身所帶的小刀，用力在那牆上刻畫著，可是連一點刻痕也沒有留下。

我轉過身來，想看看我是不是有影子出現，但是我看不到影子，我們三個人，連影子也沒有，卻身在一個充滿了乳白色的大盒子之中，那實在是駭人之極的事。

余全祥吸著氣：「我到浴室中，忽然有綠光閃了一閃，我……我就什麼也不知道了。」

余全祥的經歷，是和我一樣的，我不必再問下去，也可以肯定這一點，但是，我卻知道，雲妮的情形，必然和我們不同。

我們是說消失就消失了，但是，雲妮在消失之後，還曾在岩石上出現！

我忙道：「雲妮，你呢？」

雲妮的臉色十分蒼白：「我的情形，也是一樣，我可以知道我還在，但是卻又感到自己不存在，那……我不知道我應該如何形容才好。」

我完全明白雲妮在說些什麼，因爲在綠光一閃後，我也有那樣的感覺。

我忙又問道：「你應該不是一下子就處身在黑暗中的，全祥將我叫了來，我們到處找你，你還曾在峭壁的岩石上，現了一現。」

雲妮緊皺著雙眉，她道：「我記不清楚，我覺得我好像曾離開過黑暗，但那像是一個夢，我記不清楚了。」

余全祥苦笑著：「我們，現在是在夢境之中？」

我緩緩地搖著頭，我也希望那是一個夢，更希望快醒來，夢醒了，我仍然在余全祥的屋子中，打點行李，余全祥和雲妮，則仍然在海邊的別墅中，過他們新婚後甜蜜的生活，那有多好！

這些希望，本來都是自然而然的生活，一點也不覺得有什麼奇特，但是當現在，處身在那樣乳白色的大盒子中時，那就是再幸福不過的日子了。

但是，我卻清楚地知道，我們不是在夢中，而是實實在在，在乳白色的大盒子之中！

# 第四部：在一隻大盒子中

所以，我搖了搖頭：「全祥，我們遇到了一件怪事，我們三個人已消失了，就像雲妮失蹤時，我們尋找她一樣，別人也在找我們三人，可是他們卻再也找不到我們了。」

雲妮叫嚷了起來：「可是我們還在啊，我們不是好好地在這裏麼？」

「是的，但是我們卻不知道自己在什麼地方，我們是在一個大盒中，大盒子在什麼地方，我們也不知道，我們不知道是爲什麼會消失的，我們甚至也不知道自己是不是還在地球上！」

余全祥發出了一下呻吟聲：「不知道，我們什麼也不知道！」

我無可奈何地道：「是的，什麼也不知道。」

雲妮道：「那我們怎麼辦？」

我仍然無可奈何地道：「我們沒有什麼好辦的，一定有一種力量，使我們消失，使我們處身於這大盒子之中，現在，我們只能等著，等待著這種力量，進一步再來對付我們？」

余全祥忽然道：「那我們現在，算是什麼？」

我哼了一聲：「我不知道你們的感覺怎樣，但是在我而言，我卻覺得我自己，像是一件標本，被人搜集來了，慢慢地作研究之用。」

余全祥和雲妮，睜大了眼睛，看他們的神情，像是還不十分明白我說的話，是什麼意思。

我又補充道：「標本，你們難道不明白？那情形，和我們捉住了三隻昆蟲，仔細研究他們是一樣的。」

雲妮驚訝地問道：「你是說，我們是被另一個星球上的生物……捉來的？」

我閉上了眼睛，呆了好一會。我的心中實在十分亂，我不知道該如何回答雲妮的問題才好。在雲妮突然失蹤，在我第一次看到那種綠色的閃光之時，我就曾向余全祥提及過另一個星球上的生物。

直到如今爲止，我們所遇到的事，是不可解釋的，我們所見到的一切完全是不明來源的，我更可以肯定這一點了。

然而，我們卻也未曾見到任何生物。

也就是說，雖然我肯定星球人使我們消失，但是我還未見到我想像中的星球人！

我自然無法知道星球人的樣子，所以我也不能確切地回答雲妮的問題。

我在想了片刻之後，才道：「照我們目前的遭遇來看，那是最大的可能。」

雲妮的聲音有點發顫：「他們……會將我們怎樣？」

那是一個更沒有辦法回答的問題了，因爲我根本不明白現在的處境，也不明白我們是落在一種什麼樣的「人」的手中，我又怎能知道「他們」會怎麼樣對付我們？

我苦笑了一下，順著光滑的牆壁向下，坐在光滑的地板上：「只好聽天由命。」

余全祥也苦笑著：「這裏的空氣好像很好，但是如果我們沒有食物的話，也會餓死的。」

我搖著頭：「這一點，倒可以放心，既然有一種力量，將我們弄到了這裏來，那力量一定不會使我們餓死，他們會養著我們！」

雲妮的聲音多少有點神經質：「那我們是什麼？」

我仍然苦笑著：「我們？我已經說過了，我們像是標本，被另一種生物搜集來的標本！」

余全祥握住了雲妮的手，他大約是想氣氛就變得輕鬆些，是以他道：「我們是標本，那我們會不會被壓在玻璃片下，作詳細的檢驗呢？」

我沒有回答他這問題，並不是我沒有幽默感，而是因爲他的話，使我想起了許多問題來。

余全祥所說的，是地球人檢驗標本的方法，如果我們是落在另一個星球的高級生物的手中，以爲人家也會用同樣的方法來檢驗我們，那自然是大錯而特錯的事。我們現在，說不定已經在接受檢驗了。

光線能從一邊牆壁中透進來，我們完全看不到外面的情形，但是，外面的人，是不是可以看我們呢？如果他們可以看到我們的話，他們又是用一種什麼方式在看我們？他們要看我們多久？

我的心中，亂成了一片，就在這時候，我們突然聽到在左首的那邊牆上，傳來了「拍」地一聲音，我們立時向那發出聲音的一邊望去。

只見一塊板，平平地飛了進來。

那種現象，實在是我們所難以想像的，那地方，分明是一堵牆，一堵光滑的、乳白色的牆。

那塊板，也沒有什麼東西吊著，下面也沒有什麼承受著，離地五六尺高，緩緩地穿過了牆，飛了進來。

那情形，好像是我們是在一隻大肥皂泡之中，有東西穿進了肥皂泡，但是肥皂泡卻並不破裂，立時又合上，一點隙縫也沒有留下！

我們三個人都呆住了，余全祥突然向前衝去，他衝得太快了，以致立即跌倒在地，他也顧不得爬起來，在光滑的地板上打著滾，滾到了那堵牆前，然後他用力地用肩頭去撞那堵牆。

可是，他的肩頭撞在牆上，卻發出沈重的聲音來，毫無疑問，那牆是固體！

余全祥挨著牆，站了起來，他在那塊板掩進來的地方用力地按著，那塊板既然能飛進來，那地方應該有一道縫，至少可以令他的手插進去的。

然而，什麼也沒有，整堵牆，根本連一根針也插不進去！

那時，那快板已經來到了中間，落了下來，落在地板上，在板上，是三顆扁圓形的，白色的東西，約莫有指甲蓋般大小，看來像是丸藥。

余全祥轉過身來，叫道：「那是怎麼一回事？那究竟是怎麼一回事？」

我深深地吸了一口氣：「全祥，我敢說，我們是落在外星人的手中了，他們科學進步，遠在地球人之上，他們甚至克服了四度空間！」

余全祥呆呆地站著，然後，他像是一個醉漢一樣，蹣跚地向前走來，來到了那塊板前。

我已俯身拈起了那粒白色的東西，那東西有一股誘人的香味，那種香味，完全是最好的烤雞的香味，雲妮也拈起了一粒：「這是什麼？」

我道：「我想那是我們的食物，這樣的一粒，一定可以維持我們長期的消耗，如果不想餓死的話，我們應該將它吞服下去。」

余全祥振著雙臂，大聲叫道：「你們是什麼人？爲什麼你們不露面？爲什麼不出聲，爲什麼你們不表明身份？你們來自哪一個星球，回答我！」

余全祥聲嘶力竭地叫著，他面上的肌肉，在不由自主地跳動著，雲妮伏在他的肩頭上，哭了起來。

我想勸慰他們幾句，告訴他們，那樣著急，是一點用處也沒有的。但是，我的話還沒出口，突然之間，整間房間（如果我們所在的地方，可以算是一間房間的話），都閃起了一片碧綠的光芒來。

那光芒的一閃，只是極為短暫的時間，但也足以使雲妮停止了哭聲，和使余全祥停止了叫喚，我們都以為，那種綠光一閃，我們的處境又該發生變化了。因為我們全是因為綠光一閃而來的。

但是，綠光才一閃過，柔和的光芒仍然不變，但是，在左首的那堵牆前，卻多了一個人！

那人背靠在牆上，面對著我們，那是一個女人，從她身上所穿的衣服看來，她當然是個日本女人，她大約二十六七歲，膚色十分蒼白，然而她的健康情形卻很好，當我們向她望去的時候，她向我們鞠躬為禮。

我們三個人全呆住了，一個日本女人！是外星人以地球人的形態出現呢？還是她又是另一個和我們有同樣遭遇的地球人？

我一時之間，難以下什麼結論，因為那日本女人的神態很安詳，她向我們一鞠躬之後，直起身，慢慢向前走來，同時，以很生硬，但是發音十分正確的英語道：「我是正村薰子，長崎科學研究所的所員。」

我們三人仍然發著呆，不知道該如何回答這位正村薰子的好。

薰子又向前走來：「你們，或者說我們，現在正在離地球極其遙遠的太空之中，如果有興趣的話，可以看到這太空船外面的的情形！」

我們三人仍然象傻瓜似地站著，薰子在身中取出了一隻方形的盒子來，那盒子也是乳白色的，她在那盒子上，輕輕拍了一下。

在我們面前的那堵牆，突然起了變化，先是一陣發黑，接著，所有的顏色消失，變成透明，我們透過這堵牆，可以看到外面的情形。

外面是極其深沈的黑色，或者說，是一種極深的深藍色，我們看到許多星，我從來也不曾在天空中看到過那麼多星。

直到這時，我才說出了第一句話，我道：「地球在什麼地方？」

薰子搖頭道：「看不到地球，十多年了，我總想看一看地球，可是看不到。事實上，我根本不知時間是怎麼過去的，可是我是地球人，我還有地球人的時間概念，我知道，我離開地球，已有十多年了！」

我又轉過頭，望定了薰子，她的神態，仍然是那麼地安詳。

她在光滑的地板上坐了下來：「我是被他們救起來的，如果沒有他們，我就是長崎原子彈爆炸的遇害者之一，而他們救了我！」

如果是在地球上，我聽到有人對我說那樣的話，那麼我一定當他是瘋子。可是，如今在那樣的情形下，一切都變成是可能的了，我想問她，但是她卻道：「大家請坐，我知道大家心中一定有很多問題，我會將一切全說明白的。」

我們三人，互望了一眼，都坐了下來。

薰子用平靜的聲音道：「那天，我只覺得突然間，天地間什麼都變了，在我身邊的人，紛紛倒下，建築物像是紙紮一樣地崩潰，我的身子像是不再存在，當我又有了知覺時，我在這裏，我無法知道發生了什麼事，直到後來，他們才告訴我，那是原子彈的爆炸，而我，則被一個壓縮的氣囊捲進了太空中，我直向太空中飛去，是他們在半途將我截住，救了我的。」

我遲疑地問道：「他們……是誰？」

薰子搖著頭：「我也不確切知道，他們是一隊科學工作者，他們的星球，還在很遠的地方，而這裏，是他們的一個工作站。」

雲妮和余全祥緊靠在一起，我則緊握著拳。

薰子又道：「我沒有見過他們，也未曾和他們交談過，我懷疑他們根本沒有『說話』這種能力，他們的思想交流，一定是用一種我們無法想像的方法進行的。」

我苦笑著：「可是你剛才曾說，他們告訴了你原子彈爆炸等等的事？」

「是的，那是我到這裏之後很久的事，我猜想，他們原來，可能根本不知道地球上有生物，直到在太空中截到了我，他們才開始研究我，他們曾給我看過很多報紙，記載著原子彈爆炸的事！」

我望著薰子，她的樣子很誠懇，但是她所說的，仍然是無法令人相信的。

然而，我又轉身向外望去，我所看到的，是藍得發黑，無邊無際的天空，和多得難以想像的繁星。有一點，倒是我能夠肯定，那便是，我們絕不是在地球上，在地球上，是不會有那樣景象的。

薰子又道：「你們可能完全不相信我的話，但是我所說的，卻全是實話。」

我又向余全祥和雲妮兩人，望了一眼，然後道：「請你說下去。」

薰子道：「我可以肯定的是，他們是沒有惡意的——」

薰子的話還未曾講完，雲妮已尖叫了起來：「沒有惡意，將我們帶到這裏來，讓我們回不了地球，還說是沒有惡意？」

薰子苦笑了起來：「我不是爲他們辯護，但是，似乎不能怪他們，如果我們地球人的科學發達到了足以發現另一個星球上有生物，而這種生物的科學發展，又遠低於我們的時候，地球人會如何做？」

雲妮仍然叫著：「我不知道，我不知道！」

我也不知道，但是我卻並沒有像雲妮那樣高叫，因為薰子的問題，引起了我的深思。

的確，如果地球人處在如薰子所說那種情形之下，那會怎樣？

其實，那是不必深思的，這實在是一個十分淺顯而容易回答的問題，最最不能容納異己的生物，就是地球上的人！人對於人，尚且不能容納，尚且不斷因為歧見而殘殺，對於別的星球的生物會怎樣？一定會毫不猶豫，立時將之毀滅。

比較起來，「他們」到現在為止，早已發現了地球上有高級生物，而「他們」只是拘禁了我們四個人，那不是已足以說明，「他們」是一種極其溫和，不想傷害人的善良生物麼？

我嘆了一聲：「薰子小姐，我同意你的說法，你或者還很感激他們，但是我們不同，我們在地球上，有著很快樂的日子，我們實在不想在這裏過日子，更不想像你那樣，多年不能回家！」

薰子也低嘆一聲：「我想他們會明白這一點，我從來也未曾見過他們，也沒有聽到過他們的聲音，但是多少年下來，我覺得，如果我強烈地思念什麼，他們是會知道的。」

# 第五部：雞蛋一樣的生物

雲妮立時道：「我想回家！」

「你們一定可以回家，」薰子肯定地說：「因爲我知道，如果可以稱他們爲人的話，那麼他們是極好的好人，比我們地球上的人，好得多了。」

雲妮沒有再說什麼，但是雲妮望定了薰子的目光，卻是充滿了敵意的。

我向前走了兩步，遮在薰子和雲妮的中間，我那樣做，是爲了避免進一步刺激雲妮。

我道：「或者，他們能夠瞭解你的意思，那就請你『告訴』他們，我們想回去。」

薰子柔順地點著頭：「我會盡力的。」

我突然感到了好奇，問道：「小姐，這些日子來，你的生活怎樣？」

薰子搖著頭：「我很寂寞，我一直希望能見他們，和他們交談，甚至移民到他們的星球上去！」

「你不想回地球去？」我問。

薰子呆了半晌，才嘆了一聲：「說起來很奇怪，我不想，先生，我在浩劫中餘生，我的運氣好得連我自己也不相信，如果再有一次那樣的浩劫，我還會有那樣的運氣麼？」

我聽了薰子的話，不禁全身都感到了一股寒意。「如果再有一次那樣的浩劫！」這實在是驚心動魄之極的一句話。

我才離開地球，自然知道地球上的情形，像一九四五年發生在長崎的那次浩劫，再發生的一次可能，每一分鐘都存在著。

而且，不發生浩劫則已，一發生，規模一定比那一次不知大多少倍！

薰子願留在不著邊際、虛無的太空之中，度她寂寞的歲月，那實在是一種極其痛切、無可奈何的選擇，而這種選擇，比許多控訴更有力，表示了她對地球人的極度的厭惡！

我還是第一次接觸到一個永世不願回地球的地球人，自從人類有文化以來，不知有多少人，歌頌著地球，那是人的本質，因爲人的生命始於地球，但是，人究竟是在進步的，進步到了已有薰子那樣的人，如此透徹地認識了地球上的醜惡！

我覺得我自己的手心中在冒著汗，我望著薰子，而她的臉色，卻是那麼平靜。

或許，是多年來的寂寞，已完全使她忘記了激動。

過了許久，我才發出了一個十分勉強的微笑來：「你的選擇是對的，因爲你有那樣的經歷，但是我們不同，我們明知隨時可以有浩劫發生，但是我們還是要在地球上生活下去。」

薰子有點黯然：「是的，我瞭解你們的心事。」

我又問道：「你住在什麼地方？你是怎麼來到我們這裏的？」

薰子道：「那我也不知道，他們不知用什麼方法，可以使任何東西穿過任何東西。我是一個科學家，但我絕無法正確地解釋這種現象，我只好推測，他們能夠在極短的時間內，將任何東西，分解成爲原子，然後再復原，我說任何東西，是包括有生命的東西在內，例如我們，但那只是我的猜想。」

我完全同意她的說法，我還想繼續和她討論一下她的生活，但是余全祥己用近乎粗暴的聲音，打斷了我們的話，他道：「衛先生，我不關心這些，我所關心的，只是我們是不是能回去，什麼時候能回去！」

就在那一剎間，綠光又閃了起來。

整個空間在百分之一秒的時間中，全是綠熒熒的光芒，然後，我面前的薰子，突然消失。接著，我又聽到余全祥發出了一下狂吼聲，我連忙轉過身去看時，雲妮不見了！

余全祥在那一剎間，像完全瘋了一樣，他揮舞著雙手，發出嘶啞的聲音，叫道：「她在哪裡？她到哪裡去了？她剛才還在這裏的！」

他連奔帶跌，來到了牆前，用力捶著牆，繼續叫著：「將她還給我，將她還給我。」

我也幫他叫著：「你們不能拆散他們的，他們是夫妻！」

但是，我只叫了幾聲，便停了下來，因爲我想到．他們可能連什麼是「夫妻」也不知道，「他們」可能根本不知道「愛情」，也可能根本不知道人有男女之分，不知道人是有感情的。

「他們」可能什麼也不知道，那麼我們聲嘶力竭的叫喚，又有什麼用？

我來到余全祥的身後，用力將他抱住，因爲那時余全祥正用他的身子，用力在牆上撞著。

我抱住了他，他哭了起來：「他們不能那樣的，他們不能帶走雲妮，他們不能讓我和雲妮分開的。他們應讓我和雲妮在一起，我願意留在這裏，不再回地球去，只要我能和雲妮在一起！」

余全祥一面叫，一面傷心地大哭了起來。

我抱住了他，心中也覺得難過無比，可是我卻想不出用什麼話去安慰他。

他繼續哭著，叫著，突然間，綠光又閃了起來。

當綠光閃起的那一剎間，我腦海陡地閃過了一個念頭：雲妮要回來了！

可是事實卻不是那樣，而是我的雙臂，突然收縮，被我抱住的余全祥不見了。

我的耳際，幾乎還可以聽到余全祥的聲音，但是，余全祥卻不見了。

整個乳白色的「容器」之中，只有我一個人了！

在那剎那，實是難以用文字來形容我的心情，只是我一個人了，在這個容器之中，而這個容器，又不知道是什麼地方。

我只是呆呆地站著，腦中幾乎只是一片空白，什麼也不能想，雙手緊緊地握著拳，雙眼瞪視著那片藍得發黑的深空，那是人類無法超越的一片空白，我應該怎麼辦？我站了很久才坐了下來。那時，才能開始慢慢地想上一想。

我想，雲妮和余全祥一樣，只要兩個人在一起，他們就算不能回到地球上去，也是情願的。

但是我呢？我去參加余全祥的婚禮，結果竟來到了這裏，我什麼時候才能回去呢？

我捧著自己的頭，我聽到自己所發出的苦澀的苦笑聲，那時，我仍然瞪視著那片深空，我突然看到，有四隻盆形的東西，在飛近來。

那四隻東西來得很快，幾乎直來到牆前，才停了下來，它們的體積很小，直徑不會超過兩尺，它們的樣子，像是一個圓盆，它們是銀白色的，但是有許多小孔，閃閃發著綠光。

我連忙站起來，向那堵牆撲去，我和它們之間的距離，不會超過兩呎。

我和它們之間，只隔著那一堵牆，那四隻飛盆，停止了不動，我更可以看到，它們的頂部，是十分平滑的乳白色，像是一塊圓的奶油餅。

接著，我看到在其中的一個飛盆的頂上，有綠光閃了一閃，在綠光一閃之後，有一些東西，突然出現在飛盆圓的頂上，那種東西，也是乳白色的。

我不知道那是什麼，那是突然出現的，一共有六個之多，它們很小，只有拳頭那麼大，形狀倒是一致的，看來像是雞蛋。

在乳白色的物體之上，還有許多黑褐色的斑點，我看到那些斑點，在迅速變換著排列的位置，但是每一次變換之間，卻有短暫的停頓，而在短暫的停頓時，排列成美麗的圖案。

注視著那些奇怪的，從來也未曾見過的東西。我的心中，竟一點也沒有恐怖的感覺，只不過充滿了好奇。

那些東西究竟是什麼呢？它們看來，好像是一些什麼特別精緻的兒童玩具。

那些東西上的黑褐色斑點，不斷在變動著，這時，其中有幾個，在那些圓盆上移動著，離得我更近，我看到在那些東西上，有很多長而細，乳白色的細絲。

那些細絲在蜷曲著，揮動著，由於它們是乳白色的，那圓盆也是乳白色的，是以不仔細察看，完全看不出來。

直到看到了那些細絲，我才突然想起：那些東西，是一種生物！我的確是直到此際，才想起那是生物，因為那實在不像是地球上的一切生物，是超乎地球上的人類對生物的概念之外的東西！

地球上沒有一個人，在看到那樣的東西之後，會聯想到那是生物。然而這時，我卻可以肯定，那是生物，而且，我知道，我、雲妮、余全祥、西村薰子，我們全是這種生物的俘虜！

那實在難以相信，這種雞蛋一樣東西，竟能俘虜了我們如此相貌堂堂，萬物之靈的人？然而，那卻又是不能不承認的事實，是一項令人無可奈何的事實！

那些雞蛋一樣的東西，一定比我們地球人優秀得多，因爲我可以進一步肯定，他們曾到過地球，我在峭壁上凸出的大石上，曾檢查過野草和灌木被壓倒的痕跡，當時我就驚訝於那種痕跡十分小。

現在，我面對那些圓盆形的飛行體，我可以知道，降落在那塊大石上的，就是這種圓盆，他們不知來自哪一個星體，但他們到了地球！

我的眼睜得老大，當我看到了那些白色的細絲之後，我就可以更清楚地看到他們的活動，他們幾乎從乳白色的身體的每一部分伸出來，動作極其靈活，可長可短，其中有一個，伸出的細絲，竟長達兩呎。

而且，那種細絲的尖端，可以任意開成更細的叉，最多開到八個叉之多，那情形就像是人的手，有著八隻手指一樣。

那無異是他們天生的身子，就像我們有兩隻手一樣，但是，地球人雙手的靈活程度，是絕難和這些雞蛋一樣的東西身上伸出來的細絲相比擬的，他們有如此奇妙的天然工具，自然可以製造出許許多多的科學儀器來。

我看著他們，他們在圓盆形的飛行體上，移來移去，他們身上的斑點，不斷變換著排列的方位，我猜想那是他們互相交換意見的那一種方式。

我不知道他們在我面前亮相是什麼意思，我知道他們早可以看到我，而且，他們到過地球，就沒有理由未曾看到過地球人。

他們一定是特意來給我看看他們的，那是什麼用意？他們將對我怎樣？

由於我的眼睛睜得太大，也睜得太久，所以有點酸痛，我閉上眼睛一會，等我再睜開眼來時，卻什麼也不見了，我甚至不能再看到深邃無邊的太空，我所面對著的，只是一幅乳白色的牆。

我衝到牆前，用力擂著牆：「你們是什麼地方來的，想將我怎樣？」

我十分明白，這樣叫嚷，是一點意義也沒有的，但是我還是要叫嚷，我不知自己叫了多久，直到我的眼前，再次閃起了綠光。

這一次，我的眼前閃起了綠光之後，情形就像是在那間別墅的浴室中，我看到了綠光一樣，突然之間，我變得不存在了。

所謂「不存在」，只是一種特異的感覺，那是十分難以形容的，又零零碎碎的想起了許多細瑣到了極點的小事，彷彿腦細胞也分裂成爲無數單位，而每一個單位，保留著一點零星的記憶。

我根本看不到什麼，也不能感到別的什麼，像是一粒塵埃在颶風之中翻滾，直到突然之間，感到了異樣的灼熱。

在感到那股灼熱時，還是什麼都看不到，但是那種灼熱，卻在炙灼著我身體的每一部分，可是身上仍有一股重壓，使我難以動彈。

我勉力掙扎著，想大聲叫喚，終於，睜開了眼來，先看到了一個熾烈的發著強光的大火球，那大火球就在我的頭頂，逼我低下頭來。

而在我低下頭來之時，我看到了一片金黃色，我的身子，就臥在那一片金黃色的、細小的顆粒之上。

我那時，腦中第一件想起的事便是：我被他們送到他們的星球上去了，我的心中、產生了一股異樣的恐懼感，我一躍而起。

但是當我躍起之後，我卻有足夠的冷靜，發現我自己是在沙漠中，而我頭頂的那個大火球，就是我所熟悉的太陽，我不是在他們的星球上，而是回到地球上來了。

我定了定神，開始往前走，越向前走，我越是肯定自己是在地球的沙漠之中，等到我遇到了一隊駱駝隊之後，那更是毫無疑問的事了。

駱駝隊將我帶到開羅，在開羅，我費了不少唇舌，幸而我和國際警方有一定的聯繫，所以才能離開，我又回到了那幢精美的別墅中。

在那裏，我對警方的幾個高級人員，以及那特殊機構的工作人員，講出了我的遭遇。

他們都聽得很用心，但是我從他們臉上的神情可以看出沒有人相信我的話，我並不怪他們，因爲那的確是令人難以相信的。

我當天就搭機回家，我特地經過日本，到長崎市去轉了一轉，在一九四五年原子彈爆炸，千千萬萬的失蹤者名單中，我找到了正村薰子的名字。

如果我告訴人說，正村薰子沒有死，還在宇宙中的某一個地方活著，那是絕不會有人相信的事，所以我只是對著那名字呆望了片刻，什麼也沒有說，就回來了。

一連好久，我閉上眼睛，似乎就看到那種雞蛋一樣的生物，我也知道他們的用意了，他們是要我看看他們的樣子，或者他們也想要我告訴地球上所有的人，地球人決不是什麼萬物之靈，比地球人靈不知多少的生物很多，地球人只不過是一群盲目無知的可憐蟲。但是，我決不會對任何一個人那樣說，說了有什麼用？

至於余全祥和雲妮，他們消失了，我等待他們出現，可是他們消失了。

（完）

倪匡珍藏限量紀念版 15

# 衛斯理傳奇之星環

作者：倪匡
發行人：陳曉林
出版所：風雲時代出版股份有限公司
地址：10576台北市民生東路五段178號7樓之3
電話：(02) 2756-0949
傳真：(02) 2765-3799
執行主編：劉宇青
美術設計：許惠芳
業務總監：張瑋鳳
出版日期：2023年6月倪匡珍藏限量紀念版一刷
版權授權：倪匡
ISBN ：978-626-7303-04-7
風雲書網：http://www.eastbooks.com.tw
官方部落格：http://eastbooks.pixnet.net/blog
Facebook：http://www.facebook.com/h7560949
E-mail：h7560949@ms15.hinet.net
劃撥帳號：12043291
戶名：風雲時代出版股份有限公司

風雲發行所：33373桃園市龜山區公西村2鄰復興街304巷96號
電話：(03) 318-1378
傳真：(03) 318-1378
法律顧問：永然法律事務所 李永然律師
北辰著作權事務所 蕭雄淋律師

行政院新聞局局版台業字第3595號 營利事業統一編號22759935


**定價：340元** 

國家圖書館出版品預行編目資料

衛斯理傳奇之星環 ／ 倪匡著. -- 三版. --
臺北市：風雲時代出版股份有限公司，2023.05
面；公分　倪匡珍藏限量紀念版

ISBN 978-626-7303-04-7（平裝）

857.83　　112002526